Jean Anglade

Jean Anglade est né en 1915 à Thiers, en Auvergne, d'une mère domestique et d'un père ouvrier maçon. Formé à l'École normale d'instituteurs de Clermont-Ferrand, il enseigne et devient professeur de lettres, puis agrégé d'italien.

Il a trente-sept ans lorsqu'il publie son premier roman, *Le chien du Seigneur*. À partir de son dixième roman, *La pomme oubliée* (1969), il consacre la plus grande part de son œuvre à son pays natal, ce qui lui vaudra d'être surnommé le « Pagnol auvergnat ». Romancier – il a plus de trente-cinq romans à son actif –, mais aussi essayiste, traducteur (de Boccace et de Machiavel), il est l'auteur de plus de quatre-vingts ouvrages, et explore tous les genres : biographies (Blaise Pascal, Hervé Bazin), albums, poésie, théâtre, scénarios de films.

Jean Anglade a beaucoup voyagé et habite aujourd'hui près de Clermont-Ferrand.

L'ÉCUREUIL DES VIGNES

DU MÊME AUTEUR
CHEZ POCKET

UNE POMME OUBLIÉE
LE TILLEUL DU SOIR
LE VOLEUR DE COLOQUINTES
LES VENTRES JAUNES
LA BONNE ROSÉE
LES PERMISSIONS DE MAI
UN PARRAIN DE CENDRE
LE JARDIN DE MERCURE
Y'A PAS DE BON DIEU
LA SOUPE À LA FOURCHETTE
UN LIT D'AUBÉPINE
LA MAÎTRESSE AU PIQUET
LE SAINTIER
LE GRILLON VERT
LA FILLE AUX ORAGES
DANS LE SECRET DES ROSEAUX
LA ROSE ET LE LILAS
LES PUYSATIERS

JEAN ANGLADE

L'ÉCUREUIL DES VIGNES

PRESSES DE LA CITÉ

ISBN 978-2-266-15643-1

L'écureuil est un joli petit animal qui n'est qu'à demi sauvage et qui, par sa gentillesse, par sa docilité, mériterait d'être épargné. Il est propre, leste, vif, très alerte, très éveillé, très industrieux.

Buffon

Un couple qui danse révèle son degré d'entente. L'harmonie des gestes du comte et de la comtesse d'Orgel prouvait un accord que donne seul l'amour ou l'habitude.

Raymond Radiguet

PREMIÈRE PARTIE

1

— Entre dans la cage. Et que ça vire !

Jovial, le paternel ! Âgé de neuf ans, Sylvain exerçait la profession d'écureuil au service de son père, Joseph Sahut, tailleur de pierre et vigneron à Volvic. La cage – la « tournette », pour lui donner son vrai nom – avait la forme d'un tambour couché, large d'un mètre et demi, haut de même. Les flancs en étaient faits de baguettes espacées, grosses d'un pouce. Si bien qu'en s'accrochant à elles comme on s'accroche pour les gravir aux barreaux d'une échelle, des mains et des pieds, Sylvain faisait tourner la cage. Grâce à un ensemble de roues et d'engrenages démultipliés, par l'effort d'un gamin de trente kilos, la grue était en mesure de soulever une dalle de trois tonnes. Des tournettes toutes pareilles à celles-ci étaient suspendues aux fenêtres volvicoises, habitées par de véritables écureuils à la queue flamboyante ; ils faisaient descendre les barreaux sous leurs pattes avec l'illusion qu'ils allaient s'évader. Tout prisonnier cherche à s'enfuir. Leurs efforts inutiles amusaient les passants, qui leur jetaient des noisettes. On ne sait pas si les grosses cages avaient servi de modèles aux petites, ou les petites aux grosses. De même qu'on ne sait pas si le diamant est une copie de l'étoile, ou l'étoile une copie du diamant. Le gamin encagé ne devait pas être trop grand, il ne serait pas entré dans le cylindre ; pas trop jeune, il n'eût pas fait le poids.

— J'ai besoin de pisser, affirmait Sylvain de temps à autre.

— Arrête le mouvement, et pisse entre les barreaux.

Volvic ne volvillait pas encore. C'était un bourg auvergnat de trois cents âmes, établi sur le vomissement d'un volcan éteint, le puy de la Nugeyre, mot patois signifiant la « noyeraie ». Ses maisons, toutes de pierres sombres, montaient jusqu'au cratère principal, entouré de plusieurs cratères adventifs. Les gens qui ont voyagé prétendent y voir une copie de la vallée de l'Enfer qui borde le Vésuve. La chronologie volcanique prouve cependant que, pour une fois, l'Italie nous a copiés, car la chaîne de nos puys est plus ancienne que le *monte* Somma. Ces pentes hérissées de scories, parsemées de blocs erratiques, couvertes d'une maigre végétation, d'une herbe rude, de pins désordonnés, portent ici le nom de *cheyres.* Les vipères y pullulaient en été, il ne faisait pas bon s'y aventurer les pieds nus. Les carriers ne craignaient guère ces reptiles maudits depuis la première femme : ils chaussaient d'épais sabots de hêtre qui les protégeaient aussi des chutes de pierres.

On a qualifié Volvic de « Carrare auvergnat ». Mais la substance qu'on en tire a la couleur de la nuit. Ou tout au moins du crépuscule. C'est pourquoi elle convient particulièrement aux demeures éternelles. Une tombe en lave de Volvic, c'est du sérieux ; non seulement parce qu'elle dure et peut recevoir plusieurs générations de réservataires, mais aussi parce qu'elle exprime le deuil. Elle est pour ainsi dire une pierre qui pleure d'elle-même, ce qui peut ménager les yeux des survivants.

— Si je suis un écureuil, dit Sylvain, j'ai le droit moi aussi de manger des noisettes.

— Vire, vire ! Je t'en apporterai demain !

La pierre de Volvic, dont l'appellation officielle est « andésite » parce qu'elle constitue le matériau de la cordillère des Andes, plaît à la bourgeoisie de Riom, à la magistrature, à la noblesse de robe, à la cour d'assises. Déjà redoutée au XVIIe siècle pour sa « bonne et briève justice », selon l'expression de l'abbé Fléchier. Une famille riomoise, les Arnault, fournit les premiers disciples français de Jansénius. Si bien qu'Alexandre Vialatte s'est demandé si les Riomois de bonne souche sont devenus jansénistes à cause de la noirceur de leurs maisons, ou si, à l'inverse, leurs maisons sont devenues noires pour avoir hébergé le jansénisme.

Autre trait avantageux de la pierre de Volvic : elle supporte la poussière et la fumée sans rien perdre de sa teinte originelle. Inutile donc de la ravaler comme on doit ravaler les églises blanches. Pareille à la peau de l'Auvergnat lui-même qui a réputation de bien supporter le sale. Elle craint seulement le frottement des semelles et des doigts : les mains dévotes finissent par ronger les bénitiers ; dans les escaliers, aux endroits de grand passage, il faut changer parfois une marche tous les cent ans. Aucune pierre n'est irrésistible. « Donne-moi du temps, dit à la roche la goutte d'eau qui tombe sans répit, et je te percerai. »

L'andésite fait enfin le bonheur des sculpteurs volvicois. Même s'ils se contentent du titre de « tailleurs de pierre ». Au début de ce XIXe siècle, une école de sculpture et d'architecture venait d'être fondée par le comte de Chabrol, seigneur de Tournoël. Mais beaucoup de familles pauvres répugnaient à y envoyer leurs garçons, bien que les cours fussent gratuits. D'abord parce que les élèves, avant d'y entrer, devaient savoir lire, écrire et connaître les quatre opérations arithmétiques ; ensuite, parce qu'elles préféraient les employer à d'autres besognes, aux travaux de la terre et de la pierre. Aussi la plupart de ces jeunes gens avaient-ils pour seul maître un père ou un oncle. Entre Carrare et Volvic, il ne faut donc pas pousser trop loin la comparaison. Les anges, les christs, les vierges issus de l'andésite manquaient un peu de finesse ; mais ses croix, ses couronnes, ses acanthes étaient incomparables.

De Volvic sont descendus les blocs qui ont bâti la cathédrale de Clermont au XIIIe siècle. Et d'une façon générale toutes les églises gothiques d'Auvergne, succédant au granit et à l'arkose des églises romanes. Un jour, l'évêque de ladite cathédrale en cours de construction eut une mauvaise idée. Au lieu de faire venir de Volvic cette pierre monumentale, c'est-à-dire de cinq lieues, à dos de mulet ou par charrois, il fit ouvrir au pied du puy de Dôme une nouvelle carrière dans un terrain qui lui appartenait. La voie en pente qui en descendait facilitait le transport. Ses carriers logeaient dans une maisonnette. Alarmés de cette concurrence, ceux de Volvic vinrent en bande, munis de pics et de pioches, et chassèrent les Clermontois en les couvrant d'injures patoises. Ainsi prit fin la concurrence. Seule en resta la cabane, qu'ils appelèrent par dérision « la baraque de l'évêque[1] ».

— Je suis fatigué, cria Sylvain.

— D'accord. On arrête le mouvement. Sors de la cage.

L'enfant obéit. Le bloc resta suspendu en l'air, entouré de ses chaînes. Le fardier pouvait attendre.

— Viens dans la cabane, on va dîner.

Naturellement, elle était pleine d'outils volvicois : layes, bouchardes, têtus, burins, maillets. Qui aurait jamais pensé que cet enfant, destiné par le sang à la profession de carrier, les abandonnerait un jour pour la lancette et le stéthoscope ? Voilà bien une longue histoire à raconter.

Allons-y.

1. De nos jours, « la baraque » tout court.

La carrière des Sahut se présentait comme un vaste entonnoir. Le chemin qui y grimpait depuis le bourg était bordé d'une double muraille de débris sans valeur. Ainsi, quand les gens du pays décidaient de se construire une maison, venaient-ils se servir librement dans ces *esclatiers*. Ils bâtissaient sans architecte, comme il leur passait par l'esprit ; de sorte que Volvic était un bizarre assemblage de portes, de fenêtres, de granges ouvertes à la va-comme-je-te-pousse, sans nul souci des règles de l'art. La plupart de ces demeures étaient petites, sombres, privées de cours et de jardins.

Là-haut, à l'entrée de l'entonnoir, se dressait la grue, appelée plus couramment le manège. Le mât vertical – un tronc de chêne équarri –, profondément enfoncé, était retenu par huit haubans de corde ; si bien que l'ensemble ressemblait à un immense parapluie ouvert dont le vent eût emporté la toile, ne laissant que le manche et les baleines. Du pied de ce mât, montait un bras oblique à quarante-cinq degrés. De sa pointe, pendait une poulie dont le filin s'enroulait autour d'un treuil, mis en mouvement, comme il a été dit, par la cage de l'écureuil. La grue pouvait pivoter sur sa base, ce qui lui permettait de couvrir un large champ de manœuvre.

Sahut et Fernand son ouvrier travaillaient à ciel ouvert, à la différence des premiers carriers qui fouillaient le sol comme des taupes, à la lueur de torches enfoncées dans les parois ; afin de soutenir la voûte, ils ménageaient une colonne irrégulière, pareille à l'os d'un jambon mal rongé ; des ruissellements leur pleuvaient sur la tête. Toutes sortes d'histoires étaient racontées sur l'emploi de ces anciennes galeries, pas encore comblées : des amoureux, des brigands, des gueux, des diables s'y donnaient rendez-vous. Les Sahut n'aspiraient pas à construire églises ni cathédrales. Les cimetières leur suffisaient, qu'ils approvisionnaient en dalles, en dossiers, en couronnes, en moellons, en épitaphes. La mort les faisait vivre. Les pierres de petites dimensions, impropres à la sculpture, s'en allaient vers Paris en grande quantité, par navigation sur les « sapinières ». Le même comte de Chabrol, préfet de la capitale sous Louis XVIII, ambitionnait d'en paver toutes les rues, malgré les moqueries de certains opposants affirmant qu'« il serait moins coûteux de les paver avec des écus d'or qu'avec la pierre de Volvic ».

Avant d'atteindre la roche dure et franche, Joseph et son commis Fernand devaient d'abord, à la pioche courbe, enlever la « rougne », c'est-à-dire la croûte formée de terre et de lave tendre, épaisse en certains endroits d'un mètre ou davantage. C'est ce qu'ils appelaient le dérochage. Ils le pratiquaient en hiver, laissant quand même une certaine couche afin que la bonne substance, dans l'attente du printemps, restât au chaud dans le ventre maternel. La pierre exploitable formait des bancs d'une épaisseur variable. Le maître carrier savait distinguer le sens de la lave qui, comme le bois, présente des fibres : celle qu'on dit « de bon arbre » se laisse fendre aisément, mais la fibre « de travers » exige plus d'efforts. Le refroidissement de la pâte volcanique avait produit des fissures appelées « levaisons ». C'est là-dedans que les « tireurs » insinuaient leurs coins pour détacher le bloc de son socle. Coins de fer le printemps et l'été, coins de bois en hiver, ceux-ci d'abord trempés d'eau que le gel faisait gonfler, ce qui produisait l'éclatement de la pierre. Ce procédé montrait bien que l'andésite craint le froid. Aussi les tireurs mettaient-ils à l'abri sous un hangar les blocs extraits en fin de saison, et les couvraient-ils d'un manteau de fougères sèches.

La taille faisait souvent apparaître des nodosités, les chevillards, soufflures de bulles que le volcan s'était amusé à loger dans la lave pâteuse. Il fallait corriger cela. Sylvain était chargé de surveiller sur un poêle la fusion d'un mastic composé de résine de pin et de poudre d'andésite. Il remuait cette mixture avec une cuillère à la façon d'une mayonnaise. Grâce à elle, les vides étaient comblés ; après polissage, il n'y paraissait plus.

La famille Sahut résidait au milieu de Volvic, derrière l'église Saint-Priest. Leur rue sans nom aboutissait d'un côté à la place de la Grande Fontaine ; de l'autre, à une venelle appelée rue des Aises[1] parce que le voisinage venait le matin y vider ses seaux hygiéniques ou ses pots de chambre. Il arrivait aussi qu'aux heures crépusculaires on y trouvât des hommes ou des femmes accroupis, prenant leurs aises comme le nom de la rue les y autorisait. Si la température était douce, les personnes en question ne se pressaient pas trop de se relever, engageant entre elles des conversations sous les ricanements aigus des hirondelles :

— Et comment va votre mère Eugénie ? A-t-elle toujours des rougnes sur la figure ?

— Que trop, que trop, ma pauvre. Des rougnes de vieillesse, grosses comme des boutons de culotte.

— Et votre fille Jeannette ?

— Elle va bientôt se marier avec le fils Courtadon. Rémi, celui qui boite de la jambe gauche, à cause d'une pierre qui lui est tombée sur le genou.

Par bonheur, la rue des Aises, légèrement déclive, était souvent lessivée par les débordements de la fontaine publique qui occupait le centre de la place.

1. Aujourd'hui rue du Piorat.

La maison Sahut, avec ses deux étages et sa façade noire sur laquelle courait un balcon, était une des moins laides de ce quartier. Les hautes fenêtres rectangulaires avaient été copiées ni plus ni moins que sur celles de Versailles. L'immeuble voulait servir à trois ou quatre générations. Au rez-de-chaussée, le linteau du cuvage montrait deux cœurs gravés, les initiales *JS* (Jean Sahut) et la date *1712*.

Les jours sans école, le jeune Sylvain quittait le domicile familial vers les huit heures, après la première soupe. Sa mère Elisa recommandait :

— Prends bien garde à tes doigts quand tu touches les pierres.

Elle lui confiait dans deux paniers le repas des hommes. L'un contenait la seconde soupe dans une grande gamelle, à réchauffer sur le poêle. Chacun y piocherait avec sa cuillère personnelle ; ainsi, ils mangeraient tous trois dans le même récipient, comme trois gorets dans la même auge. L'autre panier apportait le lard cuit, le pain, le fromage et le « bousset » de vin, le tonnelet à goulot de fer.

— Voici notre écureuil ! annonçait le père.

Le moment venu, le gamin s'introduisait dans la tournette, posait ses pieds sur les deux barreaux inférieurs, ses mains sur les deux supérieurs, et en avant la musique ! Après une dizaine de révolutions, la corde de la grue se tendait, le treuil craquait comme s'il allait se fendre. Voilà que le bloc frémissait enfin sur son assise, prenait un rien de hauteur. Sylvain n'en revenait pas d'avoir par ses seules forces soulevé cette masse formidable, et il riait de plaisir.

Joseph Sahut n'était pas de ces Volvicois qui méprisaient le papier, les livres, l'instruction, tout ce qui ne concernait pas l'effort des mains sur la pierre. La sûreté de son burin, son acharnement et sa conscience faisaient de lui un ornemaniste recherché. Mais il se rendait compte, sachant à peine lire et écrire, que son manque de connaissances artistiques l'empêchait d'être un véritable créateur. Tous ses christs se ressemblaient. Il aurait eu grand besoin de leçons.

Trop fier et trop vieux pour suivre celles qu'impartissait l'école fondée par le comte de Chabrol, il lui arrivait, certains jours, de descendre à pied jusqu'à Mozac, ce faubourg de Riom, à moins de trois lieues. Il entrait dans l'église en partie ruinée par un tremblement de terre. Il passait des heures à contempler les chapiteaux déposés à l'orée de la nef. Se demandant comment les tailleurs de pierre d'autrefois avaient pu représenter dans le granit tant de figures en si peu d'espace : anges, saintes femmes portant des vases de parfums, soldats revêtus de leur cotte de mailles, monstres ailés, le tout enrichi de feuillages, de fleurs, de pommes de pin. Chaque image avait son caractère, ses mouvements, sa signification. Le soldat qui aurait dû garder le tombeau du Christ ronflait comme un juste, la tête soutenue par son poing. Joseph remontait à Volvic, les jambes molles, la gorge serrée. Aussi décida-t-il de fournir à son fils l'enseignement que lui-même n'avait pas reçu.

En 1833, lorsque Sylvain accomplit sa onzième année, le bourg possédait deux écoles de garçons, une privée, une publique. La première tenue par un certain Pacros, qui enseignait à son propre domicile, rue Basse. Son grand mérite : il demandait seulement cinq sous mensuels d'écolage ; encore se contentait-il, à la place du « quibus », d'un paiement en denrées, œufs, pommes de terre, bouteilles de vin ou d'eau-de-vie. Mais de ses ouailles, il exigeait une discipline de fer et leur tapait sur le crâne avec sa baguette comme sur un tambour. Nul ne se plaignait de sa méthode, ni les grimauds, qui avaient la tête dure, ni les parents. Si par exception une mère osait protester, Pacros répondait en se tirant la barbe :

— C'est dans l'intérêt de votre garçon. Qui aime bien châtie bien.

L'ennui est que cet homme était souvent infréquentable l'après-midi, parce qu'il buvait. Dans la classe, alors, il s'endormait à son bureau, la tête reposant sur le poing, comme le soldat au tombeau du Christ. Les écoliers se gardaient bien de faire du bruit pour ne pas le réveiller. Tout juste s'ils se permettaient de lâcher dans l'atmosphère un hanneton auquel ils avaient attaché une paille au cul. On ne sait trop comment, au bout du compte, ils réussissaient quand même à apprendre l'alphabet et les chiffres.

Monsieur Germain Ameil, originaire de Combronde, dirigeait la seconde école, dite communale. Nommé par le préfet, autorisé par l'évêque, l'instituteur se trouvait contrôlé par un comité de notables où figuraient le maire et le curé. Il demandait un droit d'écolage selon trois tarifs : les grands devaient un franc, les autres dix sous, les cours de dessin se payaient après la classe à huit sous par tête. En résumé, chez Pacros allaient les fils de pauvres, chez Ameil les fils de riches. C'est dans la seconde catégorie que Joseph Sahut avait inscrit son fils.

Germain Ameil avait fait trois années d'études à l'école normale de Clermont-Ferrand, située au-delà du fond de Jaude. Il y avait appris l'orthographe, la géographie, la physique, sciences compliquées que ne peuvent maîtriser que des sujets d'élite. Frottant sa cervelle contre celle de ses professeurs, il y avait également acquis des notions de socialisme laïque et égalitaire. En dépit de monsieur Adolphe Thiers, ministre de l'Intérieur, qui glapissait devant la Chambre des députés :

— Qu'on supprime les écoles normales ! Elles forment d'affreux petits rhéteurs anticléricaux. Que le curé de chaque paroisse se charge de l'instruction primaire.

Aussi bien, il en apprendra toujours trop au peuple, qui a besoin de moralité plus que de savoir ! Le savoir éloigne les fils de leurs pères, leur fait mépriser leur condition, leur suggère de quitter le pays pour aller chercher fortune ailleurs.

Monsieur Ameil ne venait pas de bien loin – de Combronde comme j'ai dit – et gardait pour lui à Volvic ses opinions laïcisantes. Sa femme, le dimanche, tenait l'harmonium dans l'église et faisait chanter les cantiques. Lui se mêlait aux fidèles, imitait leurs signes de croix, leurs génuflexions ; en dépit de cette ferveur apparente, il entendait les réflexions que les ouvriers de la pierre échangeaient après le sermon :

— C'te farce ! Une femme vierge qui accouche d'un drôlet ! Qui peut avaler ça ?

Il faut dire que le curé Dugoût, avec sa trogne rubiconde, son nez barbouillé de pétun, n'avait guère la figure persuasive. Soupçonnant parmi ses clients un certain nombre d'esprits forts, il fit un jour au maître d'école cette surprenante proposition :

— Je sais tout ce que les païens peuvent opposer à notre sainte Église catholique. Je vous suggère que nous en fassions un soir un débat public.

— Qui ça « nous » ?

— Vous et moi. Vous me présenterez des objections, et moi je les démolirai.

— Mais, mon père, je n'ai aucune objection à vous présenter !

— Nous les choisirons ensemble. Ou, si vous préférez, je les choisirai tout seul. Par exemple : qu'est-ce qui prouve l'existence de Dieu ?

— Je n'oserai jamais poser une telle question.

— Vous parlerez au nom des incroyants. Vous vous ferez l'avocat du diable.

Ameil rentra la tête dans les épaules. Mais il fut bien obligé d'accepter le simulacre. Les Volvicois furent convoqués dans l'église un samedi soir. Aux chandelles, ils écoutèrent, éberlués, cette controverse à laquelle ils ne comprirent pas grand-chose. Dugoût invoqua Platon, Aristote, Cicéron, Descartes, Bossuet. Il eut recours à la physique, à l'astronomie, à la morale, à l'histoire. Celle-ci témoigne que, dans tous les temps, dans tous les pays, les hommes ont cru à l'existence d'un divin créateur ; or, ce que tous les hommes tiennent instinctivement pour vrai est nécessairement une vérité de nature. Donc, Dieu existe.

La faiblesse de ce raisonnement, se disait Germain Ameil dans sa barbe, est que la croyance en Dieu n'est pas réellement universelle. À l'école normale, il avait rencontré des professeurs sans aucun sentiment religieux. Bien qu'elle fût morte et enterrée depuis 1815, ils prétendaient conserver et répandre le message de la Révolution. S'il arrivait à tel ou tel élève, par maladresse ou par incapacité, de répondre, à la question « Quel est le chef-lieu de la Haute-Garonne ? » :

— Je crois que c'est Toulouse.

— Je crois ? le coupait ce professeur de géographie. « Je crois » habite là-bas ! (Et son index tendu désignait l'église Saint-Pierre des Minimes, à l'autre bout de la place de Jaude.) Chez nous, habite monsieur « Je sais ».

À Volvic, l'instituteur communal devait exercer aussi les fonctions de chantre, de sacristain, de sonneur de cloches et même de fossoyeur ; mais il s'exonérait de cette dernière en payant un terrassier professionnel. Ses divers emplois lui permettaient d'entretenir cinq personnes, sa mère, sa femme, sa fille Roseline, son fils Guillaume et lui-même. L'école publique était sise au cœur de Volvic. La classe se trouvait au rez-de-chaussée, sur un sol de terre battue. Pas de cour, pas de préau, pas de cabinets. Durant les récréations, les gamins avaient le droit de gagner la rue des Aises. Après un quart d'heure, la cloche les ramenait.

L'enseignement le plus difficile était celui du système métrique. La plupart des parents se servaient encore des anciennes mesures, sou, écu, pistole, chopine, pinte, œuvre, arpent. Ils disaient :

— À la conférence du curé, je me suis ennuyé à cent sous de l'heure.

Ils réservaient leurs pièces d'un demi-sou pour les mettre pendant la messe dans le plateau de la quête. Il n'y avait pas plus petit depuis qu'on avait supprimé les liards.

Devant lui, monsieur Ameil avait communément soixante caboches à remplir de quelque chose. Ne pouvant s'occuper de toutes à la fois, il employait des moniteurs : ceux qui lisaient le plus couramment entraînaient les débutants. Sa femme même lui servait parfois d'auxiliaire. Elle entrait, portant Roseline dans ses bras, et c'était aussitôt une grande fête pour la classe entière, qui se répandait en sourires, en caresses, en signes d'amitié pour celle qu'elle avait baptisée « la petite sœur ».

On recevait des visites. D'abord des parents qui amenaient un nouvel élève. L'enfant avait quelquefois huit ou neuf ans, voire dix, quand ils se décidaient à le présenter, parce qu'il avait attendu un frère plus jeune afin qu'ils fissent ensemble le chemin. Ni l'école, ni l'assiduité n'étaient d'ailleurs obligatoires. Dès la fin avril, l'effectif tendait vers zéro parce que les familles avaient besoin de leurs garçons aux carrières ou dans les prés pour garder les cochons. En hiver, chacun apportait une bûche pour garnir le poêle. Ce qui obligeait les démunis à la voler sur les bûchers de rencontre.

De temps en temps, le curé Dugoût venait en inspection. En sa présence, toute la classe debout récitait la salutation traditionnelle :

— Ô mon Dieu et mon Père substantiel, changez-moi en Vous. Soutenez-moi, nourrissez-moi, faites que je grandisse jusqu'à la perfection et la plénitude des vrais fils de Dieu. Amen.

L'abbé, promenant son gros ventre et son gros derrière entre les tables, demandait à chaque grimaud de se lever, de se présenter. Comme il avait en tête les noms de tous ses paroissiens, il ajoutait un commentaire approprié :

— Je connais bien ton père. Un excellent boulanger… Ta mère Antoinette est une pieuse femme… Ton frère aîné a été mon enfant de chœur… Je connais bien ta tante Héloïse…

Lorsque pour la première fois Sylvain dit son nom, Dugoût confirma :

— Je connais bien ton père Joseph et ta mère Elisa, tes sœurs Marianne et Clotilde.

À ce moment, un chuchotement courut dans la classe. L'abbé mit une main derrière son oreille.

— Qu'est-ce que j'entends ?

— *Eycoeyreù… Eycoeyreù…* répéta le chuchotement.

Le prêtre regarda l'instituteur.

— Je crois, hasarda monsieur Ameil, qu'ils disent Écureuil. C'est le sobriquet qu'ils ont donné à ce garçon parce que, de temps en temps, il entre dans la tournette de son père. Chacun ici a son surnom.

Le curé approuva de la tête.

— Donner des surnoms est une ancienne habitude. Cicéron s'appelait ainsi parce qu'il avait sur l'œil une sorte de petit pois, en latin *cicer.* Beaucoup de nos patronymes ont été d'abord des sobriquets : Leroux, Leblanc, Legros, Lepetit. Rien n'est plus joli qu'un écureuil. Passons. Voyons comment vous lisez.

La leçon de lecture fut prise dans l'*Histoire sainte et de France.* Les petits écoutaient sans y rien comprendre, en se rongeant les ongles ou en se curant le nez. Les grands lurent les *Maximes du sage* mises en alexandrins par Fénelon :

Craignez un Dieu vengeur et tout ce qui le blesse :
C'est là le premier pas qui mène à la sagesse.

Ne plaisantez jamais ni de Dieu ni des saints ;
Laissez ce vil plaisir aux sots, aux libertins.

Que votre piété soit sincère et solide,
Et qu'à tous vos discours la vérité préside...

Ces précieux volumes duraient de nombreuses années. Ils étaient brochés et rebrochés, recouverts par les mères de jaquettes de toile. Quand leurs possesseurs quittaient l'école définitivement, ils les revendaient à leurs cadets. Jusqu'au jour où ils tombaient en poussière. L'instituteur intervenait alors pour les remplacer, puisqu'il tenait commerce de librairie-papeterie. Il débitait de même les cahiers, les crayons, les plumes métalliques. Mais les parents avares refusaient ce dernier article et s'obstinaient à pourvoir leurs enfants de plumes d'oie qui ne leur coûtaient rien. Bon gré, mal gré, monsieur Ameil devait employer une partie de son temps à les tailler, travail délicat et dangereux pour les doigts.

Le curé Dugoût inspectait aussi les lieux. Les murs peu ornés, un crucifix côté nord, une fenêtre côté sud, un rayon de livres côté ouest. Près de l'entrée, bien visible, une feuille rectangulaire encadrée de bleu :

AUTORISATION
POUR L'ENSEIGNEMENT PRIMAIRE

Claude Émile Féron, par la Miséricorde divine et la grâce du Saint-Siège apostolique, évêque de Clermont ;

Sur la demande présentée par le sieur Ameil Germain à l'effet d'être admis à exercer les fonctions d'instituteur primaire dans la commune de Volvic, département du Puy-de-Dôme ;

Vu le certificat de capacité délivré par monsieur l'inspecteur d'académie audit sieur ;

Vu aussi les certificats attestant que ledit a tenu une bonne conduite depuis l'époque où il a obtenu son brevet de capacité ;

Lui avons accordé l'autorisation d'exercer la fonction d'instituteur primaire dans la commune de Volvic.

Délivré à notre palais épiscopal sous notre seing, le sceau de nos armes et le contre-seing de notre secrétaire le 5 mai 1820.

Pour Monseigneur,
le secrétaire de l'évêché
(Illisible)

Pour finir, le curé-inspecteur examina sur leur rayon les titres des livres que monsieur Ameil tenait à la disposition des élèves, ou éventuellement à celle des familles : *Les Jardins*, de Jacques Delille ; *La Partie de chasse de Henri IV*, de Collé ; *La Brouette du vinaigrier*, de Mercier ; *Le Traité de la pénitence*, par l'abbé Jussieu ; *Le Livre des manières*, par Étienne de Fougères. Il s'en montra satisfait.

Toute la classe se leva pour saluer son départ. Avant de franchir la porte, il tira de sa manche un mouchoir, en coiffa son gros nez, souffla dedans. Suite à un geste maladroit, le mouchoir glissa par terre. Germain Ameil s'accroupit pour le ramasser.

— Merci d'avoir pitié de mon ventre, dit le curé qui savait parfois rire de lui-même. À la prochaine fois !

Il lança une bénédiction générale, et un mot particulier destiné à Sylvain Sahut :

— Au revoir, l'Écureuil !

Les opinions des Volvicois à l'égard de la religion et de son principal défenseur étaient donc, comme on l'a vu, composites. Il n'en était pas ainsi chez les Sahut. Le fils et les deux filles avaient toujours reçu de leur mère Elisa l'enseignement d'une parfaite chrétienne. Dans les sentiments comme dans les pratiques. Chaque fin de journée les réunissait dans la cuisine, un genou appuyé à la paille d'une chaise, pour la récitation des trois prières au secours des vivants et du *De profundis* adressé aux morts.

2

Monsieur Ameil était un bon maître d'école. Il ne battait pas trop ses garçons, sauf quand c'était vraiment nécessaire ; lorsque, par exemple, ils n'écoutaient pas ses paroles et ne pouvaient les répéter. Ses châtiments ne laissaient pas de traces sur la figure. À la différence de son confrère Pacros, spécialiste du bâton, il se servait d'une férule, sorte de battoir plat à long manche. Armé de cet instrument pédagogique, il obligeait le contrevenant à se baisser, coinçait la tête entre ses genoux et pan-pan-pan ! sur les fesses. Précédemment, il avait annoncé à la classe le nombre de coups prévu. À mesure qu'il tapait, l'effectif entier comptait à voix haute :

— Un… Deux… Trois… Quatre… Cinq…

De sorte que tout le monde prenait part à la festivité. Et à la leçon. En se redressant, le supplicié, rouge comme carotte, se gardait bien de pleurer, ce qui aurait donné un plaisir supplémentaire aux autres ; il déclarait d'un ton bravache :

— Ça ne m'a pas fait mal !

Tout juste s'il n'en réclamait pas davantage. Naturellement, il ne se plaignait pas non plus aux parents, l'affaire demeurait entre la classe et lui. Monsieur Ameil jouissait donc d'une haute considération. On lui reprochait néanmoins un défaut : il ne supportait pas les poux. Or, à Volvic, presque toute la population en avait son compte. Souvent, les jours ensoleillés, on voyait les mères de famille assises devant leur porte, tenant sur les genoux la tête d'un garçon ou d'une fille, farfouillant dans sa chevelure, écrasant les bestioles entre deux ongles, ce qui produisait un petit *tac.* À l'école, les poux pleuvaient sur les livres et les cahiers, comme s'ils avaient eu l'envie d'apprendre à lire. Le maître se mettait en colère, menaçait de renvoyer les pouilleux. Il leur conseillait fermement de cueillir une plante appelée « herbe aux poux » ; elle produit de jolies fleurs violettes dont chacune est armée d'un étrange éperon ; elle pousse dans les champs de blé. Il la présentait lui-même en un bouquet sans odeur.

— On la fait macérer dans un peu d'eau, cela s'appelle une décoction. Attention ! Il ne faut pas la boire, mais s'en laver la tête.

Les mères ne suivaient ce conseil que sur leurs filles. Les garçons étaient tondus aux ciseaux, à ras, tels des galériens.

Si la plupart des élèves faisaient à pied le trajet de leur domicile à l'école, six d'entre eux habitaient beaucoup trop loin pour pouvoir, en hiver, marcher une ou deux lieues dans la neige et la bise. Or l'hiver est la saison la plus favorable aux études. Une solution s'offrait à ces lointains : entrer comme « caméristes » dans une famille volvicoise qui, contre paiement, leur assurait le vivre et le couvert. La demi-douzaine en question était donc hébergée par la Picandette (autrement appelée la veuve Picandet), spécialiste de ce pensionnat. Originaire de Paray-le-Monial, dont une gravure clouée au mur représentait l'hôtel de ville, venue par on ne sait quels chemins terminer sa vie en Auvergne. Les parents lui donnaient un sou par jour, une livre de beurre par mois, un char de bûches par an ; ils fournissaient draps, couvertures, paillasses. Après onze heures, chaque grimaud trouvait chez la veuve une soupe trempée dans son écuelle, accompagnée d'un œuf à la coque et d'une tranche de pain. Dans un chaudron de pommes de terre accroché à la crémaillère, les caméristes pouvaient puiser librement. Sitôt le repas expédié, la Picandette s'écriait :

— Dehors ! Dehors, la gaminaille !

Ils se répandaient dans les rues, jouaient avec les chiens et les cochons en attendant la cloche de monsieur Ameil.

Le soir, même menu. La tranche de pain qui leur était impartie montrait parfois de gros trous : les souris avaient prélevé leur part ; mais les enfants avaient trop d'appétit pour y prendre garde. Certains ajoutaient à leur soupe de fines tranches de fromage qui produisaient, en se dissolvant, une gélatine filandreuse. Il s'en déposait une partie sur les parois de l'écuelle qu'elle tapissait d'une couche assez épaisse pour étouffer, comme du velours, le tintin de la cuillère. On ne faisait la vaisselle qu'une fois par semaine, le dimanche.

Venait ensuite la prière vespérale. Le plus âgé du groupe donnait l'élan, les autres partaient derrière lui. Leur oraison préférée : les litanies en l'honneur de la bienheureuse Marguerite Marie Alacoque[1], venues elles aussi de Paray-le-Monial dans les bagages de la Picandette. Les caméristes ignoraient complètement qui était cette particulière ; mais son nom les enchantait, car ils

1. Visitandine qui établit à Paray-le-Monial le culte du Sacré-Cœur.

établissaient un rapport entre elle et l'œuf qu'ils mangeaient le midi et le soir :

Bienheureuse Marguerite Marie Alacoque,
(Rires étouffés)
Perle précieuse,
Fleur des champs,
Lys des vallées,
Rose épanouie dès l'aurore,
Encens d'agréable odeur,
Palmier de patience,
Plaintive tourterelle,
Terreur des démons,
Ressource des malades,
Lampe étincelant sur le chandelier sacré,
Joie de votre saint ordre…

Après chaque invocation, le chœur des caméristes lançait à pleine poitrine l'invariable supplication : « Priez pour nous ! »

Venait ensuite une demi-heure d'étude à la lueur d'une lampe à huile. Étudiait qui voulait. Seuls apprenaient sérieusement le catéchisme ceux qui préparaient la première communion : ils savaient que les taloches du curé étaient plus lourdes que celles de l'instituteur. Ces enfants pouvaient ainsi rester un mois sans revoir leur famille. Presque tous pleuraient le soir dans leur oreiller.

L'école communale et l'église marchaient donc du même pas, en toutes circonstances. Le carême ouvrait la saison des mortifications, abstinence, jeûne, prières interminables, chapelets, rosaires, chemins de croix. Pour clore ces amusements, monsieur Ameil disait un jour :

— Demain, vous apporterez deux sous chacun pour la messe de l'école.

Deux sous ! Quatre fois ce qu'on laissait tomber habituellement dans le plateau des quêtes ! Mais comment s'en dispenser ? Le grand jour arrivait donc. Chacun avait revêtu ses meilleurs habits. Les filles naviguaient, enrubannées comme des caravelles. L'instituteur avait coiffé son chapeau haut de forme, le cou coincé dans un faux col qui lui enfonçait ses cornes dans le menton. Pendant une heure, la classe entière chantait et déclamait à tue-tête.

À midi, festin chez la Picandette.

— J'ai invité le monsieur ! annonçait-elle.

Elle voulait dire : le cochon. Les caméristes se bourraient d'andouille, de jambon, de boudin, de chou farci. Ils avaient même droit à un doigt de vin dans quatre doigts d'eau claire. Tout cela s'achevait par la récitation du *Pater noster.* Ceux qui l'avaient oublié se contentaient de remuer les lèvres.

Monsieur Ameil tenait sa place aussi dans les réjouissances profanes. Notamment aux vendanges, où il jouait bien son rôle. Ses épaules larges ne craignaient pas de recevoir la berte, la hotte d'osier qu'il retenait collée à son échine au moyen de deux manches, comme l'oiseau du maçon. Il faut dire que la plupart des maîtres carriers possédaient un ou plusieurs lopins de vigne qui bleuissaient les pentes au-dessous de Tournoël, jusqu'à Marsat, Malauzat, Saint-Genest-l'Enfant. La cueillette ne pouvait avoir lieu qu'après la publication d'un ban fixant pour chaque terroir, suivant son exposition et le temps qu'il avait fait, une date précise que les propriétaires devaient respecter sous peine d'amende. Le moment venu, ils invitaient à la récolte non seulement leur personnel coutumier, mais les oncles, cousins, voisins, amis, quitte à rendre équitablement les journées de travail et de bamboche. Au service de Sahut, on voyait, entre autres, venir des hommes montés de Saint-Bonnet dans leur costume traditionnel, si étonnant que l'étranger n'en croyait ni ses yeux ni ses oreilles : sous un chapeau aux immenses bords, vaste comme un parapluie, ils montraient un gilet à boutons blancs et des pantalons de zouave, serrés à la cheville, larges au point que dans chaque pan ils auraient pu loger leur femme, et qu'ils appelaient leurs braies. De sorte que la région d'où ils venaient portait le nom de Pays brayaud. Naturellement, monsieur Ameil faisait partie de l'escouade ; et c'est lui qui avait donné à Sylvain, un de ses meilleurs élèves, le surnom d'Écureuil des vignes.

Le père commandait à son fils :

— Tu ramasseras les grains tombés. Quand ton seau sera plein, tu le videras dans la berte la plus proche.

Ainsi pratiquait-il. Mêlé aux filles qui le chatouillaient en passant, mais trop timide pour leur rendre la pareille. Les bertes à leur tour étaient vidées dans les bacholles, ces baquets de bois à deux poignées qu'ailleurs on nomme comportes. Leur contenu allait finir dans la cuve. Mais on mettait de côté quelques panerées de raisins blancs à distribuer aux amis. À midi, en bordure de la vigne (ou de la tonne[1] par temps frais), on mangeait la traditionnelle épaule de mouton à l'ail, cuite au four sur un lit de pommes de terre, dans la cassette, un plat long et profond de terre noire. Au dessert, paraissait la pompe aux pommes, un énorme chausson rond, aussi large qu'une roue de brouette. Le tout abondamment arrosé avec le vin de l'année précédente. On s'interpellait de vigne à vigne. On buvait à la santé les uns des autres. La nourriture prise en plein air au milieu des rires, des plaisanteries, des chansons, avait la saveur des dons de Dieu. Elle soutenait les forces et

1. Petite cabane de pierres ou de planches.

réjouissait les cœurs. Le sang noir du gamay colorait les lèvres des filles. Les hommes se suçaient la moustache. On buvait dans des gobelets de bois ; mais le maître employait son *tassou* d'étain ou d'argent, avec un écu soudé au fond représentant le profil du roi Louis XVIII ; la liqueur rubiconde se reflétait et se multipliait dans les parois polies ; Joseph Sahut le vidait avec la même ferveur que le prêtre boit son calice.

Certains soiffards préféraient coller la bouche au goulot du bousset, l'élevant au-dessus de leur tête, le gamay coulait directement dans leur gorge. Un geste qui n'était pas à la portée de tous : il y fallait le tour de main, la précision, la rapidité, sinon l'on s'inondait jusqu'au nombril, sous les quolibets de l'escouade.

Quand tombait la nuit, on allumait des torches pour finir la journée dans la musique. Vendangeurs et vendangeuses dansaient et chantaient des bourrées autour des chars.

HOMMES

Malheureux qui a femme,
Malheureux qui n'a pas.
Qui n'a pas en veut une,
Qui en a n'en veut pas.

FEMMES

Bienheureuse la femme
Qui a l'homme qu'il lui faut.
Heureuse davantage
Celle qui n'en a pas.

Et l'on tapait du talon. Et l'on poussait des cris de bête : « Ya-hou ! » Le sol résonnait sous les sabots. Le comte de Chabrol, descendu de son château, trinquait avec ses métayers, gambillait avec eux. Les Brayauds déposaient leur chapeau-parapluie pour être plus à l'aise.

Il n'y avait plus ni riches ni pauvres, ni bourgeois, ni carriers. Rien que des fils de l'ardente terre auvergnate réunis par une joie fraternelle. Le retour était une retraite aux flambeaux et aux musiques. Car, parmi ces tailleurs de pierre aux gros doigts, se trouvait toujours quelque habile toucheur de vielle ou de violon.

Une fois les bacholles pleines juchées sur le char, le cheval Pompon en assurait le transport vers le cuvage. Autour de la cuve, des gradins de planches permettaient de les hisser et de les vider. En ce temps-là, n'existaient pas encore les fouloirs qui écrasent les grappes. Le foulage se faisait aux pieds, comme au Moyen Âge. Hors la présence des femmes, deux ou trois hommes tout nus entraient dans la vendange et se mettaient à la trépigner. Au commencement, elle résistait ; mais à mesure que la pulpe jaillissait des grappes, les hommes s'enfonçaient. D'abord jusqu'aux cuisses, puis jusqu'au ventre, puis jusqu'aux tétons. C'est pourquoi l'on choisissait pour cette besogne les grandes statures. Aucun fouleur n'avait pris la précaution de se débarbouiller auparavant ; la fermentation lessivait les pieds et le reste. De même, l'eau baptismale ablue de tous péchés celui qui la reçoit. Ils levaient les genoux, floc-floc-floc ! Comme s'ils dansaient une étrange gigue. S'encourageant de leurs rires, de leurs chansons, de leurs bourrades. Après une demi-heure d'effort dans cette barbotière, ils ressortaient dégouttants, transformés en diables violets. Car en vérité, tout le temps que durait l'opération, le cuvage ressemblait à un enfer délirant, avec ses lumières et ses ombres, ses figures indéfinies, ses jappements, ses jurements, ses poings levés, ses culs qui faisaient trompette.

Les fouleurs se plongeaient ensuite dans un grand baquet. Il en résultait une lessive colorée qu'on se gardait bien de jeter au ruisseau : elle allait dans la cuve rejoindre le jus des grappes mortifiées. Le degré alcoolique n'en souffrait guère. Le vigneron auvergnat n'était pas amoureux de son propre vin comme le bordelais, l'angevin, le bourguignon. Il ne se levait point la nuit pour aller contrôler ses ébullitions, ses malaises. La quantité comptait plus que la qualité. Ni lui-même ni ses clients n'avaient le gosier fin. Ils vendaient ordinairement le meilleur de leur produit et gardaient pour eux-mêmes la piquette. Manquait-il de fruité ? On le parfumait au « véritable arôme de framboise » acheté aux colporteurs, à raison d'un litre par pièce de soixante pots. Manquait-il de vigueur et d'âpreté ? On lui en donnait en le saupoudrant de vert-de-gris. On le teignait avec du suc de petit sureau, dont les merles mangent les baies avec autant de plaisir que les cerises. Ces insuffisances n'empêchaient pas les vins auvergnats de voyager. Les sapinières de l'Allier les transportaient vers Paris, où ceux qui ne se vantaient pas du titre de « bons becs » s'en contentaient. Le goût populaire allait aux vins très foncés. Les marchands en faisaient la démonstration en versant une goutte sur le dos de leur main.

Quoi que valût le vin de son père, Sylvain Sahut n'en buvait jamais. Dès l'âge de dix ans, le carrier lui en avait proposé chaque fois qu'ils descendaient ensemble dans la cave. L'enfant avait recraché la première gorgée, refusé les suivantes. Joseph se sentait humilié par cette répulsion inexplicable. Insurmontable. Sylvain ne savait répondre autre chose que :

— Je préfère l'eau claire.

Les vendanges se terminaient par une ripaille. On en disait, on en chantait, on en racontait de toutes les couleurs. Les femmes faisaient mine, cachées derrière leur main, de ne pas comprendre les gaudrioles. Les enfants les comprenaient de travers.

La fermentation durait de huit à dix jours. Quand la température extérieure était trop fraîche, le moût refusait de bouillir. On allait alors à l'église faire une prière à saint Verny, patron des vignerons. Dans Saint-Priest, on le voyait sous son chapeau rond, en bas de soie, une serpe dans une main, une grappe dans l'autre, un bousset près de la cheville. Il comprenait les soucis de ses fidèles et s'arrangeait pour obtenir de « qui-de-droit » que tout rentrât dans l'ordre.

Venait alors la cérémonie des « entonnailles ». La cuve était « saignée » : on ouvrait le gros robinet de cuivre placé à la base ; le vin ruisselait par un entonnoir dans les tonneaux où il aurait sa résidence terminale.

Le marc était passé au pressoir. Il lui restait encore un peu de suc. Sahut versait dessus de l'eau de fontaine. Elle se colorait, consentait à une légère fermentation, produisait la fameuse vinoche ou piquette dont se contentaient les carriers.

3

Jusqu'à l'âge de douze ans, Sylvain Sahut fut donc l'écureuil des vignes et l'écureuil des pierres. Quand il tournait dans sa cage, les copains faisaient un détour pour venir lui jeter des noisettes. Ensuite, il fut trop grand. Le père voulut embaucher un autre gamin content de gagner deux repas et quatre sous par journée, le prix d'un kilo de pain gris ou d'une livre de pain blanc. Mais aucun jeune Volvicois ne se montra intéressé par cette besogne. Les temps changeaient, la mécanique remplaçait de plus en plus la main-d'œuvre humaine. Joseph Sahut fut contraint de démolir la tournette, de recourir à une manivelle de fer.

Alors, Elisa, la mère, intervint en faveur de son fils :

— Il a fait virer la cage pendant trois ans. Tu ne vas pas le mettre à la manivelle. Sers-toi de Fernand, notre commis. Ce petit, laisse-le grandir tranquillement. Je n'ai pas envie que tu me l'estropies.

— Et que dois-je faire de lui ?

— Tu es tailleur de pierre. Apprends-lui la taille.

C'est ainsi que Sylvain fit une connaissance intime avec la grande famille des marteaux. La mailloche de fer à deux têtes, qui sert à enfoncer les coins. Le maillet de chêne, compagnon indispensable du ciseau. Le têtu, fort de la caboche, mais mordant par l'autre face, pourvue de dents en grains d'orge. La laye, à un ou deux taillants, qui sert à bretteler, c'est-à-dire à obtenir une surface plane marquée de hachures. La boucharde, découpée en pointes de diamant. L'américaine, plus lourde et plus brutale… Tout cela suffisait aux travaux un peu rudes. Pour plus de finesse, pour la véritable sculpture, il fallait recourir, après l'ouvrage du burin, à la ripe, aux dents fines et serrées, qui enlève les barbes ; à l'ognette, qui gratte comme un ongle ; au ciselet, nécessaire aux gravures… Le jeune Sahut mettait beaucoup d'application à apprendre le métier. Le père se réjouit dans son cœur, assuré qu'il était maintenant d'avoir un successeur honorable. Il se trompait, comme il sera dit plus loin.

Les sœurs de Sylvain, Marianne et Clotilde, plus jeunes que lui, fréquentaient l'école tenue par mademoiselle Conchon. Celle-ci enseignait à ses élèves la lettre écrite et la lettre imprimée, le calcul et le système métrique. Mais elle consacrait beaucoup plus de temps à leur faire réciter des prières, en français et en latin. Le *De profundis* donnait grand mal à la maîtresse et aux élèves parce que ni l'une ni les autres n'y entendaient goutte. Raison de plus pour bien l'apprendre, ce qui fait l'intérêt des prières est précisément leur obscurité. On ne peut s'adresser à Dieu comme on s'adresse à son voisin. Chacune marmonnait donc avec conscience ces paroles mystérieuses : « Dominez ! Dominez ! Rédimette ! Récouillème ! Dominez ! Dominez ! » Dieu, quant à lui, les comprenait parfaitement.

Après les oraisons, venaient les travaux d'aiguille, de crochet ou de quenouille : un bâton dont le sommet porte une cagette remplie de laine écharpillée. La fileuse en tire une pincée qu'elle mouille de salive et qu'un fuseau tortille jusqu'à ce qu'elle devienne fil à pelote. En même temps, les fillettes chantaient des couplets dont chaque syllabe, contrairement à celles du *De profundis*, était transparente à leur esprit :

> *Viro, viro, mon fusè.*
> *Demò, chossa te sarè,*
> *Coeyfo, eycharpo o be bounè...*[1]

Sans chanson, le fil se faisait mal.

Au sortir des écoles, garçons et filles se rencontraient sur les places et aux carrefours. Abandonnant dans un coin leurs cartables, ils jouaient ensemble à cache-cache : une drôlette dissimulait dans un trou une toupie ou une bobine ; le drôle qui la découvrait devait donner une « coucade » à celle qui l'avait cachée ; non pas un simple baiser du bout des lèvres, mais une bise sonore qu'on devait entendre à l'autre bout de la place, ce qui suscitait bien des rires.

Une après-classe de juin 1835, ce fut un bruit d'une autre sorte qui secoua tout Volvic. Pan ! Pan ! La chose venait de la rue Basse, accompagnée de vociférations :

— Que je te revoie ! Et cette fois, je ne tirerai pas en l'air !

On reconnut le tailleur d'habits, Ernest Leyrit, détalant si vite qu'il en avait perdu ses sabots et criant dans son patois :

— *Z'y Pacros ! Me voù tiouà !* (C'est Pacros ! Il veut me tuer !)

Il courut se réfugier dans l'église. Les enfants, effrayés, prirent aussi la poudre d'escampette, plus d'un y perdant

1. « Tourne, tourne, mon fuseau. / Demain, tu seras bas, / Coiffe, écharpe ou bien bonnet. »

pareillement un sabot ou une galoche. Des gens sortirent des maisons :

— Qu'est-ce qu'il y a ? Qu'est-ce qui se passe ?

Ce n'est que bien plus tard, lorsque, sous la protection du curé, Leyrit sortit de Saint-Priest, que l'on connut les circonstances de l'affaire. Le tailleur avait fait un costume pour Pacros. Il était venu en réclamer pour la troisième fois le dû au maître d'école. Celui-ci, plein de vinasse jusqu'aux oreilles, l'avait reçu à coups de fusil. Les gendarmes vinrent l'interroger.

— L'habit ne me va pas. Il me serre au derrière, je ne peux pas le mettre. Leyrit refuse de le corriger. Donc, je ne paye rien.

— Ce n'est pas une raison pour prendre le fusil.

— J'ai tiré en l'air.

La conclusion fut que le comité municipal retira à Pacros son autorisation d'enseigner. Il vendit sa maison, quitta Volvic ; on n'entendit plus jamais parler de lui.

Sylvain grandissait comme un bel arbre. À dix-sept ans, il mesurait cinq pieds deux pouces. À dix-huit, cinq pieds six pouces ; à dix-neuf, cinq pieds huit pouces. Elisa le toisait avec son aune à dentelle. Puis, devenu le plus grand de la famille, il cessa de pousser. Large des épaules, mince des hanches, il aurait pu servir chez les hussards. Quelque chose s'y opposait : de loin en loin, il était pris par une crise de suffocation – d'haleine courte, comme disait sa mère – qui l'obligeait à lâcher les outils, à s'allonger sur le flanc de la carrière. Dans cette posture, une main sous le menton, il comptait les battements de son cœur qui, parfois, montaient à cent cinquante. Son père se penchait sur lui, les lèvres serrées par l'angoisse. Sylvain l'écartait doucement, comme s'il lui avait mangé le souffle. Il regardait les nuages blancs errer dans le ciel bleu, s'attendait à mourir d'étouffement. Ses lèvres bougeaient et devenaient bleuâtres. Il expliquait au Ciel et à ses habitants qu'à dix-huit ans il était trop jeune pour quitter la vie ; que son père, sa mère, ses sœurs ne s'en consoleraient pas ; qu'il espérait rencontrer un jour une fille, l'aimer, l'épouser, avoir d'elle des enfants ; qu'à Volvic existaient assez de vieux et de vieilles perclus de douleurs qui ne demandaient pas mieux que de faire l'ascension. Peu à peu, les mouvements de son cœur s'apaisaient, il retrouvait son haleine longue, Joseph lui recommandait de ne pas se relever trop tôt, de se reposer encore.

— Et les dalles ?

— Les dalles attendront. Va faire quelques pas avant de te remettre au travail.

Il sortait de l'entonnoir, suivait les chemins environnants, remplissait ses poumons d'air frais. Progressivement, il redevenait valide et jeune. Mais comment donc s'expliquaient ces suffocations périodiques ? Il lui fallut longtemps pour comprendre la cause et les effets.

Ce dimanche-là, ses pas l'avaient porté vers le château de Tournoël qui domine Volvic de sa tour ronde et de ses mâchicoulis. De ce sommet, la vue s'étend au loin sur la Limagne, sur Riom et son clocher pointu, jusqu'aux montagnes de Thiers et du Forez. Avec une lunette de Galilée, le regard pouvait voler jusqu'à Paris, jusqu'à Rome, jusqu'à Jérusalem. Comme Sylvain errait autour de ces belles ruines, il rencontra Gustin, un camarade d'école occupé à bretteler des cubes d'andésite disposés sur un tréteau.

— Alors, s'étonna-t-il, voici que tu travailles à présent le dimanche ?

— Monsieur le comte m'a demandé ces marches pour réparer un escalier intérieur. Il les veut ce soir, car il reçoit du monde.

— Marches ou pas marches, tu iras en enfer, Gustin !

Par jeu, il s'empara de la boucharde, voulut la jeter. Mais son geste fut maladroit, le marteau tomba à ses pieds. Comme il se baissait pour le ramasser, Gustin souffla sur la marche commencée, de sorte que la poudre vola dans la figure de Sylvain. Ce combat pour rire produisit un effet foudroyant : le jeune Sahut porta d'abord les mains à ses yeux afin de les purger de ce poivre ; puis soudain, il battit l'air de ses bras et tomba à la renverse sur la terre boueuse. Son camarade se précipita pour l'aider à se relever ; mais le malheureux toussait, suffoquait, le repoussait. « Le mal de saint Jean ! » se dit Gustin, car on était au mois de juin. Un mal que tout le monde connaissait dans les campagnes ; il s'attaque de préférence en ce début de l'été aux adolescents ; il s'atténue avec l'âge ; les médecins l'appellent épilepsie ; on sait que des artistes, des savants, des monarques en ont été atteints ; on n'en meurt pas à condition d'être vite assisté. Aussi le jeune tailleur de pierre courut-il à l'intérieur du château en appelant. Le comte de Chabrol l'entendit. C'était un vieux monsieur à la démarche clopinante ; il portait toujours sur sa tête grise le chapeau inventé par monsieur Gibus, lequel avait remplacé dans la classe aisée les tricornes et bicornes de l'Ancien Régime.

— Monsieur le comte ! Mon ami Sahut est en train de mourir !

Tous deux dégringolèrent l'escalier qui conduisait à la contrescarpe. Sylvain gisait toujours sous la dernière marche, les yeux clos, la bouche béante. Le comte se pencha sur lui, dégrafa le col de sa chemise, lui tapota les joues. Il remarqua qu'elles étaient poudrées de gris.

— Qu'est-ce que c'est que cette poussière ?

Et Gustin, plutôt gêné, après avoir promené dessus son index :

— Ben… sans doute… de la poudre de pierre.

Il expliqua comment, par jeu, il l'en avait enfariné. Monsieur de Chabrol tira de sa poche un mouchoir brodé, essuya doucement le visage du garçon.

— J'ai déjà vu cela. En Égypte, sous le général Bonaparte. Des hommes suffoquaient dans le vent de sable. On appelle cette crise asthme, ce qui veut dire en grec « respiration difficile ». J'ai commencé autrefois des études de médecine. Dans un moment, ton camarade reprendra une respiration normale. Redressons-le un peu.

Il fallut bien une demi-heure pour que Sylvain fût en mesure de s'exprimer.

— Est-ce que tu as déjà supporté cette sorte de crise ?

— Plusieurs fois.

— Dans quelles circonstances ?... Est-ce que la chose se produit, par exemple, quand tu as absorbé une bonne prise de poudre de pierre ?

— Oui, oui, je crois bien.

— C'est dans ce cas un asthme particulier, provoqué par une cause précise. Cela s'appelle idiosyncrasie.

— Idio... ?

— ... syncrasie. Le mot est un peu difficile. Disons plus simplement : une incompatibilité entre une personne et une substance. N'importe laquelle. Je connais quelqu'un qui s'évanouit si, par inadvertance, il avale une bouchée de poisson. Une autre personne ne peut pas manger un fruit. Dans ton cas, mon garçon, si la pierre te rend idiosyncrasique, il faudra que tu renonces à la fréquenter. Que tu choisisses une autre profession.

— Je ne sais rien faire d'autre.

— Tu apprendras. Quel âge as-tu ?

— Dix-neuf ans.

— Il n'est pas trop tard pour changer. On peut d'ailleurs changer à tout âge. Tu y réfléchiras, avec l'accord de ta famille.

À présent, Sylvain tenait bien sur ses jambes. Il remercia le comte de Chabrol. Celui-ci lui proposa la visite du château pour lui permettre de bien retrouver son aplomb. L'un guidant l'autre, ils gravirent la rampe d'accès, passèrent sous la tour aux Miches, ornée de pains ronds, errèrent dans les grandes salles privées de toitures, non de cheminées, virent la chapelle, le donjon carré et le donjon rond, couronnés de créneaux. Le comte lui montra une collection de boulets de canon qui avaient, dans les temps anciens, frappé les murailles :

— Tournoël a subi de rudes assauts à l'époque où les troupes royales guerroyaient contre les seigneurs. Des soldats prisonniers furent enfermés dans des geôles.

Tous les captifs égratignent leur prison. Sylvain put déchiffrer des graffitis : *Dieu veuille que je m'en aille. Dieu me donne la grâce. Memento mori*[1]. *Jehan Bonnefoy 1595.*

Ce même soir, lorsqu'il retrouva ses père et mère, il leur révéla qu'à Tournoël il avait fait une grave crise d'étouffement, qu'il avait été secouru par le comte de Chabrol, un homme très savant qui avait étudié la médecine en Égypte :

— Je sais maintenant ce qui me donne l'haleine courte : la poussière de la pierre. Nous sommes incompatibles. De plus, elle me rend idiot.

— Idiot ?

— Il m'a vivement conseillé de changer de métier.

1. « Souviens-toi que tu dois mourir. »

4

Joseph Sahut acceptait difficilement que la taille de la pierre pût rendre son fils idiot, au point de lui couper le souffle. L'enlevant à la taille, il l'employa à des besognes peu pulvérulentes : à attacher les cordes et les chaînes, à tourner la manivelle du manège, à charger les moellons sur le fardier, à forger les burins, à panser le cheval, à écrire les comptes. Malgré ces ménagements, il lui arrivait encore quelquefois d'aspirer une poussière d'andésite en voyage dans l'atmosphère. S'il n'en existait qu'une, immanquablement elle était pour lui : il se mettait à éternuer, à tousser, à suffoquer. Par temps brumeux, il devait rester enfermé dans la maison, observant par la fenêtre le va-et-vient des Volvicois, le vol des corbeaux au-dessus des deux clochers de Saint-Priest.

Les choses durèrent ainsi plusieurs mois. Au bout desquels Joseph se décida à faire venir Élie Lapeyre. Personne ne l'appelait docteur, parce qu'il ne l'était pas. La plaque de sa porte, gravée au fer rouge, disait seulement : *Élie Lapeyre, médecin. Frappez fort.* Le client levait la patte de lion en bronze, cognait deux fois, trois fois selon l'urgence. Agnès, la servante, paraissait : « Il est là, entrez. » Ou bien : « Il n'est pas là, donnez-moi votre nom, il viendra vous voir. » Lapeyre était officier de santé, titre modeste qu'il était permis d'obtenir après dix-huit mois d'études médicales, au lieu de sept années pour devenir docteur.

— C'est pour mon fils, dit Joseph à la servante. Il a la courte haleine. Il devient bleu à force de tousser. Faut le voir le plus tôt possible.

Elle rapporta la réponse de son maître :

— Il sera chez vous dans vingt minutes. Inutile de l'attendre. Il connaît le chemin.

L'urgence était manifeste. La veille même, suite à une autre suffocation, on avait dû coucher Sylvain dans le char sur des bottes de fougères et le ramener à la maison. Sa mère Elisa veillait sur lui en priant la Sainte Vierge.

En arrivant chez les Sahut, Élie Lapeyre jeta son chapeau et sa trousse sur une chaise et ordonna d'ouvrir la fenêtre pour donner de l'air au garçon. Dehors, le mois de septembre était visible, on entendait les hirondelles crier de plaisir à l'idée de leur proche hivernage. Le médecin déboutonna le col de la chemise, écarta tout large les deux bras du malade, les ramena, les écarta, les ramena, afin d'ouvrir et de refermer les poumons comme on manœuvre les joues d'un soufflet. Après plusieurs minutes de ces mouvements, les suffocations s'apaisèrent, le patient respira mieux.

Ensuite, Lapeyre tira de sa trousse un stéthoscope. Instrument inventé par Laennec ; avec son pavillon évasé, il ressemblait à une trompette de chasseur, sauf qu'au lieu d'appliquer l'embout aux lèvres on se le fourrait dans l'oreille. Il promena cet entonnoir sur la poitrine du jeune homme et sur son échine. Il lui fit ouvrir la bouche, examina la gorge, la langue, la luette.

— C'est une crise d'asthme, conclut-il.

Le père et la mère, qui le savaient, firent semblant de l'apprendre.

— Est-ce que c'est grave ? demanda Elisa.

— Ça peut le devenir. Quelquefois, on en meurt.

— Doit bien y avoir des remèdes ?

Lapeyre secoua la tête d'une manière oblique ; de sorte qu'on ne sut pas s'il disait oui ou s'il disait non. De sa trousse encore, il tira une plume de fer, un encrier à bouchon, s'installa sur la table pour rédiger une ordonnance. Tous les Sahut étaient suspendus au grignotement de la plume sur le papier. Il écrivait en se mordant la moustache, restait en suspens après chaque prescription, on croyait qu'il en avait fini, mais il en ajoutait une autre. Contrairement aux docteurs qui griffonnent leurs lignes de façon à les rendre illisibles aux patients parce qu'ils ont besoin de mystère, parce que leur profession tient de la magie, lui faisait un grand effort en sens inverse. Il prit même la peine d'en donner la lecture à voix haute, s'adressant principalement à la mère :

— C'est une liste de plantes curatives. Vous les trouverez chez Sureau, l'apothicaire-herboriste. « Lichen d'Islande, 20 grammes. Pulmonaire officinale, 20 grammes. Bois de réglisse, 10 grammes. Racine d'hyèble, 10 grammes. Herbe de véronique, 20 grammes. Herbe de reine-des-prés, 10 grammes. Racine d'angélique, 10 grammes. » Vous mettez tout ça ensemble dans une casserole d'un litre que vous remplissez aux trois quarts. Vous faites bouillir et laissez infuser une dizaine de minutes. Une fois l'infusion un peu refroidie, vous lui en faites boire une gorgée toutes les heures. Quand la casserolée sera toute bue, vous retournez chez Sureau et renouvelez l'ordonnance.

Il se fit payer, referma sa trousse, reprit son chapeau, prit congé en leur souhaitant bonne chance.

— Qu'est-ce qu'il veut dire avec sa « bonne chance » ? interrogea la mère après son départ.

Et Joseph :

— Ça veut dire sans doute qu'il n'est pas certain de la guérison.

La boutique de Sureau était un musée de parfums. Des doux et des rudes. Des amers et des sucrés. Des veloutés et des pointus. Au début, quand on pénétrait dans ce mélange, on en restait comme étourdi. Après un moment, on discernait les senteurs de la verveine, de la menthe, de la mélisse, du romarin, du laurier, de vingt autres « cétéras ». C'est à cause de son patronyme, sans doute, que Sureau avait choisi cette profession odoriférante. Tout vêtu de drap bleu, il cachait son ventre sous un tablier de cuir. Ses joues étaient couvertes de favoris si énormes qu'on imaginait qu'il n'avait pas besoin d'oreiller pour dormir. Au plafond, aux murs, aux fenêtres pendaient des bouquets d'herbes séchées. D'autres remplissaient des sacs, des paniers, des couffins.

Joseph montra l'ordonnance :

— Est-ce que vous avez tout ça ?

— J'en suis sûr, répondit l'herboriste après y avoir jeté un coup d'œil. C'est pour vous ?

— Pour l'asthme de mon fils, ça le rend idiot.

— Y a longtemps qu'il en souffre ?

— Par périodes.

— C'est peut-être le métier qui ne lui convient pas. Une chose qui arrive souvent. Le mien, Bernard, ne peut pas supporter l'odeur des plantes. J'ai dû le mettre dans la pâtisserie.

L'idée de mettre Sylvain dans la pâtisserie fit sourire Joseph intérieurement. Il emporta les tisanes. Le malade en but une gorgée toutes les heures, selon la prescription. Après quinze jours de traitement, ses suffocations s'adoucirent. Il reprit ses besognes hors de la carrière-entonnoir et cessa de boire l'infusion.

Au bout de quatre semaines, une rechute fut si forte qu'il passa à deux doigts de mourir. Elisa se fâcha tout rouge :

— Je ne veux plus qu'il travaille la pierre !

— Il ne la travaille pas, dit Joseph. Il se contente de la déplacer.

— Comme a dit le comte, faut qu'il change de métier.

— Pour la pâtisserie ?

— Consultons monsieur Ameil, son ancien maître d'école.

On l'invita à venir veiller aux châtaignes. On était près de la Saint-Martin, elles demandaient à être cueillies. Il en pleuvait tellement sur les chemins que toutes les familles, même les plus pauvres, y trouvaient leur part. Il suffisait de se baisser et de les ramasser. Les propriétaires fermaient les yeux. Respectant le proverbe : *La tchatonha soun po treytou, coumo le soulë è son djou.* Les châtaignes sont pour tout le monde, comme le soleil et sa lumière. Cela ne signifie pas qu'on peut en remplir des sacs et des tombereaux pour aller ensuite les vendre à la ville. Chaque cueilleur doit se contenter d'une ou deux livres.

Chez Joseph Sahut, elles produisirent une belle réunion autour de la cheminée. Monsieur Ameil n'était pas venu les mains vides, cela ne se fait pas. Il avait apporté un flacon de vin de pêche, qu'il préparait lui-même en ajoutant du sucre et en macérant des feuilles de pêcher dans du vin blanc. Elisa faisait rôtir sur les flammes, dans la grande poêle percée de cent trous, les châtaignes, à peine fendues par la pointe du couteau. Se précautionnant de les secouer toutes les dix secondes. Leur fumée emplissait la pièce comme un encens.

— Hum ! Hum ! Hum ! faisaient le garçon et les deux filles.

Quand elles furent à point, Elisa les renversa sur le bois de la table, avant d'en préparer une autre poêlée. Chacun tirait un marron, puis deux, puis trois, de même que Bertrand et Raton, mais sans escroquer personne. La châtaigne chauffait les paumes sans les brûler, ce n'était pas son genre, avant d'emplir les bouches et toutes les têtes. Arrosée de vin doux pour les filles et la mère, de vin de pêche pour les hommes.

On bavarda longtemps de ceci, de cela. Il fallut bien en venir à l'objet de la réunion : quel métier conseiller à l'Écureuil ?

— Laissez-moi réfléchir, demanda monsieur Ameil.

Il tira de sa poche un calepin et un crayon. On le vit noircir plusieurs pages. La réflexion lui plissait le front.

— Voilà, dit-il enfin. J'ai préparé une liste de professions, par ordre alphabétique, telles qu'elles me sont tombées dans la cervelle.

— Alpha… ? interrogea le carrier.

— L'ordre n'a pas d'importance. J'ai procédé ainsi par simple commodité. A chaque métier que je vous propose, ceux qui en sont d'accord lèvent le doigt. On prendra celui qui réunira le plus de suffrages.

— Comme les élections du maire ?

— Exactement.

Fernand, le commis, fut admis à voter comme s'il avait fait partie de la famille, ce qui était un peu vrai.

— Attention, fit le maître d'école, il nous faut l'unanimité, six voix donc sur six, afin que le vote ne prête pas à contestation.

Tenant le calepin devant lui, les deux bras tendus, il se racla un peu la gorge et avança la première proposition alphabétique :

— *Acrobate.*

Les six électeurs arrondirent les yeux comme des culs de bol, croyant avoir mal entendu.

— *Acrobate*, répéta-t-il.

— Qu'est-ce que c'est ?

— Celui qui, les jours de foire, marche sur les mains, qui met les pieds derrière sa tête, qui plante les équilibres. Ensuite, il fait la quête dans son chapeau.

— Vous vous rigolez, monsieur Ameil ?

— Sans doute. Voyons les choses comme ça. Au suivant. *Allumettier.*

Tout le monde connaissait les marchands d'allumettes. Ils les vendaient par petits fagots, de porte en porte, librement, elles n'étaient pas encore un article de monopole. Elles s'enflammaient à merveille, il suffisait de les frotter contre un sabot, contre la cuisse du pantalon en levant le genou.

— Non, dit Joseph. C'est trop dangereux. Un jour, j'en ai vu un qui s'est mis le feu aux braies.

— Je n'insiste pas. *Apiculteur.* Celui qui élève des abeilles.

— Nous n'avons pas de ruche.

— *Barbier... Barbier-coiffeur.*

Un métier agréable et pas fatigant. Le dimanche matin, avant la grand-messe, à la saison chaude, deux barbiers s'installaient devant l'église et rasaient en plein air, sous les regards amusés des enfants. Pour les faire reculer, les barbiers les menaçaient de leur blaireau chargé de mousse. Ce qui suscitait bien des rires. Deux sous la barbe, trois sous les cheveux, cinq sous l'ensemble. Quand sonnait le troisième appel de la cloche de Saint-Priest, les deux barbiers formaient un petit tas avec tout le poil tondu, y mettaient le feu. Cela produisait la même puanteur que celle du cochon qu'on flambe avant de l'ouvrir.

— Pourquoi pas ? fit le père. Qui qu'est pour ?

Trois index seulement se levèrent, ce n'était pas assez.

— *Batelier*, proposa l'instituteur.

Carriers et bateliers allaient bien ensemble. Les moellons d'andésite voyageaient sur les barques de sapin. Aucune rivière ne traversait Volvic, il fallait aller jusqu'à Pont-du-Château. Les bateliers avaient de bons salaires ; mais ils souffraient d'une très mauvaise réputation ; on les appelait des « couillons rouges » à cause de leur figure colorée par le plein air et par l'abus du vin ; à cause aussi de leurs détestables pratiques. Tel celui qui, revenant à pied de Paris et traversant Aigueperse, avait dans l'église mordu le nez de la Sainte Vierge parce qu'elle ne l'avait pas exaucé. Cette proposition n'eut droit qu'à deux index.

Boulanger, il n'en était pas question : tu travailles la nuit, tu dors le jour, ça te donne des yeux de chat-huant. *Bourrelier* aurait pu convenir ; mais dans la région les vaches et les bœufs étaient plus nombreux que les chevaux, et n'avaient besoin ni de guides ni de selles. *Cantonnier*, une jolie profession, obtint quatre voix sur six. *Charbonnier* était trop salissant, on en connaissait qui crachaient noir.

— *Doreur*, proposa monsieur Ameil.

— Doreur de quoi ?

— On peut dorer toutes sortes de choses. Des cloches, des colonnes, des médailles, à la feuille d'or.

— C'est pas dans nos moyens, fit Elisa.

— J'en ai connu un, révéla Fernand, qui dorait des culs, ça lui rapportait trois francs par fesse.

— Avec de l'or ?

— Avec du jaune d'œuf.

— C'est trop aléatoire. Il y a aussi les doreurs de pilules. Ne faisons pas de politique.

Doreur donc ne récolta aucun suffrage. Ni, avant lui, *chiffonnier*, *colporteur*, *croque-mort*, *domestique*. *Écrivain* obtint seulement deux voix, d'Elisa et de Fernand, qui ne savaient pas écrire. *Forgeron*, aucune. *Horloger* plut beaucoup, mais il n'atteignit que quatre votes. *Maçon*, aucun.

Six voix se réunirent sur *médecin.*

— N'allons pas plus loin, fit l'instituteur. Sylvain sera médecin.

— Comme ça, ajouta le père, il pourra se soigner et soigner toute la famille gratuitement. Comment qu'on fait pour le devenir ?

— Interrogez monsieur Élie Lapeyre.

Applaudissement général. Le père, la mère, les deux filles, Fernand embrassèrent Sylvain, le félicitèrent comme si déjà il avait le droit de tuer le monde sans encourir les foudres de la loi. Le carrier-vigneron sortit une bouteille de vin spéciale, bouchée en 1822 pour célébrer la naissance du futur Écureuil. Les verres se choquèrent et chacun cria :

— À ta santé, docteur !

Sylvain consentit à en boire deux doigts.

Le père et le fils rendirent donc visite à monsieur Lapeyre, dont la maison dominait le bourg de ses deux étages et de sa girouette en forme de caducée. Dans la salle d'attente, des chaises attendaient la rare clientèle. Les hommes de la pierre et de la terre ne s'offraient pas souvent le luxe de tomber malades, encouragés par les proverbes : « Celui qui mange bien, qui dort bien, qui chie bien est en bonne santé. Qui se gratte où ça lui démange ne fait de tort ni à lui-même ni aux autres. La maladie que ni le fromage ni le vin ne peuvent guérir est incurable. Celui qui chante oublie son mal. Le pain dur tient la maison sûre. Ail le soir, oignon le matin font le malheur du médecin. » C'est pourquoi les Limagnais, gros producteurs d'ail et d'oignons, faisaient fortune. Allez voir autour de Billom si je dis un mensonge.

Bien qu'il n'y eût personne avant les deux Sahut, Lapeyre les fit patienter longtemps, selon la bonne règle : « Qui attend espère. » Il les reçut enfin dans son cabinet. Cette pièce contenait deux meubles principaux : une armoire vitrée pleine de livres, et dans un coin mais bien visible, bien épouvantable, un squelette en os véritables attachés les uns aux autres, riant de toutes ses dents. Voyant leurs regards effrayés, le médecin les rassura :

— Je vous présente Eusèbe. Il vient d'Afrique. Il n'en a pas l'air, mais c'est un nègre. S'il montre les dents, il ne mord pas. Asseyez-vous.

Ils prirent place, s'observant l'un l'autre, pour déterminer qui le premier allait prendre la parole. Le père comprit que cela lui revenait :

— Nous venons vous consulter… Figurez-vous que ce garçon veut abandonner la pierre… Ça le suffoque, ça le rend idiot, comme vous savez… Et devinez le métier qu'il a choisi ?… Médecin. Il veut devenir comme vous.

— Pourquoi pas ?

— Expliquez-nous ce qu'il doit faire.

— Il y a beaucoup à faire. D'abord, apprendre le latin. On ne peut pas pratiquer la médecine si on ne connaît pas le latin.

— Hou la la ! Et qui va le lui enseigner ?

— Demandez, par exemple, à l'abbé Dugoût. Sans latin, on ne peut pas non plus être curé. Expliquez-lui le pourquoi.

Sylvain n'écoutait que d'une oreille ces recommandations, fasciné qu'il était par la contemplation d'Eusèbe le nègre. Se disant : « Voilà ce que nous devenons quand nous sommes morts. » Le squelette cherchait à le rassurer de son ricanement qui disait : « On n'est pas si mal dans ma condition. On n'a jamais froid aux pieds. On ne souffre ni de l'asthme ni d'aucune autre maladie. » Le médecin s'aperçut de son intérêt et entreprit de lui donner sa première leçon :

— Voici le radius, l'humérus, le cubitus. Ici, le sternum et le sacrum. L'omoplate et la clavicule… Nous avons deux cent huit os ou osselets.

— Hou la la ! fit Joseph.

— Ne te tracasse pas. On les apprend très vite.

Au terme de la consultation, ils saluèrent Lapeyre et Eusèbe et se dirigèrent vers la cure. Dugoût y vivait en communauté avec ses trois vicaires. Ils disposaient des services d'un jardinier, d'une cuisinière et d'une femme de chambre. Le curé prétendit néanmoins qu'il avait trop de charges pour donner des leçons de latin à un écureuil ; mais il proposa un de ses vicaires, Pascal Garachon, originaire de Manzat. Ce jeune homme voulut bien accepter. Il y eut là-dessus discussion :

— Combien me prendrez-vous pour ces leçons ?

— Le prix d'une livre de beurre pour chacune.

— Mais je n'ai pas de vache, pas de lait, pas de beurre !

— Je vous dis : le prix d'une livre. Vingt sous.

— Vingt sous pour une heure ? C'est ce que je donne pour une journée à Fernand mon ouvrier !

— Si vous trouvez que c'est trop cher, demandez à Fernand d'apprendre le latin à votre fils.

Il fallut bien en passer par là.

Le vicaire habitait une chambrette meublée d'un lit, d'une table, de deux chaises, d'un crucifix et de quelques livres sur un rayon. Quoique jeune, cet ecclésiastique remplissait bien sa soutane. Un rabat noir bordé de blanc soulignait sa face jaunâtre et joufflue qui tenait du potiron. En arrivant, Sylvain présentait sa pièce de vingt sous, blanche comme une hostie d'argent. Le vicaire la saisissait entre le pouce et l'index, la laissait tomber dans une tirelire en prononçant chaque fois :

— *Pauperibus.* (Pour les pauvres.)

Il ne s'exprimait qu'en latin :

— *Ut vales puer* ? (Enfant, comment vas-tu ?)

— *Sicut placet Domino.* (Comme il plaît à Dieu.)

— *Tempus est legendi.* (Voici le moment de lire.)

Il lui mettait sous les yeux un ouvrage déjà commencé, les *Bucoliques* de Virgile :

— *Qui legitis flores et humi nascentia fraga frigidus, o pueri, fugite hinc, latet anguis in herba...*

Il fallait tout de même recourir à la langue vulgaire :

— *Transfer in linguam francorum.*

— Vous qui cueillez les fleurs et les fraises naissant à terre, fuyez, enfants : un serpent effroyable est caché dans l'herbe.

Lorsque Sylvain se trompait, il était aussitôt repris :

— *Erras.*

Ainsi, sans probablement l'avoir jamais lu parce que *Les Essais* ne devaient point figurer dans les séminaires, Pascal Garachon employait-il la méthode dont avait bénéficié Montaigne enfant, pelotant les déclinaisons comme on échange des balles au jeu de paume. Après quelques mois d'étude, Sylvain en fut si gonflé que, par jeu, il prononçait chez lui des paroles latines au lieu du patois de Volvic. Sa mère Elisa joignait les mains, levait les yeux au ciel, en s'écriant :

— Notre Écureuil parle latin aussi bien que monsieur le curé !

Il lui arrivait de l'interroger :

— Comment dit-on en latin le pain, la saucisse, le boudin ?

Jamais il ne se laissait prendre de court. Ses sœurs n'étaient pas moins éblouies. Un jour qu'ils se promenaient ensemble dans les bois qui tapissent la Nugeyre, ils assistèrent au manège d'une grenouille qui essayait vainement de gravir une bûche tombée.

— Dis-nous ça en latin, demanda Clotilde.

Et lui, après un instant de réflexion :

— *Grenouilla montavit in troncum querci, sed fecit* « pouf » *!*

Pour apprendre ces merveilles, il en coûta cent cinquante francs à Joseph Sahut. Une somme énorme : le prix d'une vache et demie. Il s'arracha les cheveux et revit monsieur Lapeyre :

— Combien de temps faut-il pour devenir médecin ?

— En principe sept ans.

— Jamais je n'arriverai à payer des études aussi longues.

— Votre fils peut se contenter du titre d'« officier de santé » créé par Napoléon sur les champs de bataille. C'est exactement ma situation. Au bout de dix-huit mois, il en verra la fin. Tout en préparant son diplôme, il pourra exercer un emploi. Par exemple, celui d'infirmier, qui lui procurera nourriture et logement. On n'arrive à rien sans courage ni sacrifice.

5

Les études médicales étaient données à l'Hôtel-Dieu de Clermont-Ferrand. En cette ville, Joseph avait un frère vigneron, Valentin, établi rue des Nobles, au revers de la cathédrale. Il voulut bien héberger son neveu aux termes du contrat suivant :

— Je n'ai pas de fils, je traiterai le tien comme s'il était à moi. Il me prêtera la main dans mes besognes quand il sera disponible. Pour prix de cette pension, tu me prépareras une dalle mortuaire de deux mètres sur un. Tu graveras dessus cette inscription : « Ci-gît Valentin Sahut, décédé le…, regretté de sa famille. » Le moment venu, tu la transporteras sur ma tombe, au cimetière des Carmes-Déchaux. Tu l'installeras dans les règles de l'art.

— Et si je meurs avant toi ?

— Il n'en est pas question, je suis ton aîné de douze ans. Mais si cela arrivait, Sylvain se chargerait du transport. En attendant, tu peux la garder à Volvic. Dès demain, commence-la.

— Marché conclu.

Sylvain devait donc quitter une bourgade où tout le monde se connaissait pour aller résider dans une ville de trente mille âmes, riches ou gueuses, propres ou sales, qui s'ignoraient les unes les autres. À tout hasard, Elisa tint à le mettre en garde :

— J'ai entendu dire que c'est plein de mauvaises femmes.

— Comment reconnaît-on une mauvaise femme ?

— Celles qui cherchent à te faire commettre les péchés.

— Quels péchés ?

— Les mortels. Promets-moi de te garder de ces filles du diable.

Elisa s'était toujours montrée d'une pudeur outrageuse, il fallait entendre ce qu'elle voulait dire sans la contraindre à s'expliquer. Le plus gros des péchés était celui qu'elle ne nommait pas. Lorsqu'elle donnait un bain dans le baquet à son petit garçon, elle ordonnait à ses filles :

— Regardez par la fenêtre ce qui se passe dans la rue.

Sa haine du sexe et de ce qui en dérive était si forte qu'elle refusait de s'asseoir sur une chaise qu'un homme venait de chauffer et qu'elle attendait son refroidissement avant de s'y poser.

— Promets-moi, insista-t-elle, de te tenir toujours sous la protection de la Sainte Vierge.

— Je promets, dut-il concéder.

Par bonheur, la rue des Nobles où Valentin Sahut avait sa résidence, quoique obscure et serpentine, n'était habitée, à cause de la proche cathédrale, que par des femmes pieuses et des filles réservées. Elle partait de la rue du Port et montait vers la place Devant-Clermont[1]. Elle gardait le souvenir de Blaise Pascal enfant qui avait jadis foulé ses pavés en compagnie de ses sœurs Gilberte et Jacqueline. Toutefois, plusieurs vignerons demeuraient dans ce quartier, reconnaissables aux laves d'andésite percées de trous gros comme le poing qui fermaient leurs soupiraux. Au temps des vendanges, elles étaient enlevées, remplacées par d'énormes entonnoirs de bois. Les

1. Aujourd'hui place de la Victoire.

bacholles y versaient leur contenu, qui allait tomber dans les caves profondes. Car la ville de Clermont, dans sa partie la plus ancienne, est bâtie sur une éminence aussi creusée de trous qu'une meule de gruyère. Les premières cavités furent voulues sans doute par les habitants afin d'y trouver refuge en cas d'attaque barbare. Elles correspondaient au moyen de couloirs qui faisaient d'elles un véritable labyrinthe, épais de cinq ou six étages. Elles gardaient encore le souvenir de ce jeune flûtiste qui, chaque soir, pour l'empêcher de s'endormir, allait jouer sous les fenêtres de l'évêque. Celui-ci, après avoir longtemps patienté, ordonna à ses prévôts d'arrêter ce galopin et de l'enfermer. Mais lui, plus leste qu'eux, les pieds nus, s'enfuit en zigzaguant de venelle en venelle. Se voyant tout à coup au risque d'être capturé, il souleva la dalle d'un soupirail, tomba dans une cuve vide, se mit à courir le réseau souterrain. Jouant toujours de la flûte pour narguer ses poursuivants :

Me raparà pa bardjey,
Tènhe lu pè tro lidjey...

Tu ne m'attraperas pas, berger,
Car j'ai les pieds trop légers...

Les prévôts, forts en bedaine, ne passaient point par la bouche du soupirail. Ils durent se contenter d'écouter la musique. Puis elle s'éloigna. Elle faiblit encore. Ils n'entendirent plus rien. Le galopin avait perdu son chemin dans le labyrinthe, on ne le revit plus jamais, il doit être toujours occupé à chercher la sortie.

Valentin Sahut résidait au commencement de cette rue des Nobles, au voisinage de l'évêché et des grandes familles clermontoises. Au-dessus du quartier, se dressait la masse sombre de la cathédrale, pareille à un tas de bûches, sans grâce, sans les flèches ni les arcs-boutants que devait lui ajouter plus tard Viollet-le-Duc. Sa face occidentale, tournée vers la rue des Gras et vers le puy de Dôme lointain, se terminait par deux tours carrées fort laides, couvertes d'un crépi lépreux rongé par le lierre, percées de fenêtres disparates : tout ce qui restait de l'ancienne église romane, laquelle succédait à son tour à une ou deux autres. Entre ces sentinelles, une porte basse à plein cintre. Appuyée à celle de droite, une grande croix de bois peinte en rouge, sans christ, sans date, dite « croix de la Mission ».

L'Hôtel-Dieu n'était qu'à dix minutes de marche par le chemin le plus bref, celui qui traversait l'église. Car depuis des siècles, d'une porte à l'autre, elle servait de raccourci à tout venant. Les chanoines toléraient ces passages, dans l'espérance que l'image de la Vierge pouvait y gagner quelques *Je vous salue*. Sylvain accompagnait même les siens d'une génuflexion, comme il avait promis à sa mère. Il ressortait par le côté méridional, résistait aux appels que lui lançaient les vendeurs de hardes, de chapeaux, de merceries, de mirlitons. Leurs boutiquettes étaient accrochées au pied des murailles, on eût dit des moules soudées à la coque d'un navire en panne. Il traversait Devant-Clermont, enfilait le passage Saint-Genès, trouvait un peu plus bas la rue de l'Hôtel-Dieu, se dirigeait à grands pas vers l'École de médecine.

La façade de cette vaste bâtisse, pas encore revêtue de pierre volvicoise, n'était pas plus reluisante que celle de la cathédrale. Elle montrait une muraille grisâtre en grand besoin d'être cachée. Lorsqu'on avait franchi la porte cochère, on longeait à droite la salle de garde ; à gauche, un long couloir exposant, gravée dans le marbre en lettres d'or, la longue liste des bienfaiteurs de la maison, de 1773 à 1840. On pouvait entre autres y lire les noms de Jean-Baptiste Massillon, évêque de Clermont, qui avait « institué les pauvres [ses] légataires universels » ; de la famille de Ribeyre « pour deux cents livres » ; de Jean

Savaron « pour une rente de vingt-sept livres » ; d'un Pascal « pour trois mille livres » ; d'un inconnu « pour une lampe d'argent valant mille neuf cents livres ».

Tel autre avait légué une terre, une vigne, un pré, une maison.

Au-dessus, l'École de médecine occupait un vaste local dallé, sans plafond, sous des solives nues. L'ameublement comprenait une grande et une petite table, deux bancs de bois, des chaises, un tableau noir, un poêle. Une soixantaine d'élèves pouvaient y prendre place. À condition de se serrer un peu et d'écrire sur leurs genoux. Les professeurs apportaient leur documentation personnelle, qu'ils devaient ensuite remporter en l'absence de toute armoire. C'est que la salle recevait aussi en réunion les administrateurs de l'hôpital ; ces jours-là, les étudiants avaient congé. Il en était de même lorsque la commission militaire examinait, pesait, toisait, palpait des conscrits qui avaient tiré un mauvais numéro ; un sur dix se trouvait éliminé pour défaut physique ou insuffisance d'indice : on retranche de la taille en centimètres le tour de poitrine et le poids, seuls sont retenus ceux qui obtiennent entre moins 30 et plus 30.

L'enseignement de l'anatomie était mieux partagé. Il occupait au sous-sol un amphithéâtre et un cabinet dans lequel le prosecteur et le chef des travaux rangeaient leurs instruments. On n'y pratiquait que des dissections virtuelles au moyen de tableaux et de dessins. Les dissections réelles s'opéraient dans une baraque en bois au fond du jardin, entourée d'arbres qui la dissimulaient aux regards. Proche du pavillon de Sainte-Pélagie où l'on soignait plus ou moins les prisonniers de droit commun et les prostituées malades. Pour des raisons évidentes, les autopsies n'avaient lieu qu'à la saison froide – celle où les paysans saignent et salent leurs cochons –, jamais avant le 1er décembre ni après le 10 avril. Encore fallait-il que les cadavres fussent, si je puis dire, bien portants ;

on écartait les contagieux et ceux dont la putréfaction se trouvait avancée. On employait les cadavres des condamnés à mort, une douzaine en moyenne chaque année ; ou bien les décédés à l'hôpital non réclamés par leurs familles. L'élève le mieux classé était chargé de diriger ses camarades, de maintenir l'ordre, de veiller à ce que nul ne s'écartât du respect dû aux dépouilles humaines et aux bonnes mœurs. Les autres étudiants, à tour de rôle, devaient balayer chaque matin, chaque soir faire des fumigations de soufre et ouvrir les fenêtres, ramasser les débris et les ensevelir.

Le réfectoire copiait exactement celui des séminaires. Pendant que ses camarades mangeaient, un élève installé sur une estrade faisait à haute voix une lecture d'intérêt médical. Par exemple un extrait de l'*Ortus medicinae* de Jean-Baptiste Van Helmont ; ou la *Méthode de traiter les playes faites par les arquebuses et autres bastons à feu* d'Ambroise Paré. Sans qu'il y eût obligation absolue, il leur était fortement recommandé d'assister le dimanche en la chapelle à la messe et aux vêpres et de se confesser tous les mois. Cependant, comme avant la Révolution, ils n'encouraient plus le risque « d'être pour la première fois charitablement corrigés [en clair, sermonnés] ; d'être mortifiés pour la seconde [en clair, privés de nourriture] ; d'être expulsés pour la troisième ».

Sylvain Sahut fut accueilli avec condescendance par les élèves de cette école, car tous appartenaient à des familles fortunées, fils de marchands, de tailleurs d'habits, d'avocats, de professeurs, d'imprimeurs, de notaires. Nés avec une cuillère d'argent dans la bouche, ils regardaient de haut ce Volvicois fils d'un tailleur de pierre. Mais l'acharnement qu'il mit dans ses études et les résultats obtenus finirent par lui valoir quelque estime. Et même quelque jalousie. Un seul condisciple, nommé Genès, lui manifestait une amitié sincère. L'ennui avec ce garçon, fils d'un maître coutelier de Thiers, c'est que toutes sortes d'idées étranges lui traversaient la tête. Rien de très étonnant car les habitants de cette ville ont une réputation de farceurs. Ainsi Genès professait-il des idées républicaines, en 1842, sous le règne de Louis-Philippe. Après un demi-siècle de désordres, la France connaissait une période de paix et de prospérité. « Enrichissez-vous par l'épargne et par le travail ! » recommandait le ministre Guizot. Genès ne demandait pas mieux que de s'enrichir, mais de façon républicaine et non pas royaliste. Son aversion s'étendait à tout ce qui avait une senteur louis-philipparde, notamment à l'église catholique. Aussi se sentait-il sur des charbons ardents au moment des offices recommandés dans la chapelle de l'Hôtel-Dieu. Il trouva le moyen d'y exprimer une opposition fracassante. À la thiernoise, au moment le plus sacré de la messe, lorsque le prêtre élève la sainte hostie en prononçant : « Recevez, ô Père saint, Dieu tout-puissant, cette hostie sans tache que je vous offre, tout indigne que je suis de ce ministère… », tous les présents purent percevoir un *prrout* antireligieux et républicain provenant du dernier rang de l'assemblée. Le célébrant fit mine de ne rien entendre et poursuivit son dialogue avec Dieu. Toutefois, les regards des étudiants convergèrent sur leur collègue coutelier qu'ils savaient capable de toute incongruité.

Ce dimanche-là, l'affaire n'eut pas de prolongement. Le dimanche qui suivit, Genès reprit sa place habituelle et le même *prrout* se répéta. Scandalisé par cette onomatopée, l'aumônier chargea son bedeau de déterminer d'où elle provenait. Avant les vêpres, Genès eut la prudence de retenir les gaz dont il avait fait provision. La surveillance du bedeau n'aboutit point.

Même silence, trois fois de suite. La quatrième, ne remarquant personne derrière lui, le Thiernois leva la cuisse gauche et lâcha un pet magnifique qui secoua l'assemblée de rires et de gloussements. Or, dissimulé dans le confessionnal, le bedeau avait remarqué le soulèvement de la cuisse. Il bondit, mit la main sur le coupable, le chassa de la chapelle. Celui-ci passa en jugement devant la commission administrative, qui l'expulsa de l'École de médecine.

Le chirurgien-chef était monsieur Jean-Baptiste Fleury. Une personnalité impressionnante tant par son aspect physique que par ses glorieux travaux. Né à Gerzat en 1777, il avait fait ses études à Paris et n'avait pas craint d'y retourner en 1832, lors d'une épidémie de choléra, pour soigner les malades. De haute stature, la parole forte et brève, il continuait, à soixante ans passés, de se poudrer les cheveux, bien qu'il ne portât point perruque, comme on faisait sous l'Ancien Régime. Suivant que son âme était triste ou gaie, son corps fatigué ou alerte, il répandait autour de lui le soleil ou la tempête. Tous les matins, il arrivait à cinq heures à l'Hôtel-Dieu. Vêtu en hiver d'une vieille redingote courte et étroite, coiffé d'une casquette qui eût bien mérité une remplaçante, ceint d'un tablier de toile blanche avec une large poche ventrale où tintinnabulaient de nombreux instruments métalliques, trocarts, ciseaux, bistouris, curettes… Pour se guider dans les salles peu éclairées, il tenait en sa main gauche un bougeoir monumental dans lequel était plantée une chandelle malodorante et fumeuse dont la flamme tremblotait. De temps en temps, avec une pince, il en mouchait la mèche. Le même lumignon en plus petit était le fait de chaque élève, le même tablier à poche de sarigue. Deux d'entre eux transportaient une caisse en bois contenant, méthodiquement disposés par les sœurs de Saint-Vincent-de-Paul dont les coiffes accompagnaient la troupe, des compresses, des bandes, de la charpie, un rouleau de diachylon, sorte d'emplâtre à base de cire, de térébenthine et de poix collé sur toile ; et aussi du styrax, de l'onguent digestif, de la poudre de cantharide, de l'amadou ; bref, toute une pharmacie. Au milieu de la caisse, une casserole sans queue destinée à recevoir le pus, le sang, les sérosités, les liquides provenant du lavage des plaies, les linges souillés. Le voisinage du propre et du sale ne gênait personne en ces temps prépasteuriens. L'asepsie n'était pas encore inventée. Le mot « hygiène », connu depuis le XVIe siècle, n'avait pratiquement aucune application dans les hôpitaux, où les désinfectants étaient encore remplacés par des aspersions d'eau bénite. Les chirurgiens partageaient à peu près l'opinion de Jean-Jacques Rousseau : « La seule partie utile de la médecine est l'hygiène ; encore est-ce moins une science qu'une vertu. »

Arrivé au lit du malade, le groupe installait comme il pouvait la caisse et les bougeoirs. Le patient gisait dans son vieux lit de bois encadré d'épais rideaux de serge verte dont la draperie lui conférait un air de catafalque, sur une paillasse que les infirmiers étaient tenus de secouer chaque semaine pour en chasser les puces. On procédait alors au pansement. Une fois lavées avec une éponge, les plaies étaient recouvertes d'un linge enduit de cérat : pommade à base de cire et d'huile, additionnée de camphre et de laudanum, dont la recette remontait à Galien. On ajoutait de la charpie, on enveloppait d'un bandage. Le diachylon servait à panser les ulcères, les plaies récentes, les escarres. Il ne faut pas mépriser dans son ensemble la médecine de Galien, qui fut le plus célèbre chirurgien de l'Antiquité grecque. À tel point qu'il gagna par le succès de ses soins la confiance de l'empereur Marc-Aurèle et que, dès lors, celui-ci n'en voulut pas d'autre. Il pratiquait les opérations les plus audacieuses, comme la trépanation et celle de la cataracte. Il pressentit la désinfection, recommandant de laver les blessures avec du vin. Il confectionna une multitude d'instruments chirurgicaux en bronze, pas très différents de ce qu'ils sont devenus aujourd'hui en acier inoxydable, dans leur forme et leur emploi. Ses découvertes anatomiques sont remarquables, n'ayant que le tort d'avoir été obtenues sur des animaux et non sur l'homme, en un temps qui interdisait l'autopsie. Galien régna sur la médecine jusqu'au milieu du XVIIIe siècle, lorsqu'elle fut supplantée par les découvertes de Harvey (la circulation du sang), de Malpighi (le rôle des capillaires), de Jansen (le microscope et l'observation des tissus), de Rudbeck (les vaisseaux lymphatiques).

Jean-Baptiste Fleury se souciait-il de tous ces précurseurs ? Sa méthode allait au plus simple, au plus visible. Lorsqu'il reconnaissait une tumeur superficielle ou un abcès, il mettait la main dans la poche sarigue et, sans autre précaution, il plongeait hardiment son bistouri ou son trocart dans l'enflure. Il détestait l'emploi du chloroforme, inventé récemment, et houspillait l'opéré qui osait se plaindre :

— Sacré Dié ! Ne soyez pas une femmelette, mon ami ! Serrez un peu les dents, ce sera bientôt fait.

Une auxiliaire, sœur Catherine, ajoutait à ces paroles ses propres exhortations :

— Si vous avez mal, prenez cela pour la pénitence de vos péchés.

Les opérations plus compliquées avaient lieu dans une salle spéciale, toujours à la clarté des chandelles. Plusieurs aides immobilisaient le patient. Les élèves profitaient mal de l'enseignement du maître, se trouvant distraits par les hurlements de l'opéré et par les efforts qu'ils devaient produire afin de le maîtriser. Comme on n'employait pas encore les pinces hémostatiques, le chirurgien barbotait à l'aveuglette dans un bain de sang. Les tabliers blancs du matin ressemblaient bientôt à ceux des bouchers. La meilleure chose qui pût se produire était que le torturé tombât en pamoison, ce qui permettait d'achever l'ouvrage avec plus de sérénité. Il faut dire que les chirurgiens de l'Hôtel-Dieu ne renâclaient point sur la besogne et qu'ils pratiquaient les amputations avec une grande facilité. Ainsi, au cours de la même semaine, trois blessés par coups de feu à la main se la virent enlever tout entière. Quand un œil présentait des troubles mal définis, il était une fois sur deux condamné à disparaître. Les yeux humains s'enlevaient aussi couramment qu'à l'épluchage les yeux des pommes de terre. Dans presque tous les cas, les suppurations étaient abondantes ; fréquentes les gangrènes. C'est ainsi qu'on appliquait le principe des Anciens : *Medicare cito, tuto et jucunde.* (Soigner vite, sans danger et dans la joie.) D'où l'utilité de connaître le latin.

Monsieur Fleury pratiquait de temps en temps, sur des élèves débutants, des épreuves destinées à vérifier d'une part leur sens de l'observation, de l'autre leur capacité à résister aux manœuvres les plus répugnantes. Il leur faudrait vivre en familiarité avec le sang, le pus, les vomissements, les déjections. S'ils se montraient peu capables de les supporter, ils devraient changer de profession. Par exemple, le professeur conduisait le sujet devant un malade couché sur le ventre, atteint d'hémorroïdes.

— Fais comme moi ! ordonnait-il à son élève.

Fermant le poing à l'exception du médius, il enfonçait celui-ci dans les profondeurs du trou qui ne respire pas ; ensuite, le retirant, il se mettait à lécher ce doigt couvert de moutarde. Si, malgré son dégoût, l'apprenti acceptait la double épreuve, il s'attirait ce jugement :

— Tu es un mauvais observateur. Tu n'as pas remarqué que j'ai enfoncé le médius, mais qu'ensuite j'ai léché l'index. En revanche, tu possèdes une merveilleuse capacité à bouffer de la merde. Je te donne dix sur vingt. Je te recommande, quand tu examineras un malade, de mieux ouvrir les yeux.

Le traitement annuel des professeurs était de quinze mille francs ; ils cumulaient les soins hospitaliers avec ceux d'une clientèle particulière. Cependant, la plupart se montraient d'une générosité extrême, payant en toute occasion de leur personne et de leurs deniers, aussi bien au profit des malades qu'à celui de l'École. Plusieurs ne laissèrent d'autre héritage que le souvenir de leur charité et de leur dévouement.

Valentin Sahut produisait un vin appelé chanturgue parce que, prétendait-on, il faisait chanter les orgues et encore mieux les sacristains. Cette récolte ne suffisait pas à faire vivre sa famille ; il la complétait en tannant les peaux et fourrures. Son atelier se trouvait, avec une vingtaine d'autres, en bordure de la place de Jaude : un grand rectangle nu, sans trottoirs, sans pavé, sans un arbre, sans un monument. Espace aride, brûlant et poussiéreux l'été, bourbier sillonné de fondrières à la mauvaise saison, quand tous les vents y menaient leur sarabande. Puant le crottin, la corne brûlée des maréchaux-ferrants, la bouse de vache ; et surtout la pestilence des tanneries. Derrière elles, coulait un bras de la Tiretaine, ruisseau descendu de Royat. Valentin déposait ses peaux dans des cuves pleines d'une eau chargée de tanin, ou écorce de chêne moulue ; elles y séjournaient plusieurs mois. Malgré les interdits officiels, ces cuves étaient ensuite vidées dans la Tiretaine, la transformant en un cloaque abominable. Lorsqu'il rentrait le soir à son domicile de la rue des Nobles, il rapportait une odeur de cadavre déterré. Sa femme Germaine le débarbouillait et le parfumait à l'eau de Javel.

Chaque fois qu'il le pouvait, selon les termes du contrat, Sylvain rendait service à son oncle. À la saison des vendanges, il allait avec lui à la fontaine d'Amboise, place Delille, abreuver les tonneaux et les bacholles afin d'éliminer les fuites occasionnées par la sécheresse entre les douves. Après quoi, sur les côtes de Chanturgue, il redevenait Écureuil des vignes. Comme, à présent, il s'était fait grand et large d'épaules, il assumait la tâche de bertier, porteur de berte. On remplissait les comportes à l'extrême, construisant même de petites pyramides de raisins, car au passage des octrois chacune devait payer une taxe. En fin de journée, la carriole, tirée par un cheval, remontait la route de Paris qui reliait, sans l'attacher, Montferrand à Clermont. Elle enfilait la rue des Jacobins, gravissait la rue du Port, atteignait la rue des Nobles. Installés aux carrefours, des pressoirs répandaient leurs odeurs bachiques qui surmontaient les remugles habituels.

La saison 1843 fut marquée chez Valentin Sahut par un incident très fâcheux imputable à l'Écureuil. Toute la récolte était dans la cuve, proprement écrasée, méditant sur le plaisir qu'elle allait offrir à ses consommateurs. Quelques bouteilles s'en iraient, en offrande, dans la cave de Monseigneur l'Évêque, produit de la terre et du ciel et du labeur des hommes. Alors que tous les vendangeurs, ce soir-là, réunis dans la grande salle, se préparaient à communier sous les espèces du pain et de la saucisse, quelle idée prit soudain l'étudiant en médecine de descendre vérifier si tout se passait bien, si la fermentation s'annonçait heureuse ? Il se munit d'un bougeoir, dévala les vingt-huit marches qui conduisaient à la cave. Sa chandelle avait grand mal à mettre en fuite les ombres qui, d'ordinaire, peuplaient ce souterrain. Il s'approcha de la cuve, colla son oreille contre son flanc. À travers les douves de châtaignier, il perçut un pétillement d'excellent augure. Cela ne lui suffit pas : il désira jeter un coup d'œil au moût. Pour ce faire, il posa un pied sur le robinet de bronze, s'accrocha de la main gauche au bord de la cuve, tout en élevant le bougeoir de la droite. Et soudain !... Ô Jésus-Christ, j'ose à peine le raconter ! Soudain, la cannelle, mal enfoncée, sortit de son orifice, Sylvain dégringola, lâcha la chandelle et se trouva par terre dans l'obscurité, tandis qu'un flot de vin doux l'inondait. Il réussit à se mettre sur les genoux, cherchant à tâtons le robinet en fuite, incapable de le retrouver. Devant ce cataclysme qu'il avait provoqué, il eut un moment la pensée de se jeter dans la cuve pour noyer son désespoir ; mais la hauteur des douves ne s'y prêtait pas. Il ne lui restait qu'à remonter l'escalier, qu'à se présenter ruisselant devant l'assemblée des vendangeurs, qu'à raconter l'accident. Lorsque l'oncle et ses compagnons furent en bas, ils comprirent que le malheur était irréparable.

— Mais comment ?... Mais comment, sacré bon Dieu ? jurait Valentin.

— J'ai voulu vérifier la fermentation en montant sur le robinet. Il a lâché.

— Tu mériterais... tu mériterais...

— Je paierai... je paierai ta récolte... quand je travaillerai.

Il ne restait plus dans la cuve que la *draje*, que le marc. On versa dessus de l'eau de fontaine, on ajouta du sucre en poudre. Cette année-là, Valentin et Germaine ne vendirent pas une chopine de vrai vin et ne burent que de la « vinoche ».

6

Après dix-huit mois de labeur, de bouquins avalés en latin ou en français, de dissections anatomiques, de leçons, d'exposés, d'interrogations et autres épreuves, Sylvain fut admis à prononcer le serment qui lui conférait le titre d'officier de santé. Ses camarades plus fortunés iraient poursuivre leurs études à Paris ou à Montpellier, en reviendraient docteurs, ce qui leur permettrait de s'établir dans une ville importante, voire d'enseigner dans une école de médecine à leur tour. Lui se contenterait d'une campagne où les paysans, pauvres et parcimonieux, auraient rarement recours à ses services. Il les solliciterait à domicile, à la façon des colporteurs ; on ne lui ouvrirait pas toujours la porte ; et comme ces pauvres gens vivaient nombreux dans des maisons insalubres, la même maladie frapperait souvent tous les membres de la famille, sans qu'il pût rien faire pour l'arrêter.

La cérémonie du serment eut lieu en public dans la plus grande salle de l'École. Sur le devant, un long comptoir reçut les trois membres du jury en redingote. À droite, sur des bancs, les quatorze postulants en blouse de cotonnade. Derrière les professeurs, sur une console, le buste d'un barbu nommé Hippocrate.

Jean-Baptiste Fleury se leva, chassa d'une chiquenaude un grain de poussière sur sa manche, ajusta sa cravate et commença le discours :

— Chers élèves, chers parents, chers amis, messieurs et chers collègues, nous sommes ici pour entendre le serment que vont prêter quatorze postulants au titre d'officier de santé. Serment inspiré par le grand Hippocrate, instaurateur de l'éthique médicale. Les circonstances dans lesquelles nous vivons nous ont poussés à en altérer légèrement la lettre ; mais nous en avons respecté l'esprit. Jeunes gens, je vous prie donc de vous lever, de répondre à chacune de mes demandes en prononçant le mot *JURO*.

Petit bruit des quatorze qui se mettent debout. C'est le moment le plus solennel de la cérémonie. Il va donner un sens à toute leur vie professionnelle. Ils ont les yeux rivés sur le visage joufflu du maître. Celui-ci se pince le nez de son lorgnon retenu par un cordon à l'oreille. Il prend une feuille et en commence la lecture d'une voix forte et claire :

— Promettez-vous et jurez-vous de servir de vos talents, gratuitement et charitablement, les malades pauvres qui auront recours à votre ministère ?

Dans l'ordre alphabétique, un certain Auroux est le premier à répondre. Il se mouille la gorge en avalant sa salive. Il lève la main droite et prononce un *JURO* à peine audible.

— Veuillez répéter, je n'ai pas entendu.

— *JURO*.

Les treize autres après lui jurent de même. Fleury poursuit :

— Promettez-vous et jurez-vous de ne donner ni conseiller aucun remède qui puisse préjudicier à la santé ou à la vie, ni de retarder la guérison des malades autant qu'il sera de votre connaissance ?

— *JURO*.

— Promettez-vous et jurez-vous de n'exiger pour vos honoraires qu'une juste et raisonnable récompense ?

— *JURO.*

— Promettez-vous et jurez-vous de garder le secret des maladies, de préserver l'honneur et la réputation tant des familles que des particuliers ?

— *JURO.*

— Promettez-vous et jurez-vous d'employer tous vos soins à vous perfectionner tant dans la théorie que dans la pratique de la médecine, soit par la lecture des bons auteurs, soit par votre assiduité à toutes les opérations de démonstration où vous pourrez être présent ?

— *JURO.*

— Promettez-vous et jurez-vous qu'aux occasions importantes, vous n'agirez point seul et de votre chef, qu'au contraire, vous vous aiderez du conseil d'autrui, tant pour l'intérêt de vos malades que pour votre réputation ?

— *JURO.*

— Promettez-vous et jurez-vous de vous comporter envers nous comme envers le chef de notre communauté, et d'observer ses statuts, et d'avoir en respect tous les maîtres, et surtout les anciens ?

— *JURO.*

— Promettez-vous et jurez-vous que si quelque chose arrive à votre connaissance qui soit au désavantage ou contre l'honneur de notre corps de nous en donner avis ?

— *JURO.*

Tout ce discours sentait terriblement son Thomas Diafoirus. Au terme du serment quatorze fois proféré, chaque officier de santé reçut un diplôme sur parchemin orné de deux caducées encadrant le titre CERTIFICAT D'ÉTUDES. Celui de Sylvain comportait le texte ci-dessous chargé de majuscules :

Nous soussignés, Docteurs en Médecine et en Chirurgie, Professeurs des cours de l'Enseignement médical, établi dans l'Hôtel-Dieu de Clermont-Ferrand, chef-lieu du département du Puy-de-Dôme, certifions que M. Sylvain Sahut, âgé de vingt et un ans et trois mois, né à Volvic, département du Puy-de-Dôme, a suivi les cours qui ont été donnés pendant les années 1842 et 1843. Ses examens subis devant la Faculté de Clermont l'ont déclaré apte aux fonctions d'Officier de Santé avec la mention TRÈS SATISFAISANT.

Clermont-Ferrand, 13 juin 1843
Lavort D.M., Bertrand D.M., Fleury D.M.

Sur les quatorze promus, deux seulement entendaient poursuivre leurs études. Avant de se séparer, ils décidèrent de festoyer leur titre en se réunissant dans une auberge de la rue du Port portant l'enseigne « Aux bons enfants ». Il se consomma quatorze pintes de chanturgue car chacun eut à cœur de payer la sienne. A tour de rôle, les buveurs se levaient pour aller déverser rue du Sauvage leur surcontenance. (Sylvain n'était plus le petit garçon qui jadis s'abreuvait seulement d'eau claire. Au cours de ses études de médecine, il avait appris à boire et apprécier le « jus du bois tors ».) Tout cela accompagné de chansons, de rires, de cris républicains.

Quand vint l'heure de quitter l'auberge, les quatorze firent l'effort de se mettre debout. Un seul s'en montra incapable : Émile Jaffeux, originaire de Montferrand, où son père exerçait la profession de maraîcher. Un excellent ami de Sylvain. Chaque jour, il faisait à pied l'aller et retour qui séparait les deux villes. Par temps de neige, il lui était arrivé de coucher rue des Nobles, chez l'oncle Valentin. Tante Germaine le gâtait comme s'il eût été son second neveu. Il la remerciait en lui apportant des fruits, des légumes, des fleurs.

Son plus joli cadeau était celui de figues rebondies, d'un beau violet, qui mûrissaient à la mi-juillet et qu'il présentait dans un petit panier sur un lit d'herbe fraîche. Car le maraîcher avait planté un figuier dans son enclos, bien abrité du nord et de l'est par deux murailles en encoignure. L'arbre donnait chaque année deux récoltes, plus généreux que le figuier de Béthanie. Émile avait coutume de les présenter ainsi à l'oncle Valentin :

— Je vous apporte des couilles du pape.

Expliquant qu'autrefois, en plein Moyen Âge, une femme nommée Jeanne, qui s'habillait en homme, avait obtenu le titre pontifical sous le nom de Jean VIII. Après deux ans de règne, elle avait trahi son sexe en accouchant d'un enfant au beau milieu d'une procession. Voilà pourquoi en Avignon, après avoir élu un nouveau pontife, les cardinaux prirent désormais la précaution de l'asseoir sur un trône percé et, passant la main sous le siège, de vérifier l'existence de ses attributs. À l'adresse de ses collègues, le vérificateur s'écriait :

— *Duas habet magnificas et bene pendentes.* (Il en a une superbe paire, et bien pendantes.)

Par leur forme, leur volume, leur couleur, les figues de Jaffeux évoquaient sans conteste des organes pontificaux. Mais, si tante Germaine était présente pour les recevoir, Émile n'employait point par décence les paroles historiques :

— Tante Germaine, disait-il, je vous apporte des précieuses du pape.

Elle croyait comprendre que les successeurs de saint Pierre commettaient pour ces fruits le péché de gourmandise.

Ce soir-là, au sortir de l'auberge, les quatorze avaient grand-peine à mettre un pied devant l'autre. Émile Jaffeux se trouvait le plus empêché. C'est pourquoi son ami Sylvain résolut de l'installer sur son dos, étayé par ses camarades, et de le transporter rue des Nobles. Ils furent reçus par le tanneur en chemise de nuit. Il les aida à se coucher.

Le lendemain, ayant cuvé le chanturgue, Émile salua ses hôtes en ces termes :

— Je vous remercie de m'avoir hébergé quand j'étais sans toit ni famille. Pour vous exprimer ma reconnaissance, dans quelques jours, je vous apporterai une autre corbeille de précieuses du pape.

Il les embrassa et prit la route de Montferrand.

— Ce garçon a beaucoup de religion, commenta tante Germaine. Il fera un bon médecin. Il aurait aussi bien pu faire un bon prêtre.

Sylvain Sahut regagna son domicile de Volvic. Son diplôme fut encadré par les soins du père :

— Tu le suspendras dans ton cabinet pour inspirer confiance à tes clients.

— Il faut dire tes « patients ».

Afin d'en finir avec les études médicales de son fils, Joseph songea à mettre la dernière main à la pierre tombale promise.

— J'abandonne tous les autres travaux pour la terminer. Si Valentin venait à casser sa pipe, il ne serait pas pris au dépourvu.

C'était une superbe dalle gris foncé avec, en son milieu, une arête saillante qui produisait deux pentes, comme une toiture, afin de favoriser l'écoulement des eaux pluviales. En attendant de servir, elle fut transportée rue des Nobles et mise en dépôt dans la grange de Valentin.

Sylvain n'avait plus qu'à trouver une paroisse qui voulût bien de lui et de ses services. Chose plutôt malaisée, car le département du Puy-de-Dôme, et spécialement l'arrondissement de Riom, ne souffrait pas, comme on dit aujourd'hui, de « sous-équipement médical ». Empruntant le cheval Pompon, il battit la campagne pendant des semaines. Il rencontrait les maires, les curés, s'apercevait que la plupart des communes rurales possédaient déjà un officier de santé, parfois deux. Les praticiens devaient se partager une mince clientèle car les familles paysannes évitaient le plus possible de les appeler. Par tradition, elles prétendaient ne risquer jamais que quatre sortes de maladies : la « petite échauffure », fièvre, rhume, angine, qui ne mérite vraiment pas qu'on recoure au médecin ; la « grande échauffure », pneumonie, bronchite, rougeole, qui doit suivre son cours normal sans que personne le dérange ; le « mal en soi », faiblesse du cœur, du foie, des reins, qui dure longtemps : si l'on appelait le *medechi*, il apprendrait le chemin de la maison, l'on ne pourrait plus l'en détourner ; le « corps gâté », paralysie, tumeur purulente, folie du cerveau, contre lesquelles le médecin n'a point de remède. Quatre bonnes raisons de l'ignorer. Plus volontiers que lui, on appelait le vétérinaire pour soigner le bétail ; et l'on se répétait la sage leçon de ce paysan qui raisonnait ainsi :

— Cette semaine, la grand-mère est morte, mais la vache Pâquerette a fait un veau. Nous n'avons rien perdu, rien gagné.

Au cours de ses recherches, Sylvain rencontrait aussi des médecins déjà en place, proposait ses services de remplacement lorsque tel ou tel éprouvait le besoin de se donner un peu d'air. L'un d'eux, installé à Manzat mais originaire du Mont-Dore, lui fit cette suggestion :

— Transporte-toi dans cette station de bains. Le docteur Michel Bertrand, qui est le maître tout-puissant des eaux thermales, te prendra peut-être comme suppléant.

C'est mon ami. Je te donnerai une lettre de recommandation.

— Mais je ne connais rien aux eaux thermales !

— Il n'y a rien à en connaître, sauf qu'elles guérissent ! Les personnes aussi bien que les animaux. On raconte l'histoire de ce paysan de là-haut qui, un jour, aidé de son fils, y transporta son âne perclus de rhumatismes. Comme dans une célèbre fable de La Fontaine. Les bains se prenaient alors dans une espèce de mare que les Montdoriens appelaient le *boulhà.* Nos deux hommes obligent leur bête à y entrer, à se baigner pendant trois jours jusqu'aux oreilles. Au terme de cette cure, l'âne se trouve complètement guéri et il ramène ses deux maîtres à la ferme en les portant sur son dos.

— Que soigne-t-on au juste au Mont-Dore ?

— Un peu tout, si j'ai bonne mémoire : les rhumatismes, les paralysies, les dartres, la fétidité des aisselles et des pieds, les ankyloses, les maladies des yeux, des oreilles, du nez, de la peau, du foie, de la rate, de la vessie, de la matrice, du cœur. Mais principalement les affections respiratoires, coqueluche, langueur de poitrine, emphysème, asthme…

— Asthme aussi ? J'en suis atteint.

— Eh bien, tu feras d'une pierre deux coups : tu y gagneras ton pain quotidien et tu soigneras tes bronches.

Le médecin de Manzat rédigea sa recommandation. Muni de ce précieux document, Sylvain se rendit au Mont-Dore en empruntant le service de la diligence.

7

Le voyage dura dix heures, par Pontgibaud, Massagettes, Rochefort-Montagne, le col de Guéry. Avec un arrêt de deux heures à Rochefort pour prendre nourriture à l'auberge Jalicon. Pendant que les chevaux mâchaient leur avoine, les voyageurs purent se sustenter de poulet, de cervelas, de fromage, de pompe aux pommes. La voiture reprit sa route serpentine au flanc de montagnes volcaniques beaucoup plus impressionnantes que les puys dont Volvic se fait couronne. Elle fit un nouvel arrêt pour permettre d'admirer une vallée large et profonde d'où surgissent deux roches d'une grande beauté, l'une dite Tuilière, l'autre dite Sanadoire.

— Tuilière, expliqua le cocher, parce que les Montdoriens ont l'habitude d'y prendre des tuiles pour recouvrir leurs toits. Sanadoire, qui veut dire sonore, parce qu'elle abrite dans une grotte un écho très étonnant. Suivez-moi si vous voulez l'entendre.

Confiant l'attelage à son postillon, il leur en fit la démonstration démonstrative. Ayant descendu une certaine pente fort escarpée, le groupe se trouva réuni sur une sorte de balcon dominant la gorge. Le cocher fit un porte-voix de ses mains, et le dialogue s'établit entre l'écho et lui-même :

LE COCHER

Je m'appelle Pierre Boyer, natif de La Bourboule.

L'ÉCHO

… Boyer, natif de La Bourboule.

LE COCHER

Je transporte douze voyageurs désireux de t'entendre.

L'ÉCHO

… voyageurs désireux de t'entendre.

LE COCHER

Nous comptons arriver vers six heures au Mont-Dore.

L'ÉCHO

… vers six heures au Mont-Dore.

Après lui, tous les transportés s'offrirent le plaisir de dialoguer de même. Jusqu'au moment où l'un d'eux – qui se révéla être un rustre –, tourné vers la roche Sanadoire, s'écria :

— Merde ! Merde ! Et cent fois merde !

À quoi l'écho, dressé sans doute à ce genre d'interpellation, répondit froidement :

— Mange ! Mange ! Et cent fois mange !

L'hilarité des autres fut telle que plusieurs, se tenant le ventre, faillirent rouler dans la gorge. Cependant que l'écho répétait :

— Ha ! ha ! ha ! Ho ! ho ! ho ! Hi ! hi ! hi !

Au milieu de l'après-midi, apparurent enfin les premières maisons du Mont-Dore. S'il restait encore quelques chaumières, la plupart, en effet, étaient couvertes de lauzes. La route elle-même en était pavée, et elles chantaient sous le fer des chevaux comme des cloches. La place principale, dite du Panthéon, exposait des colonnes, des chapiteaux, débris d'un ancien temple romain dédié à tous les dieux. À présent, elle grouillait de chèvres, de bestiaux, de lavandières poussant des brouettées de linge qu'elles allaient rincer dans les eaux de la Dordogne.

Sitôt descendus de la diligence, les voyageurs se trouvèrent harcelés par une nuée de « commissionnaires » des deux sexes qui tenaient absolument à transporter leurs bagages et à les conduire, de gré ou de force, vers l'hôtel que chacun recommandait. Le meilleur, le moins cher, le plus propre, assuraient-ils, le plus proche de l'Établissement. Un mot qu'ils ne prononçaient, de toute évidence, qu'avec une majuscule initiale, comme on dit le Royaume, l'Église, l'Académie. Sylvain refusa de se défaire de son sac. Ils se dirigèrent, l'un portant l'autre, vers ledit Établissement, où il espérait trouver le docteur Bertrand.

Ayant présenté sa lettre à une sorte de sentinelle, il fut en effet introduit dans le bureau marbré du Tout-Puissant. Un septuagénaire vigoureux, les yeux vifs, le front dégarni, le cou entouré d'une triple cravate. D'une voix sèche, il lui désigna une chaise de paille en prononçant :

— Soyez le bienvenu. Veuillez vous asseoir.

C'était un ordre. Il eut à subir un long interrogatoire sur ses origines, ses goûts, ses études, les noms de ses maîtres, les résultats de ses examens, ses ambitions.

— Avez-vous étudié spécialement les eaux thermales ?

— Pas spécialement. Mais je suis tout disposé à le faire.

— Savez-vous les éléments minéraux qu'elles contiennent ?

— Non.

— Moi non plus. Nous soignons à l'aveuglette. Beaucoup d'ignorants réussissent là où de plus savants ont échoué. Fiez-vous donc à Garric, mon baigneur en chef. Il n'a étudié en aucune école de médecine. Mais il vous enseignera les bonnes pratiques. Les bonnes températures qu'il mesure avec son coude selon le mal qu'il veut traiter. La durée des bains, la quantité des breuvages, des lavements, des inspirations. Car nos malades doivent absorber l'eau par tous les orifices. Vous apprendrez tout cela. En attendant, voulez-vous que nous visitions ensemble l'Établissement ?

Celui-ci comprenait deux parties. Primo, le pavillon, édifice carré, couvert d'une voûte romane, contenant sept cabines, où l'eau était employée à sa température naturelle, quarante-trois degrés, et cinq petits bacs rectangulaires destinés aux pédiluves. Secundo, le corps principal, maçonné en basalte ; au rez-de-chaussée, trois cabines de bain, deux grandes piscines pouvant recevoir vingt-cinq curistes chacune, celle du midi réservée aux hommes, celle du nord aux dames ; au premier étage, éclairé par six fenêtres cintrées rappelant vaguement le style antique, les bains tempérés, trente-quatre à trente-huit degrés. Pour les obtenir, on ajoutait à l'eau thermale de l'eau froide que des porteurs allaient chercher avec des seaux dans la Dordogne, formant une double et continuelle procession, pareille à celle des fourmis en cours de déménagement.

— Vous n'irez point à l'hôtel, décida Michel Bertrand. Garric vous logera. Il dispose d'une maison assez grande pour vous recevoir.

C'est ainsi que Sylvain retrouva le baigneur en chef qu'il avait pris pour une sentinelle. Cet homme le conduisit à son domicile personnel, derrière l'hôtel Chabory. Il y fit la connaissance des enfants et de l'épouse, une belle personne portant une coiffe noire qu'elle appelait son *bénaïse*, sans doute parce qu'elle était bien aise dessous.

Pendant un mois, Sahut suivit Garric comme son ombre. Leur journée commençait vers deux heures du matin. Dans chaque hôtel, un valet de chambre cognait aux portes pour réveiller les curistes inscrits aux premiers bains. En fait, il n'avait guère besoin de frapper car les porteurs de chaise avaient déjà produit assez de vacarme avec leurs gros sabots pour se hisser jusqu'à l'étage du client. Quant aux autres dormeurs, c'en était fini du sommeil. L'homme ou la femme enfilait le pantalon rayé imposé par le règlement, se couvrait d'une capuche laineuse, chaussait les galoches qu'on lui avait louées avec le reste du harnachement, pénétrait dans la boîte ambulante en serrant dans sa main les quinze sous de son transport. Certains malades aimaient mieux faire à pied le trajet de l'hôtel à l'Établissement, s'éclairant d'une lanterne. Cette sorte de voyage n'était pas recommandée par le Tout-Puissant à cause des contrastes de températures qui pouvaient occasionner des chauds et froids. Et puis le Mont-Dore n'était pas si riche en plaisirs qu'on pût se priver de celui-là : se faire véhiculer dans une chaise à porteurs par deux gaillards coiffés d'une casquette bleue comme des officiers de marine. Avec le même sentiment que les marquises et les petits-maîtres au temps du Roi-Soleil. Parfois, à cause de la concurrence, des chamailleries éclataient entre les faquins avec un grand échange d'injures patoises ; mais si quelqu'un venait à prononcer le nom de Michel Bertrand, la dispute s'arrêtait aussitôt. Comme les gaillards entendaient multiplier leurs transports afin de multiplier leurs gains, c'est au petit trot que les chaises circulaient. Le pauvre malade s'y trouvait secoué tel un pois chiche dans un grelot.

Arrivés à l'Établissement, les curistes se dépouillaient de leurs lourds vêtements de laine qui faisaient dire aux étrangers de rencontre : « Ni hommes ni femmes, tous Auvergnats. » À la vérité, les dames étaient plus nombreuses que les messieurs, parce que les eaux montdoriennes avaient la réputation, entre autres vertus, d'effacer les rides. Dans un de ses vaudevilles, Eugène Scribe s'était bien moqué de ces effets :

C'est un régime admirable sans doute
Et qu'on vient suivre ici lorsque l'on peut ;
Pour se traiter au Mont-d'Or[1]*, il en coûte*
Et n'est pas malade qui veut.

C'est un plaisir pour nos femmes jolies.
Aussi, plus d'une, en ses soins prévoyants,
Pendant l'hiver, fait des économies
Pour être malade au printemps.

La dame disposait d'une baignoire en pierre d'un beau poli sur laquelle était disposée une sorte de civière horizontale à claire-voie. Elle s'allongeait là-dessus avec l'aide de sa « baigneuse ». Celle-ci ouvrait les ajutages de la douche. L'eau ruisselait sur son corps nu. La baigneuse retournait sa cliente comme un hareng sur le gril.

Il arrivait parfois qu'au cours de cette opération le docteur fît son entrée. Il heurtait la porte d'un index léger et la poussait sans attendre de réponse. Lui aussi était coiffé d'unc casquette bleue, on aurait pu le prendre pour un porteur de chaise sans sa longue redingote grise et son abdomen prononcé. Si une dame se montrait offusquée de cette entrée indiscrète, il répliquait :

— Madame, sachez une chose : dès l'instant où vous avez choisi de venir vous soigner chez nous, vous m'avez remis aveuglément le soin de votre corps pour la durée de la cure. Au surplus, depuis trente-huit ans que j'ai la responsabilité de nos eaux thermales, je vois du matin au soir des malades des deux sexes tout nus. Et je les regarde du même œil qu'un marchand de bestiaux examine les vaches à la foire.

1. Ancienne orthographe du lieu.

Sylvain Sahut écoutait ces paroles dans le dos du Tout-Puissant, observait ses gestes, prenait bonne note des températures, se disait qu'il n'était pas très difficile de se décerner le titre de médecin thermaliste puisque la profession était, en gros, essentiellement un problème de robinets.

Après la douche, venait le bain proprement dit. Immergée jusqu'au menton, la dame savourait les caresses de l'eau montdorienne qui conférait à sa peau une douceur de satin ; de sorte que, pendant cette opération, elle devenait comme amoureuse de sa propre chair, et qu'elle prolongeait la trempette autant qu'elle le pouvait.

Mais une clochette résonnait. Elle devait échapper à ces délices. La baigneuse l'enveloppait d'une vaste serviette chaude avec quoi elle la frictionnait sur toute sa surface. Puis elle reprenait le pantalon et la capuche. La chaise la ramenait à l'hôtel où l'attendait une substantielle collation qu'elle honorait d'un bel appétit. Car l'air du Mont-Dore avait cette juste réputation de donner de la faim à ceux qui en manquent.

Vers sept heures, le ou la curiste se dirigeait vers la place du Panthéon où coulait la source Magdeleine, la plus chaude de la station : quarante-cinq degrés, bonne pour mettre en mouvement le contenu des voies urinaires et pour administrer une cure de jouvence. Aussi faisait-on la queue devant son petit bâtiment afin d'y boire un ou deux verres, selon les prescriptions du Tout-Puissant.

Un peu avant dix heures, les cloches des hôtels se mettaient toutes en mouvement pour annoncer le dîner. Dociles, les curistes se dirigeaient vers leurs mangeoires. Une fois ou l'autre, paraissait l'inévitable Michel Bertrand. Il goûtait au vin des flacons pour vérifier s'il était convenablement chambré, si on l'avait bien placé sur la table, comme il l'exigeait, une heure avant le repas.

Tous ces malades disposaient alors de cinq heures que beaucoup, si le temps le permettait, consacraient à la promenade. Elle pouvait se faire à pied. Les plus vaillants se lançaient à l'assaut des pentes environnantes, vers le Sancy, vers les cascades, vers les bois du Capucin, vers cette clairière qui portait le nom de « Salon Mirabeau » en souvenir du marquis Riqueti de Mirabeau, dit Mirabeau-Tonneau, frère de Mirabeau-Baïonnettes, qui s'était plu à le fréquenter. Les autres préféraient la promenade sans fatigue, à dos d'âne ou de cheval. Un guide bien informé racontait les curiosités. Ainsi, la cascade de la Vernière :

— Autrefois, un terrible brigand, Mérigot Marchès, dit le Roi des Pillards, habitait le château de la Roche-Vendeix, démoli plus tard par les Montdoriens en colère. Il avait engagé son âme au diable pour cinq ans, dans le dessein de posséder la belle Dauphine de Murols. Mais le diable n'est pas un individu de parole. Avant le terme du contrat, il lui donne rendez-vous près de cette cascade. Et il se débarrasse de lui en le précipitant dans le bouillon. Depuis, si l'on jette une pierre au fond de ce creux, elle soulève des fumées chaudes accompagnées de grondements, d'éclaboussures, parce qu'elle a réveillé la fureur de Mérigot Marchès.

Le guide en faisait la démonstration, au grand effroi des dames.

En passant devant les chaumières isolées, on pouvait saluer les femmes assises devant leur porte, les cheveux retenus par une sorte de ressort large d'un doigt, en cuivre jaune, formant diadème, qu'elles appelaient leur « serre-malice ». Car les Auvergnats avaient coutume de dire : « Dieu a bien fait les choses. Il a donné la malice aux femmes et la force aux hommes. » Elles filaient une quenouille d'osier pareille à celle de mademoiselle Conchon à Volvic. La plupart ne connaissaient pas la langue française et répondaient en patois aux questions qu'on leur posait.

Les hommes montraient des moustaches impressionnantes. Ils gardaient les troupeaux, cueillaient le lichen, réparaient les chemins, fauchaient l'herbe des fonds. Quelques-uns arrachaient la gentiane qui pousse sur ces hauteurs ; ils vendaient sa racine aux liquoristes et aux apothicaires, car, comme l'air, elle a des vertus apéritives. Ils coupaient des segments de la tige, entre deux nœuds, qui une fois secs, creux et légers comme ils sont, servaient de bobines aux fileuses.

Les jours d'orage, on devait revenir à bride abattue. À l'approche du bourg thermal, on était sûr de rencontrer des loueuses de parapluies. Le souper dans les hôtels prenait bien deux heures, entre cinq heures et sept heures. Avant le coucher, les malades occupaient le temps à la conversation, aux jeux de société, à la lecture des journaux. Ou simplement à s'ennuyer. À neuf heures, enfin, tout le monde était au lit, du coton dans les oreilles.

En revanche, l'Établissement ne fermait pas encore : après le service de la clientèle payante, commençait celui des indigents. Ils barbotaient librement dans les piscines, à raison de vingt ou vingt-cinq personnes dans la même eau. Sylvain profitait aussi de cette gratuité pour soigner son asthme. Michel Bertrand, lui, semblait jouir d'une perpétuelle insomnie. À l'heure où tout le Mont-Dore dormait, il se faisait architecte et urbaniste, se promenait à travers le bourg peu éclairé, visitait les chantiers en train, vérifiait le tracé des voies nouvelles. Plusieurs fois, il invita le jeune Sahut à ces promenades nocturnes :

— Si vous devez me remplacer tel ou tel jour de la semaine, alors que je serai appelé ailleurs, vous aurez l'obligation d'être parfaitement informé de mes entreprises.

Il avait fait aménager la place du Panthéon, avait organisé l'édification de nouveaux hôtels et d'une nouvelle église. Il se rendait à Paris pour rencontrer et inviter des personnes importantes qui, en retour, répandaient les miracles de la cure. Le Mont-Dore devenait de plus en plus un séjour à la mode. On y voyait des peintres représentant le puy de Sancy sur leurs toiles. Des musiciens comme Paganini, d'une effrayante maigreur, venu jouer du violon sur une seule corde. Des écrivains célèbres. Balzac, après un bref séjour, introduisant le Mont-Dore dans *La Peau de chagrin*, l'avait situé dans le département du Cantal. Musset, venu y boire aussi, lui avait consacré un poème :

Vers le mois de juillet, quiconque a de l'usage
Et porte du respect au boulevard de Gand[1]
Sait que le vrai bon ton ordonne absolument
À tout être créé possédant équipage
De se précipiter sur ce petit village
Et de s'y bousculer impitoyablement...

1. Nom donné, par ironie, au boulevard des Italiens, à Paris, parce qu'il servait de rendez-vous aux légitimistes, Louis XVIII s'étant réfugié à Gand pendant les Cent-Jours.

8

La curiste la plus assidue était une dame de petite taille, les yeux sombres, les cheveux noirs, les lèvres épaisses, portant pantalon et fumant le cigare ou la pipe comme un homme. Inscrite sous le nom d'Aurore Dupin mais divorcée, elle était connue dans le monde des lettres sous le pseudonyme de George Sand ; elle demandait à ses familiers de l'appeler George-Aurore. Elle restait six ou sept semaines, se promenait dans les environs à cheval ou à dos d'âne, puis repartait en laissant tomber une pluie de pourboires.

Sylvain n'eut jamais le temps de lire aucun de ses livres, le docteur Bertrand ne lui en laissait pas le loisir. Il l'avait chargé spécialement de surveiller et d'appliquer le traitement nouveau qu'il venait d'inventer : la vaporisation. Les malades se mettaient sur la figure une sorte de masque de cuir, relié à une tubulure ; ce système leur envoyait de la vapeur sous pression qui atteignait leurs bronches et devait en chasser tous les miasmes. En complément, il pratiquait des frictions sur la poitrine et le dos des emphysémateux avec diverses pommades. Pour occuper ses loisirs, il prêtait la main aux baigneurs les jours d'affluence ; il nettoyait les piscines, lavait les carrelages et les toilettes.

— Il n'y a pas de honte, le sermonnait Michel Bertrand, à accepter des tâches inférieures au secours des malades.

Vous avez dû naguère l'apprendre à l'École de médecine, par l'enseignement de mon ami Jean-Baptiste Fleury.

Sylvain s'y résigna pendant trois ans, avec courage. Y perdant quelquefois le repos et le sommeil. Y gagnant du moins un pécule qui devait lui permettre, lorsqu'il n'en pourrait plus de faire le Maître Jacques, de s'installer ailleurs à son propre compte. Il se remit à écrire à des maires, à des collègues en fonction, à des prêtres, pour chercher une commune qui voulût bien de lui. Les rares réponses qu'il recevait n'étaient guère encourageantes. Une enfin lui arriva d'un certain Arsène Amouroux, médecin à Saint-Gervais[1] dans les Combrailles. Celui-ci, âgé de soixante-dix ans, se montrait disposé à lui céder son cabinet avec sa clientèle et lui proposa une rencontre. En décembre 1846, Sahut se fit faire par un tailleur montdorien un costume en velours côtelé. Puis il demanda un congé de quinze jours à monsieur Bertrand.

— Vous voulez donc me quitter ? s'étonna le Maître.

— Me reposer seulement, dans ma famille, mentit Sylvain.

En cette saison sans curiste, rien ne s'y opposait. Les monts Dore s'étaient couverts d'un suaire blanc, soulevé çà et là par leurs cimes, comme par les pieds des morts. Il reprit la diligence qui l'avait amené place du Panthéon, voyagea deux jours sur des routes difficiles. À Volvic, il retrouva son père, toujours vaillant. L'ouvrier aux mains rugueuses. Sa mère Elisa, si souvent à genoux pour prier ou pour faire la lessive. Elle le mangeait des yeux, admirant sa haute taille, ses larges épaules, son habit de velours.

— Quel bel homme ! osait-elle s'écrier. Il ne ressemble guère à l'Écureuil d'autrefois dans sa cage !

Manquaient ses deux sœurs, la plus jeune en service chez l'abbé Dugoût, l'aînée mariée à un autre tailleur

1. De nos jours, Saint-Gervais-d'Auvergne.

de pierre. Il y eut grande fête dans la maison. Si l'on ne sacrifia point le veau gras, on se gorgea de boudin et autres cochonnailles pour honorer ce retour de l'enfant prodigue. Il fit part de ses intentions : abandonner le Mont-Dore, et peut-être s'installer à Saint-Gervais dans les Combrailles.

— Mon Dieu ! s'écria la mère. Dans les Combrailles ! Faut pas ! Faut pas !

— Pourquoi donc ?

— À cause de Mornac, le brigand. La terreur des Combrailles !

Elisa ne savait rien de ce qui se passait dans le monde, dans le royaume de France, pas même à Clermont ni à Riom. Elle ne lisait point les journaux. Mais elle n'ignorait rien de ce qu'il advenait aux alentours de Volvic. Elle en recevait les nouvelles des autres femmes, à la Grande Fontaine, pendant que sa cruche se remplissait. Commérages ou vérités. C'est ainsi qu'elle avait appris l'histoire ou la légende de ce grand malfaiteur.

— Hé ! il est au bagne de Toulon !

— On dit qu'il s'en est évadé, qu'il est revenu. Il paraît qu'il ne se contente pas de la bourse, il vole aussi les habits de ses victimes, il les laisse en caleçons.

— J'y prendrai garde.

— Tiens, dit Joseph, voici de quoi te protéger. Avec ça, tu ne craindras personne.

Il lui remit un pistolet de poche à deux coups, en expliqua le fonctionnement.

Afin de se donner un air respectable, Sylvain acheta à Riom un chapeau haut de forme, appelé populairement « tromblon » parce que la coiffe s'élargissait vers le haut. Ainsi paré, il prit un matin la patache qui devait le transporter à Saint-Gervais, après huit heures de route et un coucher à Manzat.

Les Combrailles, dont l'appellation dérive du celte *combe*, « vallée étroite », offrent un moutonnement de collines, de plateaux, sillonnés par la Sioule et ses affluents qui vont déverser leurs eaux dans l'Allier. Cette région aux limites mal définies fait le bonheur de trois départements, Puy-de-Dôme, Creuse, Allier, grâce à ses forêts, à ses lacs et rivières poissonneux, à ses terres fertiles, à ses troupeaux de vaches et de brebis. Grâce aussi à ses mines de charbon et de plomb argentifère. Chaque ferme élevait son cochon dont elle tirait la seule viande consommée par la famille sous forme de jambons et de serambles, saucisses sèches conservées dans de la cendre de bois.

Sahut débarqua le 6 janvier 1847 vers les trois heures à Saint-Gervais. Un bourg de deux mille âmes, dominé par une église dont l'étrange clocher avait la forme d'un éteignoir. C'était jour de marché, la voiture s'arrêta sous le chêne qui dominait la grand-place. Aussitôt cernée par une horde de gamins et de curieux. Alentour, tout le monde parlait patois, comme au Mont-Dore. Les paysannes, assises sur un petit banc, offraient dans leurs paniers des choux verts, des poireaux, des creuilles ou pommes sauvages, bonnes pour la compote. Et aussi des poules liées deux à deux par les pattes, des lapins aplatis sous leurs oreilles dans l'espoir de passer inaperçus. Sylvain demanda la maison du médecin Amouroux. On la lui désigna, près du couvent des religieuses clunysiennes. Sa plaque disait : *Arsène Amouroux, médecin militaire et civil.*

Il manœuvra le heurtoir, enleva à l'avance son chapeau tromblon. Au physique, Amouroux ressemblait à Michel Bertrand, par la calvitie, par les favoris, par la corpulence. Le revers de sa veste s'ornait d'une rose rouge, celle de la Légion d'honneur, gagnée sans doute sur les champs de bataille. Dans son cabinet, pas de squelette comme chez monsieur Lapeyre, mais une grande armoire vitrée ; elle exposait des traités de médecine et des bocaux contenant, dans de l'alcool, des serpents, des grenouilles, des éléments anatomiques impossibles à définir. Il toussait fréquemment. Lorsqu'il s'arrêtait de parler, on percevait un léger miaulement, pareil à celui d'un chaton. Comme Sylvain regardait autour de lui, l'autre expliqua :

— Non, il n'y a pas de chat dans la pièce. Ce que vous entendez est le sifflement de mes bronches. Je souffre d'une bronchite chronique qui me revient tous les hivers. C'est pourquoi je dois prendre ma retraite. Ce n'est pas une bonne recommandation auprès de mes patients que je n'arrive pas à me guérir moi-même.

Il sortit d'un tiroir une blague et une pipe en terre, bourra cette dernière, l'alluma, répandit autour de lui des bouffées puantes.

— Et en plus, je fume ! Le tabac est le plus grand ennemi des bronches et des poumons. Je le sais et je fume quand même. Il faut bien mourir de quelque chose. Et mieux vaut mourir de plaisir que de privation.

— Peut-être une cure au Mont-Dore ?

— Il faudrait que je renonce à ma pipe. Pas question.

Sylvain promena ses regards ailleurs, vers l'armoire aux reptiles, vers le clocheton du couvent à travers la fenêtre. Long silence. Au terme de sa pipée, Amouroux reprit la parole :

— Il y a trente ans que j'exerce à Saint-Gervais. Après la chute de l'Empereur, je me suis installé à la campagne, loin des désordres citadins. Au début, j'étais seul dans la commune. Ensuite, il est venu un concurrent, avec qui, d'ailleurs, je suis en bons termes. Pendant ces trente années, j'ai crevé quatre chevaux, démoli trois cabriolets, parcouru environ quarante mille kilomètres, à pied, en selle, en voiture, c'est-à-dire fait le tour de la terre. J'ai guéri des centaines de malades, j'en ai enterré des dizaines d'autres. Madame Amouroux m'a donné sept enfants, dont cinq sont toujours en vie, adultes, établis loin de nous. Au bout de ces courses, après avoir sauvé tant de personnes, je me trouve presque aussi pauvre qu'au premier jour. Sauf que j'ai pu faire bâtir cette maison, avec ses deux étages, son écurie, sa remise, sa tonnelle. Trop vaste pour nous deux, maintenant. À présent, dites-moi qui vous êtes.

Sahut raconta d'où il venait, son idiosyncrasie, ses études à Clermont, son stage au Mont-Dore aux ordres de Michel Bertrand. Il exprima son désir de vivre à la campagne, aux ordres de personne.

— Excellente résolution. Vous gagnerez bien, avec la pharmacie.

— La pharmacie ?

— À Saint-Gervais, il n'existe pas d'apothicaire. Est-ce que vous avez étudié la pharmacopée à Clermont ?

— Naturellement, quelque peu.

— Dans mon armoire, vous trouverez le dernier *Codex*. Un peu ancien, il date de 1837, mais toujours valable. Ainsi que plusieurs autres volumes qui vous aideront : *Manuel de santé, La Santé pour tous*, etc. Je vais vous montrer mon officine.

Ils passèrent dans une pièce adjacente, beaucoup plus vaste que le cabinet. Pleine de rayons, de tiroirs, de bouquets d'herbes sèches pendus aux poutres. Pleine d'odeurs aussi, comme celle de Sureau, l'herboriste volvicois. Chaque tiroir soigneusement étiqueté : *Baumes. Collyres. Crèmes. Apéritifs. Astringents. Calmants. Drastiques. Hémostatiques.* Sur une table, les instruments appropriés : balances, mortiers, flacons, éponges, entonnoirs… Ils revinrent dans le cabinet. Amouroux sortit du placard deux petits verres et une bouteille de liqueur.

— C'est du Vespétro, que je prépare moi-même avec de l'anis, de la coriandre, de l'angélique. Marinés dans l'eau-de-vie. Comme son nom l'indique, mon Vespétro retient de vesser, de péter, de roter. Rien ne produit plus mauvais effet sur la clientèle que de lâcher un vent pendant une auscultation. J'en prends régulièrement et je vous le conseille.

Sahut but cette précieuse liqueur, la trouva infecte, mais n'en manifesta rien.

Amouroux prit un registre, l'ouvrit sur son bureau.

— Vous avez ici la liste de tous mes patients. Noms, prénoms, situation financière, maladies passées, dernière prescription, pronostic. Si nous nous entendons, je vous présenterai à chaque famille. Ce registre représente une vie d'auscultations et de soins. Je sais ce qui convient à Paul, à Jacques, à Marguerite. Ce qui leur est interdit. Avec ce bouquin, vous aurez à peine besoin d'examiner le malade. Voilà un objet qui vaut bien quelque chose, non ?

Sylvain opina légèrement de la tête.

— Venons-en aux chiffres. Celui que je vais vous proposer comporte l'emploi de mon cabinet, de la pharmacie, de la jument, de la remise. Vous ne songez pas, sans doute, à faire vos visites pédestrement ?

— Cela dépendra de la distance.

— Certaines de mes pratiques résident à sept, à huit, à dix kilomètres de Saint-Gervais.

— Il me faudra bien une monture, en effet.

— La mienne est une pouliche limousine de trois ans. Je l'appelle Marquise. Elle peut vous servir quinze années encore.

Silence. On entendit le miaulement de ses bronches. Et le grattement de sa plume sur une feuille. Il compta. Il recompta. Il lâcha la somme :

— Quinze mille six cents.

Sylvain en eut le souffle coupé. Avant de pouvoir dire :

— Je ne les ai pas.

— Je combien disposez-vous ?

— De quinze cents.

— Nous sommes loin du compte. Manquent quatorze mille cent.

— Exact.

— Vous me donnez douze cents. Je vous laisse trois cents d'argent de poche pour vos premiers frais. Les rentrées d'une semaine vous permettront par la suite d'aller plus loin. Quant au manque, vous me le paierez tant par mois, selon vos possibilités. Avec un délai maximum de cinq ans. Croyez-vous que je puisse tenir jusqu'à cette échéance ?

— Je le crois, je le crois.

— Si, avant ce terme, j'avalais mon certificat de baptême, vous devriez payer le restant à madame Amouroux. Sommes-nous entièrement d'accord ?

— Permettez-moi de réfléchir.

— Jusqu'à quand ?

— Jusqu'à demain.

— Où couchez-vous ce soir ?

— Il doit bien y avoir des auberges à Saint-Gervais.

— Je vous conseille l'auberge du Levant, à la sortie du bourg, en direction de Châteauneuf. Allez-y de ma part. Les menus sont simples, mais substantiels. Auparavant, je vous présente Marquise.

Sylvain recoiffa son chapeau haut de forme. Ils passèrent dans l'écurie, où il fit la connaissance de la pouliche. Une magnifique bête au poil luisant, à la culotte bien fournie, aux pieds barbus. Il lui caressa la croupe. Détour par la remise où dormait le cabriolet, les bras en l'air en forme d'*S* couché.

— C'est le genre « à cul de singe », avec capote en toile cirée, pliable comme un soufflet. Remarquez sur le devant une protection vitrée escamotable qui vous protégera du vent et de la pluie. Trois lampes pour l'éclairage. Je vous ferai même cadeau de cette voiture qui, à elle seule, vaut bien cinq cents francs. Nous nous revoyons demain matin, vers les dix heures, pour signer ou non.

À l'auberge du Levant, six convives étaient pour le souper assis à la même table ovale. Table d'hôtes. Chacun puisa dans la soupière qui fumait au milieu. Certains se servirent deux fois. Ils ne se gênèrent pas pour lui poser des questions : qui êtes-vous ? d'où venez-vous ? que venez-vous faire à Saint-Gervais ? quel est votre âge ? À l'énoncé de sa profession et de ses intentions, plusieurs têtes eurent des hochements dubitatifs : vingt-cinq ans, c'était bien jeune pour remplacer un vieux médecin plein d'expérience.

— Il faudra vous vieillir, suggéra un des six.

— Et comment ?

— Laissez-vous pousser une grosse moustache. Poudrez-vous les cheveux d'un peu de farine. Marchez avec une canne.

Il remercia pour ces bons conseils. Après le repas, on lui proposa une partie de cartes. Mais il invoqua la fatigue du voyage et gravit l'échelle de meunier qui conduisait à l'étage, derrière le patron lui-même, porteur d'une sorte de bougie appelée rat-de-cave. Lorsqu'ils furent dans la chambre, cet homme demanda :

— C'est pour combien de nuits ?

— Une ou deux. Peut-être trois. Où sont les commodités ?

— Quelles commodités ?

— Pour faire mes commissions.

— Pour la petite, vous avez un pot de chambre sous le lit. Pour la grosse, il vous faut aller au fond du couloir, jusqu'à la porte marquée « 100 ». Gardez le rat-de-cave. Vous avez un briquet ?

— Des allumettes.

— Prenez bien garde de ne pas mettre le feu à vos couvertures.

— Soyez tranquille.

On ne sait pourquoi le nombre 100 désigne les latrines dans les campagnes. À cause peut-être des deux zéros qui peuvent figurer les trous. Car en cas d'urgence ils permettent un soulagement en duo, ce qui autorise la conversation et rend l'épreuve moins ennuyeuse.

La chambre jouissait de quelques autres commodités : une cuvette avec un broc d'eau pour la toilette, un miroir ovale, deux chaises, un porte-manteau, un lit de bois haut sur pattes, un peu large pour une seule personne, un peu étroit pour deux, une descente de lit qui fuyait sous les pieds, un bénitier. Sylvain eut quelque peine à trouver le sommeil, car il avait la cervelle pleine de chiffres, mille deux cents francs par-ci, trois mille cent par-là, cinq années de dette, trente jours par mois, quatre consultations par jour, peut-être cinq, peut-être six francs cinquante l'une, gratuite pour les pauvres. Et la pouliche à nourrir ! Combien coûtait l'avoine ? Et le logement à trouver et à louer ! Jamais il n'arriverait à honorer sa signature. Une chouette hululait dans la nuit. Les heures sonnaient au clocher. Une chatte amoureuse appelait au secours. Il ne dormit que quelques heures. Le petit déjeuner se présenta sous la forme d'une autre soupière. Soupe à volonté.

Comme convenu, il retrouva le médecin Amouroux à dix heures. Et le chaton qui piaulait dans ses bronches.

— J'ai préparé un contrat, dit-il d'emblée, sans demander oui ni non. Lisez-le. S'il vous convient, on le signe et tout est réglé.

Attentivement, Sylvain lut et relut tous les articles. *Ce 12 janvier de l'an de grâce 1847, entre les soussignés… il est convenu ce qui suit…* Deux exemplaires de cette prose sur des feuilles blanches venues d'Ambert qui, lorsqu'on les présentait à la lumière, montraient en filigrane un cœur surmonté d'une croix. Symbole de foi qui doit accompagner toute honnête convention manuscrite. Les points avancés verbalement s'y trouvaient confirmés : le prix de cession, le registre aux adresses, le délai de cinq ans, la pouliche Marquise, le cabriolet à cul de singe, la jouissance des lieux…

— Avez-vous bien tout lu ? demanda le vieux médecin.

— Je l'ai lu trois fois.

— Acceptez-vous chaque élément du contrat ? Ou souhaitez-vous quelque modification ?

— Laissez-moi calculer encore un moment.

— Calculez.

Sahut entra, selon une ancienne habitude, en conversation avec sa conscience. Elle se montrait fort optimiste :

— Je suis certaine que tu te tireras d'affaire. Je connais ta vaillance et tes capacités.

— Certaine-certaine, ou seulement certaine à moitié ?

— Certaine-certaine.

— Je ferme les yeux. Tu es pour « oui », je suis pour « non ».

Et il se mit à fredonner dans sa tête : « Un petit prince sortant du paradis, il se dit : "Mince ! Faut que je compte jusqu'à dix !" Un, deux, trois, quatre, cinq, six, sept, huit, neuf, dix ! »

Son index à dix tomba sur la conscience.

— Oui ! prononça-t-il d'une voix ferme.

C'est d'une main quand même un peu tremblante que Sylvain Sahut traça ses nom et prénom au bas des feuilles ambertoises. La plume d'oie fit « cra-cra » sur les vergeures. Amouroux répandit dessus une pincée de sable fin, en fit tomber la poudre dans le cendrier. Les deux hommes se serrèrent la main. La messe était dite.

— Je vais vous présenter madame Amouroux. Une Cantalienne d'Aurillac.

Il ne disait jamais « ma femme », mais toujours « madame Amouroux », comme s'il avait parlé d'une étrangère. Malgré sa proche septantaine, il s'agissait d'une grande et belle personne ; ses cheveux blancs tirés en deux bandeaux se rejoignaient sur la nuque, noués par un ruban noir. Elle portait autour du cou un imposant sautoir formé de plusieurs médaillons réunis par des chaînettes. Ce collier soutenait un bijou en forme de colombe éployée, découpée dans une plaque d'or et couverte d'un émail parsemé de points verts. Au bec et aux ailes étaient suspendues des pendeloques piriformes. Le tout serti de topazes qui ajoutaient leurs feux aux scintillements des métaux précieux. Voyant les regards de Sylvain sur cette curiosité, madame Amouroux sourit et expliqua :

— C'est une parure caractéristique du Cantal. Nous l'appelons un saint-esprit à cause de la colombe. Je le tiens de ma pauvre mère. Quand j'ai épousé monsieur Amouroux, il constituait ma dot. Autrefois, le saint-esprit était construit sur mesure : chaque médaillon figurait une paire de bœufs. Ainsi, dans le même collier, se trouvaient adroitement réunis les trois éléments qui composent un bon mariage auvergnat : l'amour, la foi et le patrimoine.

Ils bavardèrent. Ils burent une liqueur jaune qui n'était pas du Vespétro en grignotant des biscuits. Puis Sahut prit congé, emportant une des deux feuilles. Il devait se mettre à la recherche d'un domicile fixe. Toujours recommandé par Arsène Amouroux, il en trouva un dans une assez grande bâtisse en bordure de la place des Marronniers. La propriétaire, madame Baron, une veuve bien conservée, en occupait seule le rez-de-chaussée. L'étage se trouvait libre. L'affaire fut menée lestement. Il disposerait d'une cuisine, d'une chambre, d'un cabinet de toilette. Madame Baron lui proposa même, moyennant un modeste supplément, de partager le dîner et le souper quotidiens qu'elle préparerait. Son sourire était si engageant qu'il ne put refuser.

DEUXIÈME PARTIE

1

— Demain, décida Amouroux, nous consultons ensemble. C'est dimanche. Les messes font sortir les gens. Nous devrions avoir du monde.

Il consultait le dimanche et la semaine. En fait, à neuf heures, personne dans la salle d'attente. Les deux médecins eurent le temps de parler médecine.

— Beaucoup de maladies affligent cette population qui ne les soupçonne même pas, révéla le Gervaisien en fumant sa pipe. Elle les supporte comme le chêne supporte ses galles, sans se douter qu'on ne naît pas, qu'on ne vieillit pas avec ces excroissances. Ainsi, les maladies de peau, qui résultent d'un manque de propreté. Savez-vous que les Auvergnats des Combrailles ont la réputation de ne se débarbouiller qu'une fois par an : le 1er janvier ? Parce qu'ils croient que ce qu'on a le jour de l'an, on l'aura aussi les trois cent soixante-quatre jours qui suivront. Si la belle-mère est bien lunée ce matin-là, elle le sera aussi jusqu'à la Saint-Sylvestre. Moi qui les fréquente quotidiennement, je peux affirmer que ce compte est très exagéré. Pour dire vrai, les Auvergnats des Combrailles ne se lavent que deux fois dans leur existence : une la veille de leur mariage, une autre la veille de leur enterrement. Encore ne lavent-ils que le devant, parce que le derrière ne se voit pas. C'est vous dire qu'ils sont dans leur ensemble de très modestes consommateurs d'eau claire : tant à usage interne qu'à usage externe. Cependant, on peut trouver parmi eux des exceptions. Je vous ai donné la règle générale.

Il ôta la pipe de ses dents, en profita pour tousser, tandis que Sylvain en profitait pour rire. Après quoi, Arsène reprit son exposé :

— Parmi les maladies de peau, la plus fréquente est la teigne blanche qui sévit surtout chez les femmes et les enfants. Son odeur est insupportable, ses croûtes sèches ont parfois un centimètre d'épaisseur. Je la traite par des raclages, suivis de frictions avec application de teinture iodée. Il faut absolument jeter au feu les produits qui résultent de ces épluchages pour éviter la contagion. Et recommander des bains à l'eau de Javel.

Il se préparait à poursuivre lorsqu'on entendit un bruit de sabots venant de la salle d'attente. Sylvain se leva, se préparant à recevoir le patient ; mais son collègue l'arrêta de la main.

— Pas si vite. Il ne faut pas révéler à cet individu qu'il est le premier du jour. Laissons-le moisir un peu avant de l'entreprendre.

Cette pratique était la même chez monsieur Lapeyre à Volvic. Amouroux tira sa montre du gousset. Sans dire mot, on laissa donc s'écouler cinq minutes. Après quoi, il s'en alla chercher le client. Un paysan qui entra le chapeau à la main, intimidé par ce double accueil.

— Je suis Lamadon, de Biollet.

— Asseyez-vous. Je vous présente monsieur Sylvain Sahut, qui me succédera dans quelques jours. Vous pourrez faire une entière confiance à son dévouement et à son savoir. Qu'est-ce qui ne va pas ?

Et l'homme, désignant sa joue enflée :

— Une dent. D'habitude, je vais chez le forgeron. Mais lui-même est malade, chez son fils de Clermont. Et cette saloperie me fait bien souffrir. La nuit, impossible de fermer l'œil.

— Je m'en occupe… Ouvrez la bouche… Je vois ce que c'est. Une prémolaire pourrie. Vous ne pouvez pas la garder.

— Faites ce qu'il faut.

Dans l'armoire aux serpents, Amouroux prit une bouteille d'eau-de-vie demi-pleine, une tasse, y versa deux doigts de cette liqueur, la tendit au paysan.

— Sifflez-moi ça pour commencer. Ça vous donnera du courage.

Malgré lui, Sylvain songea que cela ressemblait au petit verre de blanche qu'on donne au condamné avant la guillotine. Quand la tasse fut rendue, Arsène fouilla dans un tiroir, en tira des daviers de plusieurs dimensions.

— Penchez la tête en arrière… Regardez le plafond… Ouvrez la bouche bien grande… Excusez-moi, mais faut à présent que je vous attache les mains derrière le dos pour vous empêcher de faire des bêtises.

Quand ce fut fait, il essaya trois ou quatre daviers, les mesurant à leur objectif. Tout par un coup, il se prit à chanter à tue-tête une vieille rengaine patoise :

Don, don, bouligo-te don !
L'on djiò ke le tcheù te pèso.
Don, don, bouligo-te don !
L'on djiò ke z'y ai botà de plom[1]*…*

Avant qu'il eût achevé le premier couplet, l'ouvrage était terminé. Comme un trophée, l'arracheur de dents

1. « Don-don, remue-toi donc ! / On dirait que le cul te pèse. / Don-don, remue-toi donc ! / On dirait que tu y as mis du plomb. »

brandissait la molaire pourrie entre les pinces de son davier. Il épongea le sang avec un tampon d'ouate.

— Ouille ! Ouille ! Que vous m'avez fait mal ! gémissait Lamadon. Vous avez bien fait de m'attacher les mains. Je risquais de vous foutre mon poing dans la gueule !

— Vous voilà guéri. Quand vous serez chez vous, lavez-vous la bouche avec de l'eau salée. Nourrissez-vous rien que de soupe pendant deux jours.

Délivré de ses liens, l'homme se releva, remit le chapeau sur sa tête et commença de partir sans dire merci. Amouroux le rappela :

— Vous me devez cinq francs.

— Faut encore que je vous paye après le mal que vous m'avez fait ? Pas d'accord.

— Si vous étiez allé chez le forgeron, comment l'auriez-vous payé ?

— J'y aurais peut-être donné une vieille poule.

— Eh bien ! quand vous reviendrez de Biollet, rapportez-moi une vieille poule.

— Peut-être.

Il s'en alla sans saluer. Au milieu de ces propos, Sylvain n'avait pas eu un mot à dire ; mais il avait regardé de tous ses yeux, écouté de toutes ses oreilles. Le Gervaisien demanda :

— Connaissez-vous la chanson ?… Elle me sert à endormir le mal. Ou du moins à distraire le malade. À l'amuser, comme on dit par ici. Voyez-vous, cher jeune confrère, la médecine ne fait bien souvent pas autre chose qu'amuser le malade.

— Qu'à l'amuser ? Vous ne croyez donc pas à la médecine ?

— Pas à son pouvoir miraculeux, comme le voudraient tous les malades. Et puisque nous sommes sur le chapitre des miracles, je vous avouerai qu'à mon avis – mais ne le répétez à personne, surtout pas à mon ami le curé – la religion aussi ne fait rien d'autre qu'amuser les pauvres chrétiens.

— Amuser a plusieurs sens.

— Faire prendre patience. Laisser espérer contre toute espérance. Adoucir l'ennui de la condition humaine. Curés et médecins, nous ne sommes que des marchands d'amusements.

— Croyez-vous qu'il y a des prêtres qui ne croient pas en Dieu ?

— Plus que vous ne pensez.

— Moi, j'y crois très fort.

— Tant mieux pour vous. Tant mieux pour Lui, s'Il existe.

Amouroux prit le temps de tirer quelques bouffées de sa pipe avant d'appeler le malade suivant. C'était le père Martin, l'ancien garde champêtre ; porteur d'une musette. Il souffrait de constipation, ce qu'il exprima en termes bien clairs :

— Respect que je vous dois, j'ai le trou du cul bouché. Je reste des trois, quatre jours sans que rien ne sorte. Et ça me gonfle le ventre. Tâtez, il est dur comme un tonneau.

— En effet… Que mangez-vous ordinairement ?

— Que voulez-vous que je mange ? Des truffes, des fajoles, du lard, du pain.

— Jamais de fruits ?

— J'ai un arbre qui produit des nèfles. En cette saison, y en a plus.

— J'ai compris. Allez chez madame Blanc, l'épicière. Achetez une livre de pruneaux. Faites-la cuire dans un litre d'eau. Buvez l'eau de cuisson par demi-verres, trois fois par jour. Mangez les pruneaux cuits, crachez les noyaux. Ça devrait vous déboucher. Si ça ne marche pas, revenez me voir dans une semaine, je vous ferai un lavement.

— Je vous dois quelque chose ?

— En principe, on paye ma consultation un écu, cinq francs.

Le constipé fit tourner sa musette sur le devant.

— Je vous ai apporté une bouteille d'eau-de-vie de prunelle. Est-ce que ça peut faire la même chose ?

— Marchons.

Amouroux prit le flacon, l'enferma dans l'armoire et accompagna Martin jusqu'à la porte en fredonnant la *Marseillaise* : « Marchons ! Marchons ! » Après quoi, il ouvrit son registre et inscrivit au chapitre des recettes : *Martin l'ancien garde, un litre d'eau-de-vie.*

« À ce régime-là, se dit Sylvain, je ne suis pas près de payer mes quatorze mille francs. »

Ainsi furent traités les deux premiers patients. Sylvain se contentait d'observer, admirant le savoir-faire et le savoir-parler de son confrère. Notant avec soin dans sa cervelle chacun de ses propos :

— Le meilleur auxiliaire du médecin est le corps du malade lui-même. Encore faut-il comprendre ses besoins, ses faiblesses, les causes du mal. Je laisse faire la nature. Vous l'avez remarqué : je ne suis pas un grand croyant. Quand il m'arrive d'entrer dans l'église pour saluer mon ami l'abbé Goursonnet, avant de ressortir, je ne manque pas de faire brûler un cierge. Naturellement, le curé ne m'a jamais demandé ni pour qui, ni pour quoi. Un jour, je le lui révélerai : à l'intention de mes malades.

Sylvain se rappelait la raideur de son ancien maître, Jean-Baptiste Fleury ; les doutes de Michel Bertrand. Le premier rempli de certitudes, le second tout pragmatisme. Il devait choisir entre ces deux attitudes. Par humilité, il choisit la seconde. La pratique le guiderait. Elle se présenta en d'autres circonstances.

— Je dois me rendre au chevet d'un patient à Espinasse, l'informa le Gervaisien. Il y a une lieue de distance. Voulez-vous m'accompagner cet après-midi ?

— À pied ?

— Que préférez-vous : tous deux à cheval sur le dos de Marquise, ou bien en cabriolet ?

— Tous deux à cheval, ce sera plus drôle.

Les voici en selle, Amouroux dans les étriers, Sahut les jambes écartées, les mains cramponnées au troussequin. « À cheval sur mon bidet, quand il trotte, quand il trotte… » Marquise ne se gênait pas pour faire des pets. Ni pour lâcher du crottin après avoir levé la racine de sa queue en forme d'aorte. Mais elle ne trottait pas, ses fers sonnaient paisiblement sur les cailloux de la route. Sahut avait le nez à la hauteur de la nuque de son confrère ; il entendait miauler le petit chat de ses poumons. Le redoux avait fait fondre la neige ; mais il en restait des traces dans les fossés et au revers des talus tournés vers le nord. Les champs étaient vides de laboureurs, les prairies vides de bétail. Au-dessus des cheminées, montaient des fumées blanches. De loin en loin, pour saluer ces cavaliers importants comme le révélaient leurs chapeaux trombones, un cantonnier levait sa pioche.

Ils traversèrent un ruisseau appelé Chalamont, puis un bois sombre.

— Il ne ferait pas bon s'aventurer la nuit dans ces parages, dit le Gervaisien. Un pays de loups.

— Il y en a vraiment ?

— Il en reste encore.

Après une heure de plic-plac-ploc sur ce mauvais chemin, ils arrivèrent à une ferme isolée, coiffée de chaume. Accueillis par les abois de trois gueulards de chiens qu'Amouroux tenait à distance par des mouvements de sa trousse. Ils attendirent. Enfin, une porte s'ouvrit. Parut un homme encore jeune, malgré sa moustache poivre et sel, couronné d'une casquette à oreilles. Derrière lui, deux mioches, un garçon et une fille.

— Je suis Arsène Amouroux, le médecin de Saint-Gervais. Vous m'avez fait appeler ?

— C'est de juste, pour ma femme Eugénie.

— Qu'est-ce qu'elle a ?

— Elle est couverte de boutons rouges.

— J'amène monsieur Sylvain Sahut qui va bientôt me remplacer. Je suis assez vieux pour me reposer un peu avant d'avaler mon certificat de baptême.

— C'est de juste.

— Amenez-nous votre femme. Éloignez les enfants. Vous de même. Je vous appellerai si nécessaire.

Ils entrèrent dans une longue pièce qui prenait jour par la porte ouverte et par une étroite fenêtre. Sombre, mais pas pauvre : des jambons secs pendaient aux solives, de la vaisselle blanche luisait aux rayons d'un vaisselier. Ils s'enfoncèrent dedans ainsi que dans une grotte, atteignirent le lit-placard où gisait la malade, assise plutôt qu'allongée. Rouge en effet comme une carotte.

— Nous sommes deux médecins qui venons vous soigner.

Il posa la main sur son front.

— Vous avez une fièvre de cheval.

— Est-ce que… je vais mourir ?

— Il n'en est pas question. Quel âge avez-vous ?

— Vingt-neuf ans.

— Il faut qu'on voie votre poitrine. Quittez votre chemise.

— Non, non, non ! Je vais pas…

— Qu'est-ce que vous n'allez pas ?

— Me montrer toute nue à des étrangers.

— Nous ne sommes pas des étrangers. Nous sommes des médecins.

— Non, non et non. C'est un péché.

— Soyez raisonnable. Des femmes nues, nous en avons vu cent et mille.

— Demandez la permission à mon mari.

— D'accord.

Il sort, trouve le mari à côté, dans la pièce qu'on appelle « salon », lui explique l'affaire. Le mari opine de la casquette, vient persuader sa femme :

— Laisse-toi voir. À des médecins, c'est pas un péché.

Elle y consent. Elle se découvre. Les deux confrères observent de grandes plaques écarlates sur lesquelles se détachent de petits points foncés, donnant presque au toucher la sensation d'une chair de poule.

— Qu'en pensez-vous ? demande le vieux médecin au jeune.

— M'est avis, bien que madame ne soit plus une fillette, qu'il s'agit de la fièvre scarlatine.

— Exactement. Voyons la gorge… Tournez-vous, Eugénie, regardez la fenêtre.

Ils constatent une angine intense avec rougeur diffuse du palais et de la gorge, des exsudations blanchâtres sur les amygdales.

— Avez-vous mal à la tête ?

— Oui, beaucoup.

— Vous pouvez vous recouvrir. Tirez la langue… Couleur framboise. Tout concorde.

Il sort de sa trousse une feuille blanche, un encrier, une plume d'oie. Il rédige son ordonnance : *Herbe de bourse-à-pasteur, renouée des oiseaux, baies de genièvre, feuilles de bouleau, etc. Une demi-tasse de cette infusion trois fois par jour.*

— Envoyez votre homme à Saint-Gervais, je lui fournirai ces plantes. Mais ce qu'il faut surtout, c'est que vous restiez au lit pendant quinze jours. Évitez tout contact avec les personnes de votre famille, sinon toutes vont attraper la scarlatine. Vous pouvez manger des soupes, du fromage blanc, des œufs, des compotes. Celui ou celle qui vous servira se mettra un mouchoir devant le nez et la bouche. Vous me devez huit francs.

Pendant un mois, Sahut fut donc présent à toutes les consultations et visites du prédécesseur. Jouant le comparse quasi muet. La cinquième semaine, ils changèrent de rôle : c'est lui qui recevait, son confrère restant sur une chaise à titre consultatif. Le 28 mars 1847, il remplaça le panneau d'Amouroux par le sien et devint le seul maître des ordonnances.

Il lui arriva de rencontrer le père Martin, qui souffrait certains jours de constipation. Il lui demanda si les pruneaux cuits l'avaient débouché.

— C'est un remède magique, reconnut l'ancien garde champêtre. Quand je me sens bloqué, j'en mange, je bois l'eau de cuisson. Et le lendemain, si je me retenais pas, j'en ferais un plein chapeau.

C'est sans doute pourquoi il portait une casquette.

2

Il s'aperçut bien vite qu'à Saint-Gervais il n'était pas sans concurrents. L'autre médecin, monsieur Sauret, originaire de Montluçon, lui avait pris une part de la clientèle d'Amouroux. Ces infidèles le trouvaient trop jeune et lui préféraient un praticien plus expérimenté. Selon un ancien conseil, il se laissa pousser une grosse moustache, des favoris en forme de côtelettes, et s'enfarina les cheveux.

Autre rival : le forgeron Aubignat. Spécialiste des dents et des morsures venimeuses. Il savait débarrasser le patient d'une molaire gâtée le temps de dire *amen.* Si par hasard il s'était trompé, il n'hésitait pas à en enlever deux pour le même prix : un chou, une douzaine d'œufs ou un fromage. Les piqûres de vipère exigeaient plus de soins. Quand on lui apportait un enfant blessé dont la jambe avait déjà pris la couleur grise du reptile, il lui bandait les yeux avec un mouchoir ; il faisait ensuite rougir au feu une barre pointue.

— Tenez-le bien ! recommandait-il au père.

Il enfonçait le fer dans la chair contaminée qui grésillait et fumait, tandis que le gamin hurlait et se tordait. Le souffrir accompagne notre existence comme le respirer.

— C'est fait. Vous pouvez l'emmener. Nourrissez-le pendant huit jours uniquement de lait de chèvre dans lequel vous aurez fait d'abord bouillir cette pierre. Vous me la rapporterez quand l'enfant sera guéri.

Il s'agissait d'une « pierre de serpent », un galet gros comme un œuf, ramassé sur la rive de la Sioule, et dont la surface bigarrée présentait, en effet, une surprenante ressemblance avec la peau de la vipère. Le venin était ainsi absorbé par le caillou que le blessé pouvait encore garder une semaine ou deux dans sa poche, jusqu'au moment où il ne boitait plus.

Mais lui, Sylvain Sahut, comment traitait-il les morsures venimeuses ? Préventivement, il recommandait aux personnes en risque de ne pas s'affoler, de ne pas courir, afin de ne pas mettre en mouvement le venin dans tout leur corps. Il faisait saigner la blessure avec la pointe d'un scalpel. Puis il y appliquait la bouche, aspirait le sang pollué, le recrachait. Il lavait la plaie à l'eau de Javel, souveraine contre toutes souillures.

Troisième concurrent : le curé Goursonnet, rebouteux, *rabilhaïre*, comme disaient les Gervaisiens. Il savait remettre les os en place, non point par un pouvoir reçu du ciel, mais parce qu'il avait appris au séminaire le fonctionnement de chaque articulation, la forme et la dimension des os qui composent notre squelette.

— Vous gagnerez plus d'âmes à notre foi, enseignait le père supérieur, en raccommodant les os qu'en touchant les âmes.

Il racontait aux séminaristes l'histoire de Pierrounet, l'illustre rebouteux lozérien. Son vrai nom : Pierre Brioude ; sa profession officielle : cantonnier. Il fut poursuivi en justice pour exercice illégal de la médecine. Devant le tribunal, il déposa sur le plancher un agneau tout désarticulé, qui n'arrivait pas à se tenir debout, et dit aux plaignants :

— Remettez-le donc sur ses pattes.

Ces messieurs examinèrent l'animal ; après l'avoir palpé et repalpé, ils durent donner leur science aux chats. Alors, Pierrounet le prit sur ses genoux, le caressa un moment pour apaiser son petit cœur, puis le massa, remit chaque pièce à sa juste place. Et voici que l'agnelet tout à coup saute à terre et se met à gambader. Les juges ne purent qu'acquitter Pierre Brioude ; les médecins poursuivants s'en retournèrent sous les huées. Seul rebouteux de France statufié, Pierrounet a son buste à Nasbinals ; le socle représente des béquilles.

Pour sa part, Sahut avait étudié à l'Hôtel-Dieu les éléments du squelette humain sous l'autorité du professeur Lavort, obtenu quelques succès sur des bras ou des jambes cassés :

— Mettez exactement les deux parties brisées à leur ligne de fracture. Posez des attelles. Ficelez très fort. Interdisez au malade de bouger pendant un mois. Et laissez faire la nature.

À Saint-Gervais, en face d'une luxation compliquée, Sylvain n'hésitait pas à envoyer son client au curé Goursonnet. En revanche, ce dernier lui adressait des plaies ouvertes, des tumeurs malignes qui dépassaient son habileté manuelle.

Quatrième concurrente : l'accoucheuse. En principe, dans les familles, on essayait de se débrouiller sans le secours d'une étrangère. Si une mère, une belle-mère était là pour aider la parturiente, tout allait bien. Quelquefois le mari n'hésitait pas à mettre la main à la pâte, à délivrer lui-même son épouse. Il avait l'habitude des vaches, des brebis, des coches ; au fond, une femme, c'est construit à peu près de la même façon que toute autre femelle. À la rigueur, on appelait une parente, une voisine qui était « passée par là ». Dans les cas très difficiles, on allait quérir telle ou telle matrone qui s'était fait une réputation de bonne « coucheuse ». Le plus souvent, elle ne savait ni lire ni écrire ; elle n'avait fréquenté aucun enseignement de sage-femme. On la trouvait occupée à préparer la pâtée des cochons. Elle se lavait les mains, changeait de sabots et suivait le requérant. Une fois en place, elle faisait de son mieux pour sauver la mère d'abord, l'enfant lorsqu'elle pouvait. Parfois, elle arrivait quand le désastre était quasi consommé : la patiente, inerte, s'était déjà vidée d'une grande partie de son sang. La coucheuse se contentait de faire des signes de croix et de réciter la prière qui, seule, avait désormais quelque pouvoir :

— Jésus-Christ, né en Bethléem, a souffert à Jérusalem. Son sang s'est troublé. Je te dis et je te recommande, sang rouge, sang bleu, que tu t'arrêtes de couler par la puissance de Dieu, par l'aide de saint Fiacre et de tous les saints, de même que le Jourdain s'est arrêté, dans lequel saint Jean-Baptiste baptisa Notre-Seigneur.

Elle posait la main sur le ventre de l'accouchée, attendant que le charme opérât. C'est par l'emploi de ces procédés magiques que de nombreuses parturientes perdaient la vie. Au cours de sa carrière, Sylvain eut l'occasion de sauver plusieurs femmes menacées d'hémorragie en comprimant l'aorte abdominale, en les plaçant dans une position oblique, la tête en bas les pieds en haut, en employant l'ergotine, un excellent hémostatique.

Il devait enfin affronter toutes les recettes pieusement transmises de mère en fille au même titre que le chapelet et la quenouille. Les enfants étaient les principaux usagers de ces remèdes empiriques. Contre les convulsions, on brûlait la chemise du petit malade. Pour calmer les coliques, on lui appliquait sur le ventre un onguent composé de vers de terre réduits en bouillie. S'il avait des parasites intestinaux, on lui attachait autour du cou un collier fait de gousses d'ail. S'il bavait trop, on lui faisait sucer une truite vivante.

S'il penchait trop souvent la tête en arrière, il pouvait lui arriver de « tomber la luette » ; une tumeur grosse comme une noisette se formait alors sous son menton ; pour la réduire, il fallait chercher et trouver le « cheveu de la luette » perdu au milieu de cent mille autres ; le tirer fortement sans l'arracher, et la luette revenait à sa place. La fluxion de poitrine se combattait au moyen d'une colombe vivante qu'on partageait au couteau et dont on collait les deux moitiés encore palpitantes sur la poitrine du tousseux. Pour les obstructions intestinales, les constipations obstinées, on faisait avaler une bille de plomb qui devait forcer l'obstacle et ressortir ; les familles qui en possédaient une la prêtaient volontiers aux voisins. Pour le mal d'oreille, on versait du lait de femme ; à la rigueur, on pouvait y fourrer un morceau de lard fondu. Contre les tumeurs du visage, on appliquait un crapaud de sept ans ; la difficulté consistait à savoir exactement son âge ; pour le trouver, on comptait les pustules qui ornaient son échine, on divisait par dix. Il existait même un remède contre la folie : on purge le malade par le haut et par le bas ; on fait tremper ses mains et ses pieds dans de l'eau de boudin encore chaude jusqu'à ce qu'il s'endorme ; presque toujours, il se réveille guéri.

Les familles possédaient des almanachs précieusement conservés, remplis de remèdes pour toutes les occasions. Les plus populaires étaient l'*Almanach du père Lajoie* et l'*Almanach des dames.*

Face à tant de concurrence, Sahut se sentait certains jours aussi découragé que ce Gaulois qui, seul face à l'océan, voulait arrêter les flots avec son épée.

— Ne vous souciez pas de ces rivalités, l'encourageait le prédécesseur. Le savoir, l'expérience nous aident beaucoup. Mais si vous voulez l'emporter, ayez du flair. Le flair est la qualité primordiale du bon médecin. Or je crois que vous en êtes bien pourvu.

En même temps, il lui saisissait le nez et le secouait comme une sonnette. Sylvain en éprouvait un grand réconfort.

Quand on venait l'appeler, il tâchait d'obtenir quelques renseignements préliminaires sur l'état du malade :

— Comment que ça lui fait ?

Il en déduisait un diagnostic approximatif afin d'emporter les médicaments de première urgence. Sa trousse contenait aussi des bistouris, des lancettes, une sonde d'argent, des ciseaux, des daviers, un forceps Smellie à manche de corne ; dans un sachet de soie, des fils de lin pour ligaturer les fuites veineuses ou artérielles, les cordons ombilicaux. Il n'oubliait pas un remède recommandé par monsieur Amouroux : la tabatière. Il y puisait une pincée lorsque, sur l'échine de sa pouliche, il se sentait gagné par la somnolence ; le titillement de la prise suffisait à lui rendre assez de vigilance. En ce qui touchait la route à suivre, l'aller était son affaire, le retour celui de Marquise. Lune ou pas lune, étoiles ou pas étoiles, elle le ramenait sans erreur à Saint-Gervais.

Le pétun possède un autre pouvoir. Sylvain dut un jour soigner un enfant atteint de la terrible maladie du croup, pas encore appelée diphtérie par Frédéric Loeffler. Comme toujours, on était venu le chercher trop tard et il s'épuisait à essayer de déchirer les membranes avec sa sonde sans obtenir de résultat. Les suffocations du petit malade se faisaient effrayantes. Il entendait derrière lui les prières à la Vierge rabâchées par les femmes de la maison :

— … et Jésus le Fruit… et Jésus le Fruit…

C'est alors qu'il eut l'idée extravagante de tendre sa tabatière à l'enfant martyrisé :

— Prends une prise. Vite ! Une grosse !

L'effet fut immédiat : le petit, secoué par une série de vigoureux *atchoum*, expulsa les membranes qui l'étouffaient.

Il préférait voyager en selle plutôt qu'en cabriolet. De la sorte, il se sentait aéré à la saison chaude ; en hiver, il avait un poêle entre les jambes. Quand un messager était venu à pied l'avertir, il l'emportait en croupe derrière lui, recommandant :

— Accrochez-vous à mon manteau.

Après l'examen du malade et l'ordonnance, il demandait à la famille :

— Vous ne connaissez personne, dans ce coin, qui pourrait avoir besoin de mes services ?

— Essayez chez celui-ci… chez celui-là…

Médecin colporteur, il frappait à des portes qui hésitaient à s'ouvrir.

— Je sais, disait-il, que vous avez quelqu'un qui ne va pas bien. Je suis médecin à Saint-Gervais. Voulez-vous que je le voie ?

— C'est que… on n'a pas d'argent.

— Vous me payerez quand vous pourrez. Et seulement si je le guéris.

Voilà comment il devint très riche de créances.

Une fois, cependant, il manqua sa fortune.

Basset était sans doute l'homme le plus riche de la commune. Grâce à son commerce de grains et graines de toutes sortes. Il importait d'Afrique du sorgho et du café vert ; du riz asiatique ou lombard. Il achetait aussi la production des Combraillais, puis vendait aux paysans de la chaux, du guano, de la poudrette. Son négoce s'était élargi à l'outillage agricole. Il pratiquait le crédit à taux élevé. En plein milieu du bourg, il avait acquis de vieilles masures pour quelques bouchées de pain, les avait démolies, remplacées par une superbe bâtisse de style italien, à terrasses, ornée d'un cadran solaire. Les Gervaisiens jaloux l'appelaient la Préfecture. Quelques-uns profitaient des crépuscules, en passant près d'elle, pour cracher sur ses murs.

Sa réussite familiale était moins éclatante. Madame Basset n'avait donné le jour qu'à une seule fille, prénommée Juliette, éduquée chez les sœurs de Cluny. Une fort jolie demoiselle au moment des faits, promise à un heureux mariage et un brillant avenir. Le problème était de lui trouver un Roméo digne d'elle ; cette espèce ne pullulait point dans Saint-Gervais. « Tout vient à point à qui sait attendre », se disait le Préfet, pas pressé de perdre une fille pour qui il éprouvait une véritable adoration. Si on lui demandait sa couleur préférée, il répondait : « Le bleu-vert des yeux de ma fille. » Sa musique préférée : « Le rire de ma fille. »

Or cette merveille de la nature fut frappée dans ce qu'elle avait de plus admirable : sa beauté. Un matin, elle se leva avec l'étrange impression que la moitié gauche de son visage n'éprouvait plus rien, ni le chaud, ni le froid, ni la pression de l'index, comme si elle s'était pétrifiée. Elle s'aperçut aussi avec terreur que la paupière correspondante ne s'ouvrait qu'à moitié, qu'elle ne pouvait plus voir le plafond qu'avec l'œil droit. Elle se leva, essaya de sourire. Son radieux sourire était devenu une grimace. Elle se jeta sur son lit, enfonça dans l'oreiller cette figure qui n'était plus la sienne, criant avec difficulté :

— Au secours !... Au secours !

Madame Basset, tenant encore entre les mains le tricot auquel elle travaillait, la trouva engloutie dans sa douleur.

— Qu'est-ce qui se passe, ma Juliette ? Qu'est-ce que tu as ?

La jeune fille lui prit une aiguille à tricoter, s'en picora la joue gauche avec fureur.

— Je ne sens rien. Rien ! Rien !

— Tu vas te faire mal !

— Je suis de marbre !

Comment entendre cela ? Le père vint à son tour. On envoya Théophile, le commis de la maison, quérir le médecin Sahut. Lorsqu'il entra dans la Préfecture, il trouva Juliette étendue à présent sur le dos, les yeux clos, les mains jointes, avec de gros soupirs qui lui gonflaient les joues. Il promena le stéthoscope sur sa poitrine. Écouta le cœur et les poumons. Tâta le pouls et le front. Avec son marteau à percussion, il tambourina sur les rotules. Après chaque examen, il poussait un petit gloussement dont la famille préfectorale ne comprenait pas le sens. Il se décida enfin à palper cette moitié du visage où tout le mal semblait concentré.

— Comment vous appelez-vous ? demanda-t-il à la malade.

Pas de réponse à une question qui semblait incongrue.

— Je vous demande comment vous vous appelez.

Les muscles de la bouche et des narines se contractèrent. Elle fit un grand effort pour prononcer :

— Ju... Juliette.

— Juliette comment ?

— Ba... Basset.

— Très bien. Vous parlez. Cela s'arrangera... Donnez-moi un peu d'huile.

— Quelle espèce ? s'enquit la Préfète.

— N'importe laquelle.

On lui apporta un demi-bol d'huile de rave. Il y trempa les doigts de sa main droite. Il se mit à frictionner et à masser le côté gauche du visage. Puis il l'essuya doucement avec un linge. De sa trousse, il tira un flacon de verre ; on y voyait un fond humide sur lequel reposaient trois ou quatre olives rainurées de vert sombre. Il inclina la fiole, recueillit dans sa paume une de ces olives, l'ouvrit, l'étira. C'était une sangsue qu'il appliqua à la commissure de la bouche déformée, la maintenant en place par un tampon d'ouate. Le père et la mère observaient ébahis ces pratiques.

Juliette gémit, leva une main pour se débarrasser de la suceuse.

— Empêchez-la, dit Sahut.

Madame Besse assuma cette charge. La bestiole employa dix minutes à se gorger du sang qu'on lui proposait. Au bout desquelles, le médecin la saisit par la queue, la comprima d'arrière en avant, lui fit vomir dans un verre le sang bu, la remit dans son flacon.

— Dites-nous ce qu'a notre fille, supplia la Préfète.

— Hémiplégie faciale.

— Qu'est-ce que ça veut dire ?

— Qu'elle a la moitié de la figure paralysée.

— Paralysée ?

— Paralysée et insensible.

— Sainte Vierge !

— Est-ce que c'est grave ? demanda le Préfet.

— Pas trop, si la paralysie ne s'étend pas.

— Vous pensez la guérir ?

— Je ferai tout mon possible. À présent, laissez-la s'endormir. Nourrissez-la de lait tiède, de bouillon de légumes, de soupe bien trempée, car elle ne réussira pas, sans doute, à avaler des choses fermes. Je reviendrai demain matin.

— Dites-moi combien nous vous devons.

— Vous me paierez quand elle sera guérie.

Juliette entendait ces propos, les malades ont l'oreille fine. Les soins durèrent trois semaines. Vingt et un jours de frictions et de massages à l'huile de rave. Peu à peu, la paupière gauche consentit à s'ouvrir sur l'exemple de sa sœur de droite. De même, le sourire cessa de ressembler à une grimace. Elle retrouva le goût du pain et des nourritures fermes. La parole reprit de la clarté. Un jour, le médecin annonça que ses visites n'étaient plus nécessaires :

— Votre fille peut continuer les massages toute seule devant sa glace, si elle veut, pendant quelque temps encore. Bientôt, il n'y paraîtra plus.

Toute la famille le couvrit de remerciements et d'embrassades. Au terme desquels, le Préfet l'entraîna dans son bureau. Sylvain eut à peine le temps d'observer les lieux. Basset ouvrit devant lui un profond tiroir, rempli jusqu'en haut de pièces de monnaie : écus d'argent, louis d'or, demi-louis, doubles-louis, napoléons, anciennes pistoles. Pas un seul billet, rien que du métal.

— Ce sont mes économies depuis vingt ans. Elles ne doivent rien à personne. Docteur, servez-vous. Vous avez sauvé ma fille paralytique. Prenez tout si vous voulez.

Il y avait bien cent mille ou deux cent mille francs dans ce tiroir. Cinq ou dix fois le salaire annuel de ses professeurs à l'Hôtel-Dieu. En outre, Besse lui conférait, en vertu de son pouvoir préfectoral, le titre de « docteur » auquel il n'avait pas droit ; ses malades l'appelaient ordinairement « monsieur le médecin » ou « monsieur Sahut ». Il sourit de cette proposition exorbitante et se contenta, ayant compté rapidement le nombre de ses visites, de prendre quatre doubles-louis, cent soixante francs.

— Ne soyez pas si modeste ! s'écria le marchand de grains.

En même temps, il saisit des poignées de pièces et commença de les lui glisser dans les poches.

— Assez ! Assez ! Je suis largement payé !

Il posa ses mains sur l'entrée de ses poches. Voilà de quelle façon il manqua sa fortune. Du moins, il la commença.

3

Une autre fois, c'est l'inverse qui se produisit.

Les campagnes étaient infestées de brigands et de loups. Peu de voyageurs se risquaient la nuit sur les routes ; mais deux sortes de personnes étaient tenues, au péril de leur vie, de s'y aventurer : les curés et les médecins. Les premiers protégés par le bon Dieu qu'ils transportaient dans leur besace ; les seconds par Côme et Damien, leurs saints patrons, et, éventuellement, par un bon pistolet stéphanois.

En cette occasion-là, il revenait de Gaudichoux, on l'y avait appelé pour une fillette qui souffrait de coqueluche. Il était reparti à la nuit tombante sur le dos confortable de Marquise. Un peu somnolent. Tranquille néanmoins, sachant que la pouliche le ramènerait immanquablement à son domicile. Il traversa Saint-Priest où brillaient déjà quelques chandelles. Plus loin, la route traversait un bois, sans autres clartés que celles des étoiles. Tout à coup, il entendit appliquer deux claques vigoureuses sur la croupe de Marquise. Un homme venait de sauter derrière lui sans sa permission, qui le saisit par les épaules avant de proférer :

— Dis, l'ami. Ta monture est assez forte pour nous porter tous les deux, pas vrai ? Tu me déposeras à l'entrée de Saint-Gervais, où j'ai à faire.

— Qui es-tu ? demanda Sylvain en allongeant la main vers la fonte où attendait le pistolet à deux coups de son père.

— Ne bouge pas ! commanda l'autre d'une voix terrible. Ou je t'étrangle !

Et il sentit les mains rudes du bandit encercler son cou. Ils allèrent ainsi un moment sans bouger ni parler. Ensuite, Sylvain osa ouvrir la bouche, cérémonieusement, comme s'il s'adressait à une personne bien élevée, et lui donnant du « vous » :

— S'il vous plaît… à qui ai-je l'honneur ?

— Pardonne-moi. J'ai oublié de me présenter. As-tu entendu parler de Victor Mornac ?

— Parbleu ! Il est assez connu !

— C'est moi-même.

— Je ne crois pas. Il est enfermé au bagne de Toulon.

— Je m'en suis-t-évadé.

— Comment un ancien maître d'école, comme l'a été Mornac avant de commettre ses exploits, pourrait-il dire : « Je m'en suis-t-évadé » ?

— Et que faut-il dire ?

— Je m'en suis-z'évadé.

— Merci de la leçon. J'oublie un peu l'orthographe. Mais ne crains rien. Je ne te demande qu'un transport.

Quand ils furent à la Fauvielle, le vrai ou le faux Mornac décida :

— On descend. J'ai soif. Je connais l'aubergiste, il va nous offrir-z-à boire.

Il sauta le premier, enfonça la main dans la fonte où il savait que les cavaliers avisés tiennent une arme, disant :

— Je garde ton pistolet. Entre personnes de bonne compagnie, nous n'allons pas nous faire du mal.

Il attacha lui-même la pouliche à un anneau près de la porte, sous l'enseigne « Auberge des quatre marchands ». Aucune lumière ne filtrait. Il saisit le heurtoir et cogna très fort. Si fort, si longtemps qu'à l'étage une fenêtre finit par s'ouvrir. Une tête parut, sous un bonnet de nuit.

— C'est fermé ! cria l'aubergiste.

— Tu te couches comme les poules, mon cher Voissier. Tu ne vas pas laisser dehors un ami qui a soif.

— Quel ami ?

— Plus qu'un ami : un frère. Victor Mornac. Souviens-toi des bons coups que nous avons faits ensemble.

— Mornac ? Je te croyais…

— Mornac en personne.

— Je descends.

Bientôt la porte s'ouvrit en effet. L'aubergiste parut, ébouriffé de la tête et de la barbe. Il considéra le client :

— Mais… je te reconnais pas !

— À Toulon, j'ai beaucoup vieilli. N'importe. Sers-nous du vin chaud. Nous en avons besoin.

Un peu de feu restait dans la cheminée. L'homme y jeta des brindilles, les braises se mirent à flamber sous le pot de fer. Le parfum du vin chaud remplit la salle.

— Tu es un vrai frère, le complimenta Mornac.

Ils vidèrent leur bol avec des soupirs d'aise. Puis le brigand réclama du solide, sous prétexte que le vin n'est vraiment bon qu'accompagné. Voissier apporta du pain et de la saucisse. La bouche pleine, sans cesser de mastiquer, le bandit se lança dans une série de confidences pleines de sous-entendus :

— Tu te rappelles le coup des gendarmes de Manzat ?… Nous y avons tranché les sangles de leurs chevaux, ils se sont retrouvés plus loin le cul par terre… Et Bony qu'on a ramassé dans un fossé, le crâne fendu !… Et le maquignon qui avait vendu quarante brebis !… Ah ! nous en avons fait des drôles, foutrement !

Pour sûr, cet individu n'avait pas le langage d'un ancien instituteur. Il riait blanc dans sa barbe couleur de suie, tandis que Voissier, avec plus de réserve, se contentait de sourire jaune. En fin de compte, il fallut remonter en selle. C'est Mornac lui-même qui détacha Marquise de l'anneau, tandis que Sahut mettait le pied dans l'étrier. La lune s'était levée, un mince *C* majuscule parmi l'alphabet des constellations.

Lorsque le clocher de Saint-Gervais se profila au loin, le brigand toujours en croupe ordonna à Sylvain de tirer sur la bride. Il sauta à terre, tenant à la main le pistolet de Joseph Sahut dont il avait relevé les chiens. Il présenta sa casquette :

— Vide tes poches là-dedans, fouille bien, n'oublie pas la bourse, ni ta montre, ni ton couteau… Merci… Je pourrais te dépouiller davantage, mais je me contente de ce peu. Pour que tu n'aies pas un mauvais souvenir de Victor Mornac. Au plaisir de te revoir si Dieu veut.

Marquise ramena son maître jusqu'au bourg. Voilà comment ce médecin des Combrailles rentra chez lui fort mal accompagné. Content quand même d'avoir sauvé sa veste et sa culotte.

Les loups n'étaient pas de meilleure compagnie. Il fut un temps où les campagnes françaises semblaient leur appartenir. À preuve, les innombrables lieux-dits qui portent leur nom : Pasdeloup, Hucheloup, Pisseloup, Canteloup, Saut-du-Loup, Cor-de-Loup, Loubière, Loubeyrat. Comme si leur nombre et leur pouvoir ne suffisaient pas, ils prenaient au cours des veillées hivernales au coin du feu une dimension surnaturelle. On voyait le loup se combiner à l'homme pour former le loup-garou, une créature humaine le jour, lupine la nuit, sans que l'on sût exactement laquelle des deux était sa nature empruntée. On parlait même de louves-garelles. Ainsi cette comtesse du Cantal, qui habitait le château d'Apchon. Elle n'avait jamais eu d'enfant, ce qui lui valait le ressentiment du mari. La laissant confinée dans une tour, il passait le plus clair de son temps à chasser le loup, le renard, l'ours, le sanglier, qu'il tuait à la dague ou à la pique après souvent un combat corps à corps.

Un soir, il affronta une louve dont il avait massacré les deux louveteaux. Entre elle et lui, ce fut un horrible duel. À un moment donné, il réussit à lui trancher une patte de devant. La bête mutilée s'enfuit en poussant des hurlements. Le comte rentra au château, glorieux de cet exploit. Trois jours après, par un caprice de son humeur, il jugea bon de rendre visite à sa femme. Il la trouva occupée à regarder le paysage par une fenêtre. Elle avait coutume, à chacune de leurs rencontres, de se dresser et de lui faire révérence. Or, ce matin-là, elle demeura assise. Il s'en montra bien offusqué :

— Ne m'avez-vous pas vu, madame ? Ne me reconnaissez-vous pas ?

— Pardonnez-moi, je me sens fatiguée.

Le lendemain et le surlendemain, même accueil.

— Vous pourriez au moins vous lever !... Je vous en donne l'ordre !

Elle obéit donc, se présentant de profil. Il fit trois pas en avant, se trouva devant elle. Alors, il remarqua qu'elle dissimulait son avant-bras sous un devantier brodé. Très surpris, il la considéra un moment. Puis il souleva ce vêtement et découvrit avec horreur que sa femme n'avait plus de main droite, que le moignon du poignet était enveloppé dans un nœud de linge. À son tour, le comte poussa un hurlement :

— Vous !... Toi !... La louve !

Il tira son épée et trancha la tête de la malheureuse. Sitôt que la tête fut tombée, l'autre main et tout le corps de la décapitée se recouvrirent en un instant d'une toison sauvage.

En fait, l'existence des loups-garous, des louves-garelles, n'a jamais été prouvée, malgré les récits qu'en ont faits des auteurs renommés, Virgile, Strabon, Pausanias, Varron, saint Augustin. Il n'empêche que, dans ce milieu du XIXe siècle, les campagnes auvergnates croyaient en ces monstres comme en Jésus-Christ. Beaucoup d'hommes, beaucoup de femmes prétendaient en avoir rencontré, la nuit, en traversant telle ou telle forêt. Aux premiers rayons du soleil, ces créatures retrouvaient leur nature humaine et partaient piocher leurs champs de raves. On recommandait même une certaine herbe dont on peut préserver les enfants, qui s'appelle « herbe de l'excapulaire ». Sans doute le capillaire, avec son enfilade de minuscules médailles vertes qui le fait confondre avec le scapulaire des femmes pieuses.

Sylvain Sahut ruminait toutes ces pensées au cours de ses voyages nocturnes. Pendant des années, il n'eut pas affaire aux loups. Il lui arrivait cependant de percevoir au loin des hurlements qui lui donnaient la chair de poule. Dès le crépuscule, on les entendait s'appeler, se répondre comme les coqs au point du jour. Dans les montagnes où les vaches montaient à l'estive, ils venaient rôder jusqu'à leurs jarrets. Sitôt qu'elles les sentaient s'approcher, elles commençaient à s'ébrouer, à s'agiter, poussant un âpre meuglement pour appeler leurs sœurs. Elles s'agglutinaient comme les soldats romains, formant la *testudo*, la tortue. Forte de son nombre, cette masse serrée fondait impétueusement sur les fauves, les cornes en avant. Jusqu'à la lisière des bois, c'était une poursuite farouche, un bruit assourdissant de sonnailles secouées, une ruée tumultueuse. Attirés par ce vacarme, les vachers accouraient ; ils saisissaient leurs sabots et les faisaient claquer l'un contre l'autre. Les loups finissaient par battre en retraite.

Il existait aussi une prière conjuratoire : « Loup et louve, la bête que vous voulez n'est ni vôtre ni mienne. Elle est de la Sainte Vierge qui vous ouvre la gueule et vous ferme les dents, avec la clé du bon saint Laurent. » Le culte de ce saint était vif en Auvergne. Sa fête tombe le 10 août, au moment où les étoiles filantes rayent le ciel en plus grand nombre de leurs paraphes de feu ; on les appelait des « larmes de saint Laurent ».

Or ce 10 août-là – c'était l'année 1848 –, Sylvain eut le privilège d'être invité à une noce à Sainte-Linge. En reconnaissance de ses soins à la mère de la mariée. Selon l'usage, la fête dura tout le samedi, avec une cinquantaine d'invités. Rien que du monde simple, en souliers ou en sabots, bons mangeurs, bons buveurs, bons gambilleurs de bourrées. Vers la minuit, le médecin s'excusa :

— Il faut que je m'en aille. J'ai besoin de dormir et d'être frais demain matin.

— Comment ? fit le maître. Nous avons de la paille pour vous faire coucher.

— Grand merci. Mais je dois partir.

— Vous êtes à cheval ?

— Non, à pied. Une heure de marche ne me fait pas peur.

— Je ne veux pas vous laisser aller seul. On peut faire de mauvaises rencontres. Attendez, je vais trouver quelqu'un pour vous accompagner.

Et ce fut Luc Barbet, le cornemuseux, content de rentrer chez lui avant le lendemain. Les voici partis côte à côte. Ils marchent dans la nuit épaisse, en devisant. La route monte et descend. Après une demi-heure de pas tranquille, ils entendent des grognements. Ils se voient soudain environnés d'yeux phosphorescents, de dents luisantes, de souffles goulus. Réciter la prière de saint Laurent n'est pas leur affaire, ils ne la savent même pas. Que fait alors le joueur de cornemuse ? Il gonfle la poche de son instrument et se met à jouer :

Paro le lo, petiote,
Paro le lo,
Ke te gueyto, ke te gueyto[1]*...*

Une bourrée composée spécialement pour cette circonstance. Les doigts du musicien s'affairent sur le chalumeau. Et chose incroyable : son turlututu aigrelet tient les fauves à distance. Certains même s'enfuient, la queue entre les jambes, comme s'ils voyaient leur mort. C'est que ces animaux-là sont bien peu mélomanes.

Bref, les deux hommes, évitant de courir, réussissent à s'éloigner. Ils atteignent Mayet, puis Saint-Gervais sans dommage.

1. « Prends garde au loup, petite / Prends garde au loup / Qui te guette, qui te guette... »

4

Sylvain Sahut était trop absorbé par son métier pour s'intéresser à ce qui se passait en dehors des Combrailles. Mais il avait fait amitié avec le Préfet marchand de grains et engrais, abonné à un journal de Paris, *L'Ami de la Charte.* Celui-ci soutenait de toutes ses lignes le roi Louis-Philippe et apportait, avec un peu de retard, des nouvelles de la capitale, parfois même de l'ensemble du monde. Grâce à cette feuille, il apprit qu'une guerre de l'opium avait éclaté entre la Chine et l'Angleterre. Sahut connaissait ce latex du pavot pour ses propriétés narcotiques et anesthésiantes, employé par les chirurgiens d'autrefois, abandonné depuis l'invention du chloroforme. Il découvrit qu'il pouvait engendrer une guerre parce que les Chinois, fumeurs d'opium, en étaient de gros consommateurs. Leur empereur, voulant s'en réserver le commerce, avait fait jeter à la mer des caisses d'opium indien. Les Anglais, maîtres des Indes, avaient répondu par des opérations navales, bombardant plusieurs ports et occupant Nankin. Finalement, l'empereur avait signé un traité par lequel il acceptait le libre commerce de cette dangereuse substance.

Imitant l'exemple de l'Angleterre, la France, approuvée par tous les partis politiques, était en train de coloniser l'Algérie, bien que ce territoire ne produisît point d'opium, seulement des oranges et des olives. Monarchistes, catholiques, républicains, socialistes affirmaient unanimement que nous devions le purger de sa barbarie. « Savez-vous, écrivait *L'Ami de la Charte*, que les hommes de là-bas s'accroupissent pour uriner comme font les femmes ? » Il était temps que nous y apportions la civilisation chrétienne, que nous apprenions aux Algériens à pisser debout.

Sur notre propre sol, la civilisation faisait d'ailleurs des progrès irréfutables. Grâce notamment au réseau de voies ferrées qui commençait à le couvrir. Malgré l'opposition de certains grands esprits comme Thiers ou Arago : ils évoquaient la pleurésie, voire l'asphyxie qui ne pouvaient manquer de frapper les voyageurs dans les tunnels. L'Auvergne participait à cette grande entreprise, par la ligne Brassac-Nevers qui facilitait le transport de notre charbon vers Paris. Le chemin de fer ne pénétrait pas encore les Combrailles, où l'on voyageait toujours à pied, à cheval, en diligence. Notre agriculture faisait aussi de notables avancées. La pratique de l'assolement remplaçait de plus en plus celle de la jachère, par laquelle le paysan croyait que la terre a besoin de repos comme lui-même avait besoin de sommeil. La culture de la betterave à sucre se répandait dans la Limagne. Encouragée par un certain duc de Morny – demi-frère du futur Napoléon III –, acquéreur de la sucrerie de Bourdon, près d'Aulnat. Un homme aussi heureux en affaires qu'en politique. Un de ses adversaires le définissait par ces mots : « Le plus jeune et le plus chauve des satisfaits. »

L'industrie allait d'un bon pas grâce à l'emploi généralisé de la machine à vapeur. Clermont, qui, jusque-là, n'était qu'un grand village d'artisans et de vignerons, saluait l'arrivée d'une matière nouvelle promise à un grand avenir, le *caoutchou*, pas encore pourvu de son *C* final. Dans tous les domaines, l'enrichissement préconisé par François Guizot s'accomplissait, même s'il n'atteignait pas toutes les classes sociales. C'est dire la surprise qui frappa l'Auvergne lorsqu'elle apprit, en février 1848, qu'une autre révolution parisienne venait de renverser le roi Louis-Philippe et d'instaurer une seconde République. *L'Ami de la Charte* jugea bon de changer de titre pour devenir *L'Ami de la Patrie*, avec ce commentaire : « Les dynasties sont passées. La France reste. En soutenant la Monarchie constitutionnelle, nous avons voulu travailler au bonheur de la France. Nous continuerons ce noble travail sous la République. »

Le nouveau régime fut longuement discuté dans les clubs auvergnats. L'Église, qui s'était revanchée des jacobins après 1815, put craindre de souffrir à son tour d'une contre-revanche. Elle bénissait pourtant à tour de bras les arbres de la Liberté qu'on plantait un peu partout. Comme elle se plaignait du manque de prêtres, à Brioude, un club républicain proposa de multiplier ceux qui survivaient en les coupant en quatre comme les pommes. Le même club examina si Dieu existait ou non. Son existence fut reconnue par 340 voix contre 330. Les évêques en prirent acte et ordonnèrent de faire chanter dans les églises *Domine salvam fac Republicam* au lieu de l'ancien *Domine salvum fac Regem.*

Le nouveau préfet du Puy-de-Dôme, monsieur Dujardin-Beaumetz, offrit un repas somptueux aux notables de sa ville. L'après-dînée, il osa même ouvrir toutes grandes les portes de sa préfecture au bon peuple clermontois. Hommes, femmes, enfants envahirent les salons, s'exclamant en patois et en français :

— C'est bien notre tour !... *Podem nouz ivenlé !*

Et ils ne manquèrent pas en effet de se prélasser sur les canapés et les fauteuils, riant de leur audace, tandis que le préfet tapotait les joues des mioches et faisait la bise aux dames. Rien ne fut vandalisé. À Saint-Gervais, la chute de Louis-Philippe passa comme une lettre à la poste. Presque inaperçue.

Quatre mois plus tard, *L'Ami de la Patrie* révéla que des ouvriers parisiens, insatisfaits du nouveau régime qui ne leur fournissait pas de travail, avaient encore dressé des barricades. Le général Eugène Cavaignac les avait écrasés, faisant quatre mille morts et onze mille prisonniers. Étrange République, qui commençait par fusiller ses défenseurs.

Pis encore ! Afin de payer ses fonctionnaires, le gouvernement décida d'augmenter les contributions directes de quarante-cinq centimes par franc ! Un tel pourcentage ne s'était jamais vu.

La nouvelle Constitution, votée au début de novembre 1848, fut proclamée à tous les carrefours. À Issoire, encadrées de gendarmes à cheval, les autorités arrivèrent dans cette intention place de la Halle. Accueillies par des huées :

— À bas le maire !... À bas la Constitution !... À bas les Rats !

Ce dernier terme désignait les agents du fisc. Le premier magistrat de la ville, armé d'un entonnoir à vin en guise de porte-voix, put enfin lire les articles constitutionnels malgré les sifflets qui soulignaient certaines formules : « En présence de Dieu et au nom du peuple français... La société doit fournir assistance aux hommes valides qui ne peuvent se procurer du travail[1]... »

Les officiels s'en furent ensuite chanter le *Te Deum* dans l'église Saint-Austremoine. Quelques jours plus tard, des affiches satiriques furent placardées ; on y

1. L'Assemblée avait repoussé le droit au travail par 596 voix contre 187, remplacé par le droit à l'assistance.

voyait une Liberté peinte en vert tenant à la main un drapeau rouge, assise sur les tablettes d'une Constitution quelque peu modifiée :

Article 1er. – Indestruction des Rats.

Article 2. – Abolition du droit au travail.

Article 3. – Liberté comprimée.

Article 4. – Égalité méconnue.

Article 5. – Fraternité repoussée.

Article 6. – Enseignement jésuitique.

Article 7. – Progrès des écrevisses.

Article 8. – Impôt des 45 centimes.

Article 9. – Les bourgeois ont bien mérité de la patrie.

Article 10. – Le peuple est une canaille, à l'unanimité.

Lassés des désordres et des révolutions, les paysans, les artisans, les commerçants, beaucoup d'ouvriers acceptèrent sans protester le coup d'État du 2 décembre 1851. Celui-ci fut prémédité, organisé par le duc de Morny que son demi-frère avait nommé ministre de l'Intérieur. Avec son élégance coutumière, il dirigea à Paris le massacre des opposants. Jules Vallès, l'insurgé du Puy, en porte témoignage : « Je vis des soldats fusiller des gens qu'ils adossaient au parapet d'un pont, puis qu'ils jetaient dans la Seine. Les corps étaient chauds et vivaient encore. On aperçut l'un d'eux qui remontait sur l'eau ; il se mit à nager ; on fit feu dessus, il plongea ; mais son sang le dénonçait. Les soldats allèrent l'attendre sur la berge pour achever leur travail. »

En attendant le plébiscite qui devait approuver massivement le coup d'État, la municipalité de Saint-Gervais adressa au prince-président cette félicitation : « Aujourd'hui, 17 décembre 1851, le maire, les adjoints et les conseillers municipaux de la commune de Saint-Gervais, chef-lieu de canton, arrondissement de Riom,

Puy-de-Dôme, soussignés croient de leur devoir de donner spontanément leur adhésion aux révolutions énergiques et si bien combinées du prince Louis-Napoléon, président de la République, et lui témoignent leur plus vive reconnaissance du pas immense qu'il vient de faire vers le rétablissement de l'ordre et de la confiance, base indispensable de la prospérité de la France. En attendant qu'ils déposent dans l'urne le vote secret qui leur sera demandé, ils ne craignent pas de dire hautement qu'ils sont tous prêts à conférer à Louis-Napoléon tous les pouvoirs qui lui sont nécessaires pour mener à bonne fin ce qu'il a si bien commencé. Tous les membres du conseil municipal ont signé, à l'exception de Charvilhat (du Bouchet) et de Nénot, après lecture faite. »

Parmi les quinze signatures qui suivaient, naturellement, celle de Basset, dit « le Préfet aux grains ». La seule opposition vigoureuse en Auvergne au coup d'État se produisit à Thiers, où un trio de républicains, le docteur Lachamp, le pharmacien Lasteyras, l'avoué Prunet, rameutèrent la population ouvrière. Celle-ci bombarda le sous-préfet à coups de pommes, puis envahit la mairie, essaya de s'emparer des armes de la garde nationale, mais elles avaient été mises en lieu sûr. La troupe appelée de Clermont arriva juste avant que l'émeute n'eût pris de l'ampleur. Plusieurs meneurs furent arrêtés. Lachamp réussit à s'échapper, dissimulé dans un char de foin ; il passa en Angleterre, puis en Amérique, où il devait mourir sur les rives du Mississippi, de la fièvre jaune. Le sous-préfet promit une prime de cinq cents francs à qui permettrait d'arrêter tout membre atteint de la fièvre rouge. Un plaideur rancunier dénonça l'avoué Prunet, qui fut arrêté en effet. Quelque temps plus tard, on trouva le délateur pendu à un arbre, avec au cou la sacoche des cinq cents francs. On ne sut jamais s'il avait été tourmenté par les remords de Judas ou victime d'un justicier.

Il y eut dans le département deux centaines d'arrestations, suivies de quatre-vingt-dix-sept déportations vers l'Algérie.

Lorsque le 2 décembre 1852 Louis-Napoléon Bonaparte répéta son coup, un banquet de cinquante assiettes fut organisé à Saint-Gervais, suivi d'un feu de joie. Le plébiscite du 21 décembre fut un triomphe pour le prince-président. L'Auvergne adhéra au Second Empire comme une moule à la coque d'une épave.

5

Il arrivait à Sylvain Sahut d'être consulté à distance. Un représentant du malade, pour épargner le prix d'une visite, faisait à sa place le voyage. Il décrivait ainsi, par exemple, l'état de sa femme :

— Elle a de la fièvre.

— Comment le savez-vous ?

— J'ai touché son front, il brûle. Elle est aussi rouge qu'un écureuil.

— Qu'a-t-elle de plus ?

— Elle tousse. Ça vient de profond.

— Est-ce qu'elle crache ?

— Elle voudrait bien. Elle essaye, mais elle peut pas.

Après cet échange questions-réponses, Sylvain allait prendre dans sa pharmacie les médicaments appropriés, une poudre ou un sirop. Le commissionnaire n'avait à payer que ces remèdes.

Pour se distraire de sa profession, Sahut avait loué derrière l'hospice une parcelle de bon terrain qu'il bêchait et ensemençait. Il produisait ainsi des légumes qu'il apportait à madame Baron, elle en déduisait le prix de sa pension. Il se plaisait à cultiver des plantes peu connues sur ce plateau des Combrailles, à 725 mètres d'altitude : tomates, aubergines, piments rouges. Il essaya des fèves et du fenouil, les poussant au fumier de brebis. Les paysans observaient par-dessus la haie ces curiosités, en riant sous leur moustache.

Faute de vétérinaire à proximité, il lui arrivait aussi de porter secours à des animaux. Il se trouva un jour au milieu d'un pré où trois vaches étaient en train de crever, étouffées par la « gonfle ». Autrement dit, la météorisation. Du trèfle sauvage avait poussé au milieu de l'herbe ordinaire. Les bêtes s'en étaient gavées. Le trèfle, riche en carbone, engendre une fermentation gazeuse ; suit un ballonnement qui peut provoquer la mort. Sahut revenait à cheval de Saint-Julien-la-Geneste lorsqu'il vit un gardien de troupeau au désespoir qui s'efforçait de tenir béante la gueule de ses trois vaches, passant de l'une à l'autre pour l'aider à respirer. Elles n'arrivaient à produire que des sortes de hoquets. Sylvain descendit de cheval, courut vers les vaches en agonie. Le seul pansement qu'il connût consistait à percer la panse remplie de gaz carbonique, à la dégonfler tel un ballon de baudruche. Il ouvrit sa trousse, en tira le trocart unique qu'elle contenait, prévu pour pratiquer sur des personnes des ponctions de sang mauvais, de pus, de liquide pleural. Sans doute trop court pour un bovidé. Il n'avait pas le choix.

— Je vous reconnais, fit le jeune paysan. Vous êtes le médecin de Saint-Gervais.

— Un des deux. Je m'appelle Sylvain Sahut.

— Vous ne valez rien pour les bêtes.

— Vos vaches ont la gonfle. Dans un moment, elles vont périr. Vous ne risquez rien à me laisser faire.

— Essayez.

Sahut s'en prit à une vache couchée sur le côté droit, ce qui dégageait la panse, située sous les côtes de gauche, il en tâtait d'ailleurs l'enflure maligne. Le trocart comporte, au bout d'un manche piriforme, un poinçon cylindrique dans une canule, qui peut avancer et reculer comme le piston d'une seringue ; en se retirant, il dégage la canule qui, sous la pression du gaz intérieur, en évacue l'excès. La vache haletait. De la paume, il cogna sur la poire de buis, réussit à transpercer le cuir, atteignit la panse. Encore quelques coups, et il reçut dans la figure le souffle pestilentiel. Il faillit tomber à la renverse. L'expiration dura une dizaine de secondes, au cours desquelles il vit la bête retrouver son haleine normale. Il retira le trocart.

— Passons à sa voisine.

Il eut plus de mal à atteindre la panse car la vache reposait sur le flanc gauche. Après trois essais, il y parvint cependant. Et celle-ci fut pareillement sauvée. Pour la troisième, il était trop tard, elle ne respirait plus.

— Percez-la quand même, insistait le paysan. Elle va revenir, comme les deux autres... Y a pas de raison... Elle va se remettre.

— Elle ne se remettra pas. Elle est décédée.

Le garçon s'essuya les yeux avec sa manche, puis demanda :

— Et maintenant, qu'est-ce que je vais en faire ?

— L'enterrer.

— C'est grand dommage. Toute cette viande perdue. Est-ce qu'on pourrait pas la vendre ?

— Une bête crevée ? Aucune boucher ne la prendra.

— Nous pourrions la vendre nous-mêmes. La gonfle est pas une maladie. Rien qu'un accident.

— Le gaz carbonique a dû pourtant lui faire du tort. La viande aurait un drôle de goût.

— Les gens, par ici, sont pas difficiles. Comme viande, ils mangent surtout du cochon, respect que je vous dois. Pour une fois, ils seront contents de manger de la viande rouge. Pas chère. Est-ce que vous nous y autorisez ?

— Je ne vous autorise à rien du tout. Faites ce que vous voudrez.

— Vous allez quand même pas nous dénoncer à la gendarmerie ?

Sans répondre, sans demander aucun paiement, sans saluer, Sylvain remonta à cheval et reprit sa route.

Un gamin arriva en courant de Sainte-Christine.

— Ma grand-mère a mal au ventre. Faut venir la voir.

— Son nom ?

— Marie-Jeanne.

— Marie-Jeanne comment ?

— Marie-Jeanne Chalus.

— J'irai cet après-midi.

Il s'y transporta, enveloppé dans sa houppelande. C'était en avril, au temps où l'on ne doit se découvrir pas même d'un fil. Il arrive au hameau, on lui désigne la chaumière des Chalus. La porte est ouverte. Personne à l'intérieur, malgré le beau feu qui flambe dans la cheminée. Le gamin sort de l'étable.

— Je vous l'appelle. Elle s'occupe des chèvres.

Personne ne vient. On entend un bêlement grêle, pareil à une voix de nourrisson. Arrive enfin une vieille femme, échevelée, boitillante. Elle porte quelque chose dans ses bras. Un chevreau, dont la tête pendouille.

— Vous êtes Marie-Jeanne ? Vous êtes malade ?

— Laissez-moi soigner ce cabri. J'ai pas le temps de penser à moi.

Elle dépose la bestiole devant la cheminée, sur le sol de terre battue. Elle entreprend de la frictionner avec une guenille pour faire circuler le sang. Elle trouve le moyen d'expliquer :

— Il ne respire pas.

— Je vais vous aider.

Sylvain s'agenouille, saisit le museau du nourrisson, lui ouvre la bouche, souffle dedans comme dans une trompette. Il souffle. Il souffle. La vieille frictionne, frictionne. Encore et encore. Le feu pétille et réchauffe le biquet. Le sol de terre lui communique la chaleur qu'il tenait en réserve. Toute la chaumière est attentive. On entend venir les appels de Blandine, la maman chèvre : « Qu'est-ce que vous faites à mon biquet ? » Et voici que, grâce à ces efforts conjugués, le miracle se produit. Le chevreau commence à respirer, à redresser la tête, ses pattes bougent, ses yeux s'ouvrent, il se met à vivre, il pousse un piaulement. Il est sauvé. Si bien sauvé qu'après un moment de plus il fait un effort pour se lever. Il parvient à se tenir, vacillant, sur ses quatre pattes. Deux fléchissent, l'obligent à une génuflexion ; il se redresse. Marie-Jeanne le reprend dans ses bras, l'emporte vers la chèvrerie. Sans se soucier du médecin-vétérinaire. Lui aussi se met debout ; de la main, il brosse ses genoux terreux ; il attend qu'on lui dise quelque chose. Pour patienter, il trouve une chaise et s'assied.

Après un long moment, Marie-Jeanne revient voir ce qui se passe.

— Qui qu'vous êtes ?

— Sylvain Sahut, un médecin de Saint-Gervais.

— Qui vous a appelé ?

— Votre petit-fils.

— Oh ! la guenille ! La guenillette !… Paul ! Paul !

Le gamin finit par entendre. Il se présente, le nez baissé.

— *Coz tu k'az sounà le medechi ?* (C'est toi qui as appelé le médecin ?)

Et l'enfant d'expliquer, honteusement, que la grand-mère se plaignait du ventre ; qu'il a cru bien faire. Elle le menace d'une gifle qui ne tombe pas. Elle finit même par le prendre dans ses bras et l'embrasser sur les cheveux.

— Alors, demande Sylvain, ce ventre ?

— Il me fait mal tous les matins, c'est vrai. Mais ensuite, ça me passe, sur le coup de midi.

— Voulez-vous que je vous regarde ?

— Vous croyez pas, peut-être, que je vais vous montrer ma peau, à mon âge ? Laissez-le donc tranquille, ce ventre. Je suis habituée à lui, il est habitué à moi. Faut bien qu'on se supporte.

À ce moment, paraît une troisième personne, Marius, fils de Marie-Jeanne et père de Paul. L'aïeule explique qu'ils ont la visite du médecin de Saint-Gervais, qui passait par hasard, et qui a ressuscité le biquet de Blandine. Marius semble fort impressionné par ce prodige.

— Qu'est-ce que je peux faire pour vous remercier ?

— Vous me dites merci, et ça suffira.

— Tout de même, tout de même… Je voudrais faire quelque chose.

— Ne vous tracassez pas.

— J'ai entendu dire que vous aviez un jardin.

— Oui, j'y cultive quelques légumes.

— Eh bien, voilà. Quand vous aurez tout ramassé, à l'arrière-saison, j'irai bêcher votre terre. Vous aurez plus qu'à semer vos graines. D'accord ?

— D'accord.

Sylvain salua et remonta sur sa jument. C'était la première fois qu'on le payait en travail.

Quelques mois plus tard, effectivement, se trouvant de passage à Saint-Gervais, Marius vint proposer ses services.

— C'est un peu tôt, répondit Sahut. La terre est trop sèche. Attendons qu'un peu de pluie vienne la détremper. Et comment va le chevreau à qui j'ai donné la respiration ? Il doit avoir grandi.

— Il a grandi en effet. C'était un petit bouc. Nous en avions pas besoin. Alors, on l'a mangé. Il était bien tendre et bien bon. Je vous en remercie encore.

La nuit suivante, Sylvain eut peine à trouver le sommeil. Cette fin du biquet le plongea dans un abîme de réflexions. Il en vint à critiquer – ce qui est extrêmement critiquable chez un bon chrétien – la création des plantes, des animaux, des hommes, telle que le Souverain Plasmateur l'a organisée. Disant au premier homme et à la première femme : « Dominez sur les poissons de la mer, sur les oiseaux du ciel et sur tous les animaux qui se meuvent sur la terre. » Que veut dire ce « Dominez », sinon « Emparez-vous de ces espèces afin de vous en nourrir » ? Les espèces elles-mêmes, suivant cet exemple, sont condamnées à se dévorer les unes les autres : le lion mange la gazelle, les gros poissons mangent les petits. Pourquoi le Tout-Puissant n'a-t-il pas inventé des créatures sans nécessité de s'alimenter pour survivre ?

Il entra même, comme il faisait souvent, en discussion avec sa conscience. À une telle question, elle répondit :

— Si de telles espèces existaient, sans estomac, foie, rate, reins, elles n'auraient jamais besoin de médecins ni de vétérinaires. C'est donc en prévoyant ces importantes fonctions que Dieu, dans son immense sagesse, a créé les hommes et les animaux en besoin de nourriture.

Ayant entendu cette explication, il adressa au Créateur un sincère remerciement. Et il tomba dans un sommeil apaisé.

TROISIÈME PARTIE

1

Il était abonné à *La Gazette du médecin*, qui l'informait régulièrement des nouveautés thérapeutiques. Par exemple, il apprit les succès de la quinine, découverte par Pelletier et Caventou, un spécifique de premier ordre contre les fièvres intermittentes ; de la digitale, tonique cardiovasculaire, qui ralentit, régularise et renforce les mouvements du cœur ; de l'alcali, vésicatoire contre les bronchites ; du bismuth contre les maladies cutanées ; de l'huile de foie de morue contre le rachitisme des enfants. La maladie la plus courante et la plus mortelle dans les Combrailles était encore le mal de poitrine, ou phtisie, ou consomption. Elle se caractérisait par une toux sèche, brève, convulsive, une perte de l'appétit, un amaigrissement progressif, un affaiblissement général, accompagné de crachats souvent striés de sang, qui peuvent aller jusqu'à l'hémoptysie. La fièvre s'allume, d'abord vespérale, ensuite permanente. Tous les médecins savaient que ce mal avait son siège dans les poumons. La percussion révélait une matité à l'un ou à l'autre des sommets. À ces points, l'auscultation révélait une diminution du murmure vésiculaire, une rudesse de l'expiration. L'évolution était de durée variable. Parfois foudroyante chez les jeunes sujets, plus lente chez les personnes âgées.

Autre trait préoccupant du mal de poitrine : sa contagiosité. Une mère phtisique le communiquait à ses enfants. Un voisin agissait de même. L'encombrement de ces maisons surpeuplées, la malpropreté, le surmenage, le confinement des vieilles personnes hors du soleil prédisposaient à la maladie. Elle atteignait donc de préférence les couches les plus pauvres de la société, dont elle était une sorte de révélateur. Mais elle pouvait atteindre aussi des couches moyennes ou supérieures, favorisée par de mauvaises habitudes, alcoolisme, diabète, consommation de drogue, fréquentations honteuses. On la combattait – difficilement – en recommandant une vie au grand air et au grand soleil, de longs repos, une alimentation variée, la propreté du linge et de la maison, si possible un séjour en montagne ou sur la Côte d'Azur. Il va de soi que, dans les Combrailles, la plupart des personnes atteintes n'avaient ni les moyens, ni l'envie de suivre ces recommandations. Sylvain se contentait de prescrire des tisanes de pulmonaire officinale, de lierre terrestre, de bois de réglisse, qui produisaient autant d'effet qu'un cautère sur une jambe de bois.

Parfois, les patients prescrivaient eux-mêmes les soins qu'ils entendaient suivre :

— Monsieur le médecin, donnez-moi une purge… Mettez-moi des ventouses… Passez-moi une pommade à l'arnica…

L'un de ces clients se présentait avec une étonnante régularité une fois l'an, le 14 février, disant :

— C'est la Saint-Valentin. Je viens pour la saignée.

— Serrez cette bobine dans votre main pendant que je vous pique.

Ainsi, l'homme se faisait enlever chaque fois un demi-verre de sang, suivant une recommandation qu'il tenait de son père et de son grand-père. À la question « Qu'est-ce que ça vous fait ? », il répondait : « Ça m'éclaircit la voix, l'oreille et la mémoire. »

Sahut faisait de son mieux pour satisfaire ces abonnés ; sinon, ils l'auraient quitté pour recourir aux guérisseurs.

Un nouvel instrument suscita la réprobation du curé Goursonnet. Depuis toujours, les médecins évaluaient la température du malade par simple toucher sur son front. D'où une échelle fort imprécise allant d'une bonne, d'une grosse, d'une forte fièvre jusqu'à une fièvre de cheval. *La Gazette* révéla qu'un thermomètre médical était à présent disponible. Il comportait une graduation centigrade de 32 à 44 degrés, un réservoir de mercure effilé et arrondi, apte à pénétrer dans n'importe quelle cavité naturelle sans causer de blessure. L'abbé pria Sahut de venir le rencontrer « pour un entretien professionnel ». C'est en confrère que Sylvain accepta l'invite.

Goursonnet le reçut dans sa bibliothèque, riche de livres aux reliures de cuir, marquées de traits et de titres dorés. *Vies de saints, Sermons* de Bossuet, de Bourdaloue, de Massillon, *Élévations à Dieu, Le Chirurgien laboureur*, l'inévitable *Almanach du père Lajoie.* Le maître des lieux était un homme grand et fort, plutôt bedonnant ; un rabat immaculé soulignait sa face rougeaude, son nez informe, ses vastes oreilles. Il tendit à son concurrent une main puissante et serra la sienne si rudement que Sylvain faillit crier.

— Je vous remercie d'avoir bien voulu venir me rencontrer afin que nous fassions mieux connaissance. Je ne vous vois pas souvent à l'église.

— J'y vais pourtant, mais je me tiens au fond.

— Par humilité ?

— Sans doute. Mais aussi pour qu'on me trouve facilement en cas d'urgence. Les malades peuvent m'appeler même le dimanche à l'heure de la messe.

— Ils feraient mieux de s'adresser à Dieu directement. Ou encore à tel ou tel saint susceptible de les soulager.

— Ils ne sont pas toujours informés. C'est pourquoi…

— J'ai bien compris. Veuillez vous asseoir. En l'honneur de notre premier entretien, nous allons faire une petite libation, comme disaient les Latins.

Ils prirent place à une table où les attendaient deux verres et une carafe de vin rosé. Ils trinquèrent à la concorde de la médecine et de la religion. L'abbé rappela que Luc, l'évangéliste, était médecin. Sylvain raconta son passé d'écureuil, son idiosyncrasie, ses études à Clermont sous Jean-Baptiste Fleury, ses débuts au Mont-Dore sous Michel Bertrand. L'abbé Goursonnet, lui, était fils de pauvres ; l'Église avait pris à sa charge ses études au séminaire de Clermont, d'où sortaient chaque année une centaine de prêtres.

Après ces propos indispensables, il en vint au véritable objet de son invitation : le thermomètre médical. Ayant appris le mode d'emploi conseillé par le fabricant, il s'en montra scandalisé :

— Mais quelle idée a pris ces fabricants de vouloir mesurer la température d'un malade en introduisant leur engin dans… dans… dans…

Il n'osait prononcer le mot. Sylvain lui fournit un synonyme :

— À l'Hôtel-Dieu, nous avions coutume de dire le « trou qui ne respire pas ». Même s'il lui arrive quelquefois de soupirer.

Goursonnet voulut bien esquisser un sourire. Puis il redevint sérieux, exigea une réponse à sa question. Son confrère expliqua que ledit trou était l'orifice le plus approprié pour révéler la température exacte du malade ; tout autre fournissait un renseignement approximatif, ce qui pouvait avoir des conséquences désastreuses.

— Mais, rétorqua l'abbé, ce choix peut avoir aussi des conséquences désastreuses. Immorales. Imaginez… comment dire ?… que la personne ainsi pénétrée y trouve plaisir. Elle cherchera par d'autres moyens à renouveler la pénétration. Voilà comment on aboutit à Sodome et Gomorrhe.

— Vous condamnez donc aussi, mon père, le clystère et la seringue qui l'administre ?

— C'est autre chose. Clystère vient du grec *klyso* qui signifie « purifier ». Vous devez comprendre la différence. Je vous demande donc, mon fils, de ne pas persister dans cette pratique infâme. Puis-je avoir votre promesse ?

— J'essaierai… j'essaierai… Ce qui compte pour moi, c'est l'intérêt des malades.

Un silence. Le curé s'essuya le front d'un mouchoir, qu'il enfonça ensuite dans sa manche.

— Ce n'est pas fini, reprit-il. J'ai d'autres observations à vous faire… Il m'a été rapporté que vous pratiquiez sur les femmes en couches une certaine méthode complètement désapprouvée par les Saintes Écritures. Est-ce que je me trompe ?

— Veuillez préciser.

— Lorsque Dieu chassa l'homme et la femme du paradis terrestre après leur chute, il prononça cette double condamnation. À lui : « Tu gagneras ton pain à la sueur de ton front jusqu'à ce que tu retournes à la terre d'où tu as été tiré. » À elle : « Tu seras sous la domination de ton mari et tu enfanteras dans la douleur. » Si donc vous prétendez épargner cette douleur aux parturientes, vous agissez contre la volonté expresse du Créateur.

Et Sylvain, après réflexion :

— Il est vrai que, depuis quelques années, l'usage du chloroforme se répand en chirurgie. Mon maître à l'École de médecine, comme vous, y était opposé. Pour moi, j'y ai recours lorsque la mère future me semble en état de faiblesse, dans l'incapacité de supporter les tortures de l'accouchement.

— Ce ne sont pas des tortures, Dieu les a voulues.

— Dieu a pris ses responsabilités, moi je prends les miennes. Jusqu'à présent, chaque fois que je suis intervenu ainsi dans un accouchement difficile, j'ai eu le bonheur de sauver la mère et l'enfant.

— Tout cela me semble peu chrétien.

— Je m'en confesserai aux prochaines Pâques.

— Vous ferez bien.

L'abbé offrit un autre verre de rosé que le médecin refusa. Ils se quittèrent un peu fâchés.

Goursonnet pratiquait aussi, comme il a été dit, la médecine et la rebouture à sa façon, qui tenait plutôt de la sorcellerie. Il vendait des cierges, des ex-voto adressés à tel saint ou telle sainte renommés pour leur pouvoir. Roch protégeait des maladies contagieuses, Pourçain des empoisonnements, Amable des morsures de vipère, Martin de la rougeole, Laurent des brûlures et des hémorragies. Ça marchait ou ça ne marchait pas. Si ça ne marchait pas, il trouvait des explications, recommandait une autre chandelle. Religion et médecine lui paraissaient proches parentes, comme au temps des Rois mages.

La même confusion affectait les religieuses de Cluny, qui tenaient l'hôpital-hospice sous leur dépendance. Ces saintes filles n'avaient en général suivi aucun enseignement médical qui les préparât au soin des malades, des blessés, des enfants abandonnés, des vieillards atteints de démence. Tout au plus avaient-elles mis le nez dans le *Manuel de médecine et de chirurgie à l'usage des sœurs hospitalières* publié en 1836. Selon une opinion commune dans toute l'Église, elles considéraient d'ailleurs la maladie ou l'accident comme des sanctions envoyées par le ciel pour punir les péchés. Elles prêchaient en conséquence la résignation, qui n'a besoin d'aucun médicament. Lorsqu'elles pratiquaient des distributions pharmaceutiques, il leur arrivait de commettre des erreurs grossières sur lesquelles le second médecin de Saint-Gervais, monsieur Sauret, chargé de leur inspection, fermait les yeux. À l'usage des aliénés, elles recouraient à la camisole de force. Elles enfermaient dans un local spécial les personnes atteintes de « maladies honteuses », qui n'étaient parfois que de simples gales ou érysipèles.

Elles s'étaient longtemps opposées à la vaccination, pourtant recommandée, mais pas encore imposée, par les gouvernements successifs. Comme les autres maux, la variole était un châtiment divin, même s'il leur arrivait d'en être atteintes.

— Nous prions le bon Dieu, disaient-elles sereinement, et nous acceptons de mourir s'il le veut.

Depuis 1835, toutefois, les évêques les engageaient à voir les choses autrement : « La vaccine est un préservatif dont la Providence a permis la découverte et que nous devons compter au rang de ses bienfaits. » Elles acceptaient maintenant de piquer les orphelins et les enfants abandonnés.

Malgré leur peu de compétence, elles n'hésitaient pas à se servir du bistouri. Il leur arrivait de pratiquer l'hystérotomie sur des femmes enceintes mortes avant l'accouchement afin de baptiser le fœtus. Assurées qu'elles étaient de l'impunité. Aucune famille n'osait les traîner en justice. Les magistrats auraient cru commettre une mauvaise action en sanctionnant, si peu que ce fût, ces « saintes filles ».

Sylvain n'eut jamais rien à faire avec ces dames. Il n'était d'ailleurs pas en mauvais termes avec leur contrôleur, monsieur Sauret, dont il appréciait l'âge et l'expérience. Il lui arrivait même, selon la recommandation du serment d'Hippocrate, de l'appeler au chevet d'un de ses malades dans les cas difficiles. L'inverse n'arrivait jamais.

2

Madame Baron était une jeune femme, la quarantaine épanouie, veuve avec deux enfants, une fille de quatre ans et un garçon de cinq. Le mari, maçon de la Creuse, était mort à trente-cinq ans en tombant d'une toiture. Son corps était resté à Lille, enterré dans on ne sait quel cimetière ; à cause de la canicule et de la distance, il n'avait pu être ramené à Saint-Gervais. Toute terre est bonne pour dormir dedans. À Suzanne, sa femme, il avait laissé leurs deux drôlets pour héritage. Par bonheur, elle avait reçu en dot une maison et un pré où elle élevait des chèvres et quelques brebis. Sahut logeait chez elle à l'étage et partageait ses repas en bon pensionnaire. Il aimait jouer avec les petits, spécialement avec Madelon, une adorable poupée aux yeux bleus, aux cheveux blonds réunis par un riquet mauve. Elle prenait place sur ses genoux et ils chantaient ensemble les airs qui conviennent à cet âge : *Au clair de la lune, La Marion sous un pommier, Mon père m'a donné un mari...*

Un soir qu'ils avaient ainsi épuisé leur répertoire, il manifesta l'intention d'aller se coucher.

— Non, non ! protesta Madelon. Reste encore.

— Je suis fatigué, j'ai besoin de dormir.

— Si tu restes, je coucherai avec toi.

— Promis ?

— Promis.

— Eh bien ! dit-il en regardant la mère. Voici une petite femme de quatre ans qui sait déjà ce qu'il faut faire pour retenir les hommes !

Ils rirent ensemble.

— Et que ferons-nous quand nous serons couchés ? demanda-t-il à Madelon.

— On chantera.

— Toute la nuit ?

— Oui, toute la nuit…

— Pas ce soir, je suis fatigué.

Lorsqu'il déposa un baiser sur sa joue rose en disant « Bonne nuit ! », il comprit qu'elle était fâchée, parce qu'il avait repoussé ses avances.

Suzanne Baron lui disait parfois :

— Je ne suis pas pressée que vous me quittiez. Mais je m'étonne que vous n'ayez pas encore trouvé une femme à votre convenance. Il y en a sûrement plus d'une à Saint-Gervais ou dans les environs. Et vous feriez un très bon père de famille, car vous aimez les enfants.

— J'aurai bientôt trente-cinq ans. Il m'en a fallu dix pour payer ce que je devais à mon prédécesseur, monsieur Amouroux. À présent, j'arrive à mettre de l'argent de côté. Bientôt, je me chercherai une épouse.

— Comment la voudriez-vous ?

— Un peu instruite pour qu'elle puisse m'aider dans ma profession, qu'elle me lise certains articles de la presse médicale, qu'elle sache tenir nos comptes.

— Et autrement ?

— Vous savez bien les qualités qu'un mari exige de sa femme. Pas besoin de préciser. Pour ma part, j'espère avoir aussi les qualités qu'une femme exige de son mari.

Madame Baron osa lui poser une question très audacieuse :

— N'avez-vous jamais été amoureux ?

Il répondit par un silence plein de souvenirs. Avant d'en tirer cette confidence :

— Je l'ai été de bonne heure. À l'époque où j'étais écureuil.

— Écureuil ? Vous avez été écureuil ?

— Oui, écureuil de la pierre et écureuil des vignes.

Il dut entrer dans les détails. Raconter Volvic, la carrière, les vendanges de septembre et d'octobre. Des gamines étaient aussi employées à la cueillette des raisins. C'est ainsi qu'il fit la connaissance de Guite, la fille d'un autre tailleur de pierre. Il avait onze ans, elle douze ou treize. Avec des yeux bleu-vert qui changeaient de nuance selon le temps. Un vrai baromètre. Son emploi consistait à ramasser entre les ceps les grappes perdues, à les jeter dans le seau du plus proche vendangeur. Ses mains et ses bras étaient rouges de jus. Elle se mit à pratiquer un amusement pervers. Venant près de Sylvain, elle ordonna :

— Ouvre la bouche.

Elle entreprit de jeter dedans des grains, comme on fait au passe-boule. Parfois, le grain manquait la bouche, s'écrasait sur les joues, le nez, le menton. Sylvain eut l'air d'un jeune Bacchus. Et elle de rire, de toutes ses dents lumineuses, elle en avait au moins soixante, avec, sur le devant, deux incisives légèrement espacées qui ajoutaient à sa joliesse.

— Si tu veux, proposa-t-elle, je te débarbouillerai. Avec ma langue.

Elle la tira, rose, pointue comme un sucre d'orge. Mais lorsque Sylvain approcha son visage avec l'intention de se faire lécher, elle lui adressa une gifle assez légère pour qu'il comprît que ce n'était qu'un jeu, assez forte pour qu'il en éprouvât une brûlure. Comment ne pas tomber en amour pour une telle marguerite ? Inutile de dire que le pauvre Écureuil n'eut ni la force, ni l'envie de parler. Il allongea seulement la main pour tirer un peu la tresse de la fille, mais elle avait fui. Elle se tint dès lors à distance, regardant ailleurs lorsqu'elle sentait ses yeux fixés sur elle. Il n'eut plus qu'à remplir son seau de vendange, qu'à le vider, lorsqu'il était plein, dans la hotte du bertier.

Voilà pour l'histoire de Guite. Elle traversa son ciel comme une étoile filante. Il la chercha dans Volvic sans jamais la retrouver. Lorsqu'il lui arrivait de songer à elle, il ressentait au creux de l'estomac une boule de chagrin qu'en vingt-cinq ans il n'avait pas réussi à digérer.

Plus audacieuse encore, madame Baron lui demanda à quel âge et en quelles circonstances il avait perdu sa virginité.

— Perdu ? Je ne sais pas bien, avec quelque professionnelle. Mais je peux vous dire comment j'ai failli la perdre, à la suite d'un amour incroyable, où je fus près de confondre le ciel et la terre.

— Racontez.

À l'École de médecine, les étudiants voyaient fréquemment passer des filles de la Charité, ou sœurs grises, ou sœurs de Saint-Vincent-de-Paul. Infirmières, accoucheuses, servantes, assistantes des mourants. Remarquables, lorsqu'elles marchaient, par le vent que produisaient leurs longues robes et leurs cornettes papilionacées ; par le cliquetis des rosaires suspendus à leurs ceintures. La plupart étaient vieilles, austères, moustachues ; quelques-unes, débutantes dans la confrérie, montraient une jeunesse surprenante. Les étudiants de l'école, et Sylvain le premier, se demandaient pourquoi des demoiselles si avenantes avaient renoncé à la vie mondaine, à la famille, à la maternité, pour s'enfouir dans l'abstinence et le sacrifice. Ils ne pouvaient faire que des suppositions : chagrins d'amour, contraintes familiales, veuvages précoces, quoi d'autre ? Elles répandaient un parfum d'encens, d'éther, de sainteté.

Il se trouva qu'il eut plusieurs fois l'occasion de rencontrer une de ces sœurettes, occupée à soigner un blessé avec quelque maladresse.

— Je n'arrive pas à arrêter le sang.

Il conseilla un garrot. Ils y travaillèrent ensemble. Leurs doigts se mêlèrent. L'hémorragie fut contenue. Elle le remercia en souriant.

— Vous me surprenez, dit-il. À voir le visage sévère des autres religieuses, je croyais que le sourire vous était interdit.

— Pas du tout. Nous avons seulement de rares circonstances pour l'employer. C'est aussi une question de nature. Certaines filles sont enclines au sérieux. Moi, je pencherais plutôt pour la gaieté, pour la musique, pour la danse si je ne portais pas cette cornette.

— Et pourquoi la portez-vous ?

— Parce qu'on m'y a contrainte. Mais je ne dois pas le dire. Excusez-moi.

Elle s'éloigna à longues enjambées. Il ne pensait pas la revoir, perdue parmi d'autres sœurs grises. Le hasard – avec sans doute la complicité du diable – voulut qu'il la revît dans les couloirs de l'Hôtel-Dieu. Chaque fois, elle le saluait d'un sourire, prouvant qu'elle en disposait d'une grande quantité. Un jour, il l'interpella :

— Ma sœur… ma sœur…

— Eh bien ?

— Je voudrais connaître votre nom, pour le cas où j'aurais besoin de vos services.

— Je m'appelle sœur Apolline. Mais vous n'aurez jamais besoin de moi.

Elle disparut encore. Et l'impossible se produisit. Un soir, alors que la plupart des étudiants avaient quitté l'École, il la reconnut dans le corridor qui longeait l'interminable liste des bienfaiteurs.

— S'il vous plaît, dit-elle. Cette semaine, je suis de garde de nuit. La fenêtre de ma cellule ferme mal et la pluie entre. Pourriez-vous venir y jeter un coup d'œil ?

Ils montèrent à l'étage supérieur. Sous les combles, étaient alignées les chambres du petit personnel. On y consignait aussi quelquefois les malades contagieux. Celle de sœur Apolline était meublée d'un lit, d'une chaise, d'une table de toilette, d'un crucifix. Par la fenêtre, on distinguait au loin le puy de Dôme et ses compères enneigés. Plus près, les toits rouges et les murs noirs de Clermont, dominés par la masse informe de la cathédrale.

Sylvain manœuvra l'espagnolette qui opposait effectivement une certaine résistance.

— Il faudrait une goutte d'huile, dit-il. Avec une plume.

— Je vais les chercher.

Elle sortit. Il employa son temps à examiner les lames tristes du plancher. Elle revint avec un verre demi-plein dans lequel plongeait une plume de poule. Il huila les roues de l'espagnolette, fit jouer la poignée.

— Tout va bien, maintenant.

Il tourna les yeux vers la sœurette. Étendue sur son lit étroit, la tête renversée avec un air d'extase, comme sainte Thérèse d'Avila, les pieds nus, les vêtements en désordre, dans la représentation du Bernin, alors qu'un ange souriant s'apprête, de sa flèche, à lui traverser le cœur. Sylvain en avait vu la copie dans la chapelle de l'Hôtel-Dieu.

« Ne vous y trompez pas, jeunes gens, les avertissait le professeur Fleury. Cet ange ailé n'est rien d'autre qu'Éros, le dieu de l'amour. »

Sœur Apolline glissa la main derrière sa nuque, fit choir la cornette. Elle parut en cheveux courts. Elle lui tendit les bras. Il se rappela qu'il était venu pour réparer une espagnolette. C'est une autre réparation qu'on lui demandait. Après avoir hésité quelques instants, il plongea entre ces bras ouverts. « Mon Dieu ! eut-il encore le temps de penser. Que va-t-il arriver ? Dans une cellule monastique ! Sous le regard de Jésus ! »

Les bras de la sœurette se refermèrent sur lui. Leurs bouches se cherchèrent. Se réunirent. Elles mirent longtemps à se rassasier. Il s'aperçut qu'elle ouvrait, comme les deux portes d'un placard, la guimpe amidonnée, blanche et raide, qui lui couvrait la poitrine. Elle lui saisit la main, l'enfonça sous cette barde, la conduisit jusqu'à son sein brûlant, dur, hérissé. Il n'avait vu jusqu'à ce jour que les seins blêmes de filles mortes, dans l'amphithéâtre aux dissections. « Elle va trop loin ! » pensa-t-il. Elle demanda :

— Quel âge as-tu ?

— Vingt ans.

— Moi, vingt-quatre… N'aie pas peur… Caresse-moi… De l'autre côté aussi… Personne ne nous voit.

— J'ai les mains froides, dit-il en manière d'excuse.

Elle commença de se trémousser. Il prit d'abord cela pour une opposition.

— Je ne m'appelle pas Apolline, mais Adrienne. On change de nom en prononçant les vœux. Je ne voulais pas être religieuse. Mais chez nous, il y avait onze enfants. En me mettant dans un couvent, c'était une bouche de moins à nourrir. Ne te soucie de rien. Aime-moi.

Il songea au règlement de l'école, au scandale qui suivrait s'ils étaient découverts, lui renvoyé, elle enfermée dans une tour sans fenêtre, pleine de rats et d'araignées.

— Aime-moi ! Aime-moi !

Sa frayeur à lui le paralysait.

— Qu'est-ce que tu attends ? fit-elle avec impatience.

Elle entreprit de se découvrir davantage. Sous le regard de Jésus-Christ ! Une sœur de Saint-Vincent-de-Paul ! Malgré sa robe grise, il en vint à se persuader qu'elle était une de ces mauvaises femmes, ces incarnations du diable contre lesquelles sa mère l'avait mis en garde. Il avait promis de ne pas succomber à leurs charmes. Il se redressa.

— Où vas-tu ?

Il préféra ne pas répondre.

Dans les jours qui suivirent, il eut d'autres occasions de rencontrer des sœurs grises. Il finit par reconnaître sœur Apolline au chevet d'un malade. Elle détourna la tête, releva le menton avec dédain et fit un signe de croix. C'est lui qui était devenu fils du diable.

Madame Baron accueillit ces deux narrations avec une petite grimace. Et cette remarque :

— Je ne vois pas beaucoup d'amour dans tout ça.

Il en conçut une grande perplexité qui l'amena à s'interroger sur le contenu de ce vocable qu'on prétend être le plus beau de la langue française. Le plus banal en tout cas, le plus mésusé. On entend : j'aime la musique, j'aime mes parents, j'aime la liberté, j'aime le fromage. Apolline-Adrienne lui répétait comme une prière : « Aime-moi ! Aime-moi ! »

Voulant filtrer cette eau trouble, il décida d'aller consulter, à Biollet, un vieil homme qui avait réputation de sagesse et vivait uniquement des produits de son jardin. Marquise l'y transporta au prix de quatre heures de route par monts et par vaux. Il demanda la résidence de « celui qui ne mange jamais ni viande ni cochon ». On la lui désigna, remarquable par une tonnelle de glycine qui la précédait, remplie de grappes mauves. L'homme était dessous, assis dans un fauteuil de verge, presque dissimulé par une épaisse barbe blanche. Ses sourcils étaient si volumineux qu'ils se rejoignaient au-dessus du nez et ressemblaient à une colombe aux ailes éployées. Il avait un livre entre les mains et lisait sans lunettes.

— Excusez-moi, dit Sahut, vous êtes bien le vieux sage qui se nourrit uniquement d'herbes et de légumes ? J'ignore votre nom.

— Sage, je ne sais pas. Vieux, je le suis. Mon nom est sans importance.

— Quel est au juste votre âge ?

— Je l'ai oublié.

— Je suis médecin à Saint-Gervais. Vous me rendriez un grand service, à moi-même et à mes patients, si vous répondiez à deux demandes. La première est celle-ci : quels sont vos secrets de longue vie ?

— Je vous en ai déjà révélé un : ne pas se soucier de son âge.

— C'est assez facile. Quoi d'autre ?

— Ne jamais sortir de ses sabots, sauf pour dormir. De toute ma vie, je ne suis jamais allé plus loin que Charensat. À une lieue d'ici.

— Vous n'avez jamais fait de campagne dans les armées ?

— On n'a pas voulu de moi, parce que j'ai une jambe plus courte que l'autre. Ça ne se voit pas quand je reste assis dans mon fauteuil, mais si bien quand je marche. Mon conseil pour éviter les campagnes est donc : soyez boiteux.

— Vous ne craignez pas de vivre seul ?

— Je ne vis pas seul. J'ai toujours une compagne.

Il enfonça le poing dans le milieu de sa barbe qui lui descendait jusqu'au nombril, il le retira, et Sylvain découvrit avec stupeur qu'il en ressortait, agrippé à son index tendu, un petit oiseau aux ailes bleutées. Une mésange. Il expliqua qu'il l'avait apprivoisée, qu'elle logeait dans un nid derrière sa barbe. De temps en temps, il lui rendait la liberté, lui permettait de s'envoler, d'aller se nourrir d'insectes ; mais elle ne manquait jamais de revenir. Ils dormaient ensemble dans la maison, après avoir échangé de longues zinzinulations.

— C'est que j'ai appris le langage des oiseaux. Pas de tous, mais d'une bonne quarantaine. Vous voyez que je ne souffre pas de solitude. Et vous-même ?

— C'est justement le second sujet qui m'amène à venir vous consulter. Je vis provisoirement seul. Une amie me conseille de prendre une épouse. Je voudrais savoir ce que vous pensez de l'union d'un homme et d'une femme. Et pour tout dire, de l'amour.

Le vieil homme se caressa la barbe, longuement, avant de répondre :

— J'ai pratiqué l'amour homme-oiseau, homme-chat, homme-chien et même homme-singe. Jamais l'amour homme-femme. Cependant, j'ai beaucoup considéré ce dernier amour en l'étudiant dans les livres et dans les philosophies. « Aimer » vient du sanscrit *kâmâ*, que vous retrouvez dans le *Kama-sutra*, le livre de l'amour. Les Latins en ont fait *amare*, qui exprime un transport quasi involontaire, une ardeur passionnelle presque irréfléchie, un sentiment plus animal qu'humain. Pour marquer la différence entre l'amour d'instinct et l'amour de pensée, ils employaient le terme *diligere*, qui contient les mêmes sentiments et la même prudence qu'*elegere*, c'est-à-dire « choisir ». Le français « élire » a perdu ces notions, il ne s'emploie guère que dans un usage politique. Quant au verbe « aimer » qui fait l'objet de vos incertitudes, et à son dérivé « amour », ils contiennent ce que l'on met dedans. Certains auteurs ont dit : l'amour est riche en miel, l'amour est le délice du genre humain, l'amour triomphe de tout, l'amour est un grand maître, l'amour est plus précieux que la vie. D'autres affirment que l'amour est une fumée, que l'amour est aveugle, que l'amour est un quitte-raison, que l'amour est un mot vide, que l'amour n'a que faire dans le mariage, que l'amour ôte l'esprit. Cher monsieur, vous n'avez que l'embarras du choix.

— Mais votre choix à vous ?

— Hum, hum... Savez-vous que je suis d'origine italienne ? Je crois me rappeler que mon nom est quelque chose comme Angelo Bozzolaio... ou Bottigliaro... je ne sais plus. Mais je n'ai pas oublié comment là-bas on dit « Je t'aime » : *Ti voglio bene.* C'est-à-dire : « Je te veux du bien. » Voilà donc, puisque vous me le demandez, la définition que je choisis : aimer quelqu'un, c'est avant tout lui vouloir du bien. En conséquence, si vous vous interrogez sur les sentiments que vous portez à une femme, demandez-vous si vous lui voulez du bien. Je veux dire : une grande quantité de bien.

Sahut revint de Biollet sur le dos de sa jument, la tête remplie d'interrogations. Il dut bien se rendre compte qu'en dehors de sa famille et de quelques amis, il ne voulait une grande quantité de bien à personne. Songeant à la question de madame Baron, il dut se répondre qu'il n'était pas prêt pour le mariage. Mais, à trente-cinq ans, son cas n'était point désespéré.

À la vérité, bien qu'elle fût son aînée de cinq ou six ans, la jeune veuve eût été heureuse qu'il lui voulût du bien. Elle se parait de tabliers brodés. Elle tirait ses cheveux, réunis sur la nuque en un chignon fleuri de fausses pâquerettes. Elle lui préparait des desserts au chocolat. Il remarquait ces attentions, mais n'en tirait aucune conséquence.

Un jour, il la surprit seule dans sa cuisine en train de préparer un soufflé aux pommes. Elle lui en expliqua la recette : œufs en neige, marmelade, crème, sucre. Penchée sur la casserole, le visage empourpré, couronnée de fleurs, elle était jolie à croquer.

— Puis-je, dit-elle, vous demander un petit service ?

— Si je sais…

— Ce n'est pas difficile. Il vous suffit de tourner doucement la pâte avec la cuillère de bois jusqu'à ce que je revienne. Je veux aller au jardin cueillir quelques feuilles de menthe. Si ça déborde, vous rattrapez avec la cuillère, vous ramenez au milieu. Je n'en ai pas pour longtemps.

Elle s'éloigne. Il touille délicatement, comme on le lui a recommandé. Au début, tout va bien. Il contient les débordements du soufflé. Madame Baron ne va pas tarder à revenir. Mais voici que la pâte s'enthousiasme, qu'elle s'emballe.

— Arrête ! Arrête ! crie-t-il.

Elle continue son expansion. Il se sent tout pareil à l'apprenti sorcier qui, malgré ses prières, ses incantations, n'arrivait pas à contenir les mouvements du balai magique.

— À quoi joues-tu ? s'écrie-t-il.

— Je ne joue pas, répond la pâte. Souffler n'est pas jouer. Vois plutôt en moi les désordres de l'amour.

— De l'amour ? Où est la ressemblance ?

— Dans ses débordements. On croit le contenir, on touille avec la cuillère de bois, mais il t'envahit la tête, le cœur, le sexe, les jambes. Méfie-toi.

— Je me méfierai.

Enfin, la dame revient. En un instant, elle comprend le désastre, elle sent l'odeur de brûlé. Elle éclate de rire.

— Mon feu était trop ardent.

— C'est moi qui n'ai pas su… Je vous demande pardon.

Pour le réconforter, elle le prend dans ses bras, elle l'embrasse sur la bouche, son baiser a une saveur de menthe. Madame Baron ferait une charmante épouse. Elle est déjà fournie de deux enfants adorables, garçon et fille. Sylvain apprécie sa délicatesse et sa belle humeur. Mais s'il doit avoir des enfants, il préfère les engendrer lui-même. Il n'accepte pas l'invitation de madame Baron à venir réparer les rideaux de sa chambre. Il craint le soufflé de l'amour.

3

Il devait soigner des malades de toutes sortes. Un après-midi, c'est un brigadier de gendarmerie, sous son immense bicorne, qui vint cogner à son huis :

— Il y a un individu qui aurait besoin de vos services. Il habite près de Sauret, au milieu des bois de sapins. Un charbonnier. Nous avons été alertés par un voisin du village, nous disant qu'il a l'intention d'étrangler sa femme. Il la menace, il pousse des brames, mais n'a pas encore commencé. Le problème, voyez-vous, c'est que nous ne pouvons intervenir avant qu'il y ait un début d'exécution. Le voisin est reparti en disant : « Ça vous regarde, moi, je m'en vais. » Non, ça ne nous regarde pas. Pas encore. J'ai pensé que ce charbonnier aurait plutôt besoin de vous. Vous lui donneriez quelque chose pour le calmer.

— Et s'il ne se calme pas ? S'il cherche à m'étrangler aussi ?

— Alors, nous agissons. Sitôt qu'il met la main sur vous, nous tirons nos sabres.

Emportant un flacon de chloral et un autre de laudanum, Sahut se mit en route, encadré par les deux militaires. À la grande surprise des Gervaisiens qui crurent qu'on le conduisait au tribunal de Riom. Après une heure de chevauchée, ils atteignirent Sauret, s'enfoncèrent dans les bois qui dominent la Sioule. Ils n'eurent pas de peine à découvrir la cabane du charbonnier, d'où s'échappaient des vociférations. Le médecin mit pied à terre. Les gendarmes restèrent à distance. Quand il cogna à la porte, les cris cessèrent soudainement. Il cogna de nouveau, la porte s'ouvrit, le charbonnier parut. On pouvait se demander s'il s'agissait d'un homme ou d'un gorille, avec cette barbe noire et broussailleuse qui lui mangeait la figure.

— *K'ey co don ?* (Qu'est-ce que c'est ?)

— On m'a dit que vous aviez besoin de moi. Je suis le médecin de Saint-Gervais.

— J'ai besoin de personne.

— Le voisinage a entendu des brames.

— Des brames ? Ça doit être ma gueuse de femme.

De sa main pouacre, il désigna derrière lui sa particulière, qui paraissait assez jeune à en juger par l'éclat de ses yeux, assez bien prise de sa personne ; mais ses traits demeuraient presque invisibles sous l'épaisse couche du charbon. De la même main, le barbu désigna sur la table une bassine demi-pleine d'eau.

— Et alors, qu'est-ce qui ne va pas ?

— Vous savez pas l'idée qui lui est passée par la tête, à cette poupée ? Écoutez bien : elle veut se laver ! Elle veut se démourailler ! Je l'ai prise mâchurée, fille d'un autre charbonnier comme moi. Et voilà maintenant qu'elle veut changer de figure ! Alors, j'aime mieux l'étrangler que de permettre ça.

— *Sachenaire !* (Assassin !) hurla la charbonnière.

— Je ne vois pas bien votre raison.

— Vous comprenez pas que, si elle veut enlever sa poudre de riz, c'est qu'elle a l'intention de me quitter pour un autre fils de pute ?

— Est-ce vraiment votre idée ? demanda Sylvain à la dame de pique.

— Mon idée est seulement de me mettre propre. Pour une fois !

— Pensez à l'eau qu'elle gaspille, reprit l'homme-singe. Je vais la chercher à un kilomètre d'ici, dans des seaux, pour faire la soupe. Pas pour qu'elle change son devant !

Sahut se rappela qu'en Auvergne la recherche excessive de la propreté est un péché très condamnable. On racontait que, dans les temps anciens, le grand saint Martin, qui a laissé son nom à quatre mille paroisses de France, voyageant en Auvergne, voulut se recueillir à Artonne, près de Riom, sur la tombe de sainte Vitaline.

« Dis-moi, demanda-t-il, vierge très pure, si déjà tu mérites de contempler les traits du Seigneur.

— Pas encore. Un péché m'en a retenue. Lorsque je marchais sur la terre, il m'arriva, un certain vendredi, jour où nous savons que le Rédempteur est mort sur la croix, il m'arriva de me laver les cheveux. Voilà pourquoi je suis toujours privée des joies éternelles. »

Se rappelant ce détail historique, Sylvain entra un peu dans les sentiments du charbonnier. La coquetterie peut conduire les femmes à la damnation si elles n'ont pas l'accord de leur mari.

— Si vous voulez m'en croire, madame, conseilla-t-il à la charbonnière, attendez un temps de neige. Lorsque la terre sera couverte d'une bonne couche, agenouillez-vous dessus, prenez de la neige à poignées, frottez-vous-en la figure. Vous serez propre ensuite jusqu'au printemps suivant. Aucune goutte d'eau ne sera gaspillée.

L'homme-gorille accepta cet arrangement. Sylvain quitta la maison, remportant son chloral et son laudanum. Plus aucun cri ne sortait de la cabane. On entendait gazouiller les oiseaux de la forêt.

— Eh bien ! s'étonna le brigadier. Que se passe-t-il ? Le charbonnier a-t-il commencé d'étrangler sa femme ?

— Non point, je les ai raccommodés.

— Comment ça ? Il nous a donc fait chevaucher une heure pour rien ! Le commencement d'une strangulation est une chose rare. Nous aurions bien aimé intervenir pour l'empêcher. Ou pour arrêter le criminel après commission du meurtre.

Il souffrait, semblait-il, d'un manque de guillotine. En ce temps-là, les exécutions capitales s'opéraient sur les lieux du crime. La venue de la machine noire et des bourreaux eût été un beau spectacle pour les habitants de la commune, avec déploiement de la maréchaussée en grands uniformes.

Plus d'une fois, malgré la réticence des hommes et des femmes, Sylvain dut s'occuper de ce qu'ils appelaient dans leur patois la « bouticaille ». C'est-à-dire les choses sexuelles. Et ce n'était pas une mince affaire que de les amener à découvrir ce que l'Église appelait les « organes honteux ». Comme s'il y avait plus de honte à les soigner qu'à soigner un nez ou une oreille.

Un jour qu'il examinait une certaine famille de Saint-Julien, il remarqua un garçon qui lui parut avoir dix ou onze ans et qui se tenait dans l'ombre, muet, effarouché.

— Qui es-tu ?

— C'est mon fils, répondit la mère à sa place. Il s'appelle Gabriel.

— Quel âge a-t-il ?

— Treize ans passés.

— Est-ce qu'il ne parle pas ?

— Il est timide.

— Treize ans, dites-vous ? Il ne les paraît pas.

— Il est long à grandir. À dire vrai, il grandit plus depuis trois ans. Je coche sa taille contre une porte.

— Puis-je l'examiner ?

— Il est pas malade. Il tousse jamais. Il mange bien. Mais il grandit plus.

Sahut le déshabilla un peu. Gabriel se tenait debout devant lui, tout gêné de devoir montrer ses côtes et son nombril. Il fut palpé, ausculté par-devant et par-derrière.

— Baisse ta culotte.

Le drôlet leva un regard effaré vers sa mère. C'était sans doute la première fois de sa vie qu'il était appelé à montrer à un étranger ses parties honteuses. Et elle, après une hésitation :

— Fais ce qu'on te dit.

Elle tourna le dos et regarda par la fenêtre comme les sœurs de Sylvain enfant quand il nageait dans le baquet d'Elisa. Le médecin palpa le ventre de Gabriel. On l'entendit pousser une exclamation :

— Oh ! par exemple !

— Qu'est-ce qu'il y a ? s'enquit la mère.

— Il y a quelque chose qui ne va pas. Dans la bouticaille.

— Dans la… ?

— Venez voir.

— J'y connais rien.

— Venez quand même. Approchez-vous.

Elle se retourna, marcha vers les deux hommes. Le doigt tendu, Sylvain lui désigna une grosseur au bas du ventre. Elle osa lever les yeux.

— Ça… voyez-vous ce que c'est ?… Nous l'appelons testicule. C'est ce qu'on coupe aux veaux pour les empêcher de devenir taureaux. Eh bien, ces deux-là ne sont pas à leur bonne place. Voilà ce qui empêche votre gamin de grandir normalement.

— Et qu'est-ce qu'il faut faire ?

— Les faire descendre, les faire glisser jusqu'à ce qu'ils soient dans les deux sacs prévus pour les recevoir… là… au-dessous de son petit poisson.

Dans cette région des Combrailles, le sexe masculin portait l'étrange nom de « poisson ».

— Et, poursuivit la mère, vous pouvez faire cette réparation ?

— Si je ne la fais pas, qui la fera ?

Il l'avait vu pratiquer à l'École de médecine. Avec de très bons résultats. Pour arrêter le sang, Fleury se servait de pinces à linge ; mais il employait l'aide de plusieurs infirmiers. Lui, Sylvain Sahut, serait tout seul. Il devrait veiller à ne couper aucun nerf, aucun canal. Aurait-il les doigts assez fins pour recoudre ces petitesses ? La famille n'avait pas les moyens de transporter l'enfant jusqu'à Riom pour le confier à un chirurgien diplômé ; faute d'opération, il serait condamné au nanisme.

— Pour que je fasse le travail, il me faut deux choses. D'abord l'autorisation du père. Ensuite, le concours de mon collègue, monsieur Sauret.

Gabriel se rhabilla et courut chercher son père. On l'informa.

— Et combien que ça va me coûter ?

— La valeur de deux veaux, dit Sahut.

— Vous me laisserez du temps pour payer ?

— Je ne vous prendrai pas à la gorge.

Le mari et la femme s'entretinrent dans leur patois. Ils donnèrent leur autorisation. Restait à obtenir le concours de monsieur Sauret. Un vieux médecin plein d'expérience. Il fit un cours à son jeune confrère, où il était question de canaux séminifères, de réseau de Haller, de canal inguinal.

— Naturellement, compléta-t-il, il nous faudra anesthésier cet enfant. Je propose le chloroforme, qui s'emploie maintenant dans les meilleurs hôpitaux. Vous verserez régulièrement – disons toutes les minutes – quelques gouttes de ce liquide sur une compresse que vous maintiendrez sur les voies respiratoires de Gabriel, pendant que j'opérerai. À moins que vous ne souhaitiez prendre ma place ?

— Non, non. Je ne suis près de vous qu'un apprenti.

L'opération se fit un matin, sur une table rembourrée de couvertures, près de la fenêtre pour bien recevoir les rayons du soleil. Le chloroforme transparent imbiba la première compresse, parfumant la pièce de son odeur éthérée.

— Respire fort. Quand tu te réveilleras, tu seras guéri.

Monsieur Sauret découpa les chairs, libéra les testicules, les fit descendre dans leur réceptacle naturel, cousit les veines et les lèvres des blessures avec du boyau de chat, recouvrit les plaies avec d'autres compresses imbibées d'ergotine, enveloppa le tout avec ces bandes de coton qu'avait recommandées le docteur Velpeau. Le père et la mère, éberlués, assistaient de loin à ces délicates manœuvres. Encore anesthésié, le petit Gabriel fut transporté dans son lit.

— Quand il ouvrira les yeux, recommanda Sahut, donnez-lui un bouillon tiède. Je reviendrai le voir demain.

L'opération fut un succès complet. Dans l'année qui suivit, Gabriel grandit de neuf centimètres. En trois ans, il rattrapa son retard. Les médecins se partagèrent la valeur des deux veaux.

Sahut vécut tant d'histoires de bouticailles qu'il aurait pu en composer un gros volume de souvenirs s'il avait eu le goût de l'écriture. Des divertissantes souvent, des dramatiques parfois. Ainsi, dans la première catégorie, celle de Jacotte et de sa mère Émilienne, qui vinrent le trouver en grand secret.

— C'est pour ma drôlette, monsieur le médecin, âgée de dix-sept ans. Depuis bien longtemps, elle a ses affaires. Sans un jour de retard. Eh bien, voici qu'à présent elles ne débarquent plus. Son sang s'est arrêté. Y a quèque chose de pas normal, et ça nous inquiète toutes deux. Pas vrai, Jacotte ?

La demoiselle regardait le bout de ses galoches. Manifestement, elle aurait préféré se trouver ailleurs.

— Il faut que je l'examine. Mais je crains une chose. Vous n'ignorez pas, Émilienne, le motif le plus ordinaire qui arrête le sang des femmes ?

— Vous voulez dire… quand elles passent la commande ?

— En effet.

— Impossible avec elle. C'est une fille sérieuse. Jamais elle rencontre de garçon. Son père ou moi, pour ainsi dire, nous la quittons pas des yeux. Faut que vous sachiez que, moi aussi, à son âge, j'ai eu un certain retard. J'ai arrangé ça avec du marron d'Inde en tisane. Allons, ma Jacotte. Laisse-toi examiner. Déshabille-toi. Voyez-vous, monsieur le médecin, elle est tellement timide qu'elle ose pas se montrer.

— Peut-être que votre Jacotte est toute pareille à la Vierge Marie, qui a passé la commande par l'intervention du Saint-Esprit. On va voir ça. Laissez-moi seul avec elle. Allez un moment dans la salle d'attente. Je vous rappellerai quand on aura fini.

Émilienne ressortit. Jacotte refusa d'abord de se dévêtir, affirmant qu'elle n'était pas malade, qu'elle ne souffrait de nulle part. Il eut quelque peine à obtenir ce qu'il voulait. Lorsqu'elle fut étendue, il constata qu'elle avait les seins durs et gonflés, le ventre légèrement proéminent. Aucun doute, elle était enceinte de quatre mois.

— Voilà ce qui se produit, Jacotte. Est-ce que tu n'as pas rencontré un garçon ? Ton mal vient de là. Il t'a passé la commande.

Elle fondit en larmes, criant à travers ses sanglots :

— Qu'est-ce que vous dites ? Mon père va me tuer !

— Mais non, mais non. Ça peut finir par un mariage. Il faudra que le gars fasse sa demande. On s'en occupera. Qui est-ce ?

— L'André Meurdefroid. Un voisin.

— À quel endroit avez-vous fait le travail ?

— Je gardais nos vaches, au-dessus de l'étang des Ouches.

— Combien de fois ?

— Rien qu'une. Il m'avait pourtant promis que je n'avais rien à craindre… qu'il prendrait ses précautions.

— Quelles précautions ?

— Qu'il me mettrait… juste la tête de son poisson.

— Hé ! Vois-tu, le poisson n'a pas d'épaules. Il s'est produit comme qui dirait une glissade.

Émilienne fut informée. Elle n'en voulait rien croire.

— Pas possible ! Pas possible ! Pour moi, c'est l'émotion qui lui a coupé le sang. Donnez-lui, pour voir, de la tisane de marron d'Inde.

— Je vous dis que c'est une chose certaine. Si vous ne me croyez pas, ramassez vous-même des marrons d'Inde, derrière l'église. Vous verrez si ça lui produit de l'effet.

Les deux femmes s'en allèrent, fort mécontentes de ce conseil. Mais tout se termina heureusement, par un mariage, comme il l'avait laissé espérer. Il fut même invité à la noce.

Madame Adélaïde Gauvin habitait une maison isolée sur la route de la Fauvielle. Son mari, marchand voyageur en vaisselle, était souvent hors de chez lui, absent même quelquefois deux ou trois semaines lorsqu'il allait s'approvisionner en porcelaine à Limoges ou à l'étranger. Sahut reçut un avis du facteur lui demandant d'aller visiter madame Gauvin dont la petite fille souffrait de quelque chose. Il s'y rendit à pied, vu la courte distance.

La maison était grande, pourvue d'un étage, tapissée de lierre, précédée d'un jardin. Il tira le cordon, une clochette tinta. Et qui vint ouvrir le portillon du jardin ? La petite Marion elle-même, protégée du soleil par un grand chapeau de paille jaune qui la faisait ressembler à un mousseron. Près d'elle, tenu en laisse, un fox-terrier au poil ras, chien de luxe, aboyait sous ses moustaches.

— N'ayez pas peur, dit la drôlette. C'est juste pour vous dire bonjour. Il s'appelle Loustic.

Ils remontèrent tous trois l'allée menant au perron, entre deux rangées de tulipes qui leur faisaient une haie d'honneur.

La mère les attendait, en robe légère, les bras nus, comme il convenait à la saison.

— Bonjour, docteur, lâcha-t-elle avec un sourire ensoleillé. Merci d'être venu si vite. Silence, Loustic !… Nous disons chez nous : *Can che abbaia non morde.* Chien qui aboie ne mord pas.

— Vous êtes italienne ?

— Oui, monsieur Gauvin m'a ramenée de Faenza, avec un chargement d'assiettes.

Peu de gens l'appelaient « docteur », sachant qu'il n'avait pas droit à ce titre. Mais s'il lui arrivait de l'entendre, il ne protestait pas afin de ne pas se rabaisser, lui qui déjà ne volait pas bien haut. Il demanda de quoi souffrait l'enfant.

— Je ne sais pas. Vous verrez vous-même. Rien ne presse. Vous avez marché une heure depuis Saint-Gervais. Accepteriez-vous un réconfortant ?

Effectivement, elle avait une trace d'accent émilien qui lui embellissait la bouche, elle disait *marcé oune or* et *riconfortant.* Comment refuser ? Elle apporta deux verres et une carafe contenant une liqueur vermeille.

— Je l'ai préparée moi-même, avec des cerises aigres. On l'appelle en Italie *maraschino.* Je ne sais pas le nom français.

— Marasquin.

Plus que de cerise, la liqueur avait un goût d'amande amère.

— Chez nous, les femmes en donnent à leurs maris fatigués.

— Je ne suis pas fatigué.

Ils rirent ensemble.

— Comment va le vôtre ?

— Je ne le vois guère. Toujours en voyage. En ce moment, il doit être du côté de Moulins. Il ne rentrera que la semaine prochaine.

— Je suis venu pour voir votre Marionnette.

Elle fut couchée sur un lit, déshabillée. Elle ouvrait d'immenses yeux étonnés.

— Où as-tu mal ?

— Je n'ai pas mal.

— Il doit bien y avoir quelque chose, d'après ce que m'a dit le facteur.

— À vous de trouver, fit la mère.

Il examina sa langue, sa gorge, sa luette. Il ausculta son petit cœur, ses bronches, tâta les veines, les artères, les glandes sublinguales, posa la main sur son front, tapota ses rotules d'un petit marteau.

— Je ne trouve rien. De quoi se plaint-elle, au juste ?

Madame Gauvin aida sa fille à se rhabiller, lui arrangea les cheveux, renoua les lacets de ses sandales, ordonna :

— Va jouer dans le jardin avec Loustic. Ne reviens pas avant que je te rappelle.

Quand Marion fut sortie, elle resta seule face à Sylvain.

— Écoutez, ce n'est pas elle qui avait besoin de vous. C'était moi. Je vous ai remarqué dans Saint-Gervais, vous m'avez plu tout de suite.

Elle lui tendit ses bras et sa bouche.

Il n'avait aucune raison de refuser à Adélaïde la faveur qu'il n'avait pas voulu, naguère, accorder à sœur Apolline. Aucun christ accroché au mur ne les surveillait.

Il ne faut pas abuser des meilleures choses. Quelques semaines plus tard, madame Gauvin lui fit transmettre d'autres appels par l'intermédiaire du facteur, du cantonnier, du garde champêtre.

— Il s'agit d'une dent, qui l'empêche de dormir.

— D'une dent ? Vous êtes certain ?

— J'ai pas vérifié.

— Dites-lui de venir chez moi.

Elle dut s'y résoudre puisque, un matin, il la reconnut dans sa salle d'attente parmi d'autres patients. Il en fut profondément troublé. Que pouvait-il apporter de sérieux à l'épouse du marchand de vaisselle, à la mère de la petite Marion, à la maîtresse de Loustic ? Et lui, allait-il pour un peu de plaisir se laisser distraire de sa fonction essentielle : soulager les malades ? Entre le prêtre et le médecin, il y a grande communauté. Mais lorsque cette dame fut dans son cabinet, remarquant une fluxion à sa joue gauche, il comprit qu'elle venait pour une bonne raison. Il s'agissait d'une molaire sérieusement gâtée qui requérait la main du dentiste. Dessous, la gencive rouge et enflée faisait peine à voir. En 1858, il existait encore des arracheurs de dents qui opéraient en plein air et prétendaient opérer sans douleur ; d'où leur réputation de fieffés menteurs. Sahut comprit qu'en l'occurrence il ne pourrait faire beaucoup mieux. Son prédécesseur, monsieur Amouroux, lui avait laissé une collection de daviers pourvus de pinces irréfutables, une bouteille d'eau-de-vie pour donner du courage au patient et l'habitude de chanter une chanson pour l'amuser. Lui préférait recourir à la franchise.

— Je ne peux rien faire d'autre que de vous l'arracher, avoua-t-il.

— Est-ce que vous me ferez mal ?

— Un peu. Le moins possible.

— Allez-y.

Il fit asseoir Adélaïde sur une chaise haute, la tête renversée contre le dossier.

— Ouvrez la bouche toute grande. Fermez les yeux. Pensez à des choses agréables.

— Quelles choses agréables ?

— Celles que vous voudrez. Les cerises que vous allez bientôt cueillir dans votre jardin, le parfum de vos œillets, le vol des hirondelles…

Il lui fit dans la gencive une piqûre de morphine avec la petite seringue de Pravaz. Il essaya les trois daviers dont il disposait, choisit le plus léger, emprisonna la molaire dans ses mors. Il fallait maintenant l'arracher comme une carotte, en lui imprimant un mouvement de rotation. La patiente commença de gémir, de frémir, de s'agiter.

— Ne bougez pas, souffla-t-il. Sinon, je serai contraint de vous lier les bras.

Il reprit ses efforts. Il y eut un craquement : la dent s'était brisée entre les mâchoires du davier. Il poussa une exclamation de dépit.

— Ha ha ? fit-elle.

Ce qui voulait dire : « Qu'est-ce qui se passe ? »

— Une petite complication. J'en viendrai à bout.

Il restait à extraire les racines. Il y besogna plus de temps qu'il n'avait prévu, finit par les montrer en triomphe, au bout de ses pinces, à la malheureuse Adélaïde, suffoquant de douleur. Il épongea le sang. Elle put enfin respirer. Et parler :

— Le mal que j'ai eu ! J'aurais mieux aimé faire un enfant !

— Moi aussi, avoua-t-il.

À la seconde catégorie des problèmes de bouticaille appartenait un mal dont les maçons circulants s'étaient faits les porteurs. Il se présentait sous deux formes, l'une relativement bénigne, la vérolette ou chaude-pisse, l'autre beaucoup plus grave, la grosse vérole. Appelées de nos jours blennorragie et syphilis. Cette partie de la Combraille qui touche à la Creuse envoyait beaucoup d'hommes, maçons, plâtriers, limousinants, vers Paris, Lyon, Bordeaux. Ils allaient à pied ou en diligence, présentant leur passeport, délivré par le maire de la commune, à toute réquisition de la maréchaussée. Ceux qui assistaient à leur migration s'écriaient :

— Voici les hirondelles blanches !

Leur estive durait en moyenne neuf mois. Pendant qu'ils bâtissaient un autre morceau de Versailles ou de Paris, leurs femmes restaient seules à cultiver leur peu de terre, à traîner le fumier dans la brouette. Mais il arrivait parfois que l'absence fût plus longue : lorsque par exemple ils avaient contracté une dette ; pressés par l'échéance, ils renonçaient au retour annuel. L'épouse restait sage et fidèle, ce qui n'était pas toujours le cas de l'homme en exil.

Inutile de dire qu'ils y menaient une vie de galère, mal logés, mal nourris, souvent renvoyés par l'entrepreneur qui n'avait plus besoin d'eux. Afin de chercher un nouvel engagement, ils enfilaient leur meilleure blouse, serrée dans une ceinture tricolore, se coiffaient d'un chapeau trombone passablement cabossé et s'en allaient faire le pied de grue place de Grève.

Comme on ne peut vivre sans plaisirs, même dans la plus noire misère, ils avaient les leurs. Le premier était la chopinette, à laquelle ils s'adonnaient la journée finie. Car, sur le chantier, ils ne pouvaient boire que de l'eau. Ils couchaient à dix ou douze dans la même carrée ; de temps en temps, ils amoncelaient les lits les uns sur les autres, dégageaient un espace et se livraient à des assauts de lutte ou de pugilat ; à la fin de ces épreuves, ils remettaient les lits en place, et ronflaient comme des bienheureux.

Ces jeux ne tiraient point à conséquence. Il n'en était pas de même de la fréquentation des gueuses qu'ils s'offraient de loin en loin. Ils y gagnaient ces maladies cuisantes dont j'ai parlé et qu'en revenant ils communiquaient sans scrupules à leurs légitimes. Rien n'était plus naturel, puisqu'ils étaient mariés pour le meilleur et pour le pire. Ils ne se rendaient pas compte, d'ailleurs, de la nocivité de ces contagions, qu'ils attribuaient au Souverain Créateur en jurant par « Vérole de Dieu ! ».

À Saint-Gervais, naturellement, personne ne se vantait, homme ni femme, d'être contaminé. Il arrivait cependant qu'un maçon au repos vînt consulter Sylvain Sahut. Avouant, la tête basse :

— J'ai quelque chose, monsieur le médecin, qui ne vas pas.

— Où ça ?

— Dans la bouticaille.

— On va voir.

L'homme devait se déculotter. Sylvain tâtait, par-ci, par-là.

— Ça vous fait mal ?

— Ça me fait mal surtout quand je pisse. J'ai l'impression de pisser des épingles.

S'il s'agissait de la vérolette, elle était assez facile à soigner : plantes médicinales, éviter les fatigues, interdiction de l'alcool et du café.

— J'ai aussi, ajoutait souvent le maçon, une douleur dans les *sachou*.

Il désignait ses testicules.

— Il vous faudra porter un suspensoir. Un bandage spécial pour les soutenir. Je vous le fournirai. Vous avez informé votre femme de cette misère ?

— Bien sûr que non.

— Est-ce que vous la montez, comme avant d'avoir mal ?

— Naturellement. Une femme, c'est fait pour ça.

— Donc, vous lui avez passé votre vérolette.

— Elle se plaint pas.

— Il faudra me l'envoyer, pour que je l'examine.

— Je vous dis qu'elle se plaint pas.

— Est-ce que vous avez l'intention de la pourrir ?

L'homme finissait par se laisser convaincre.

D'autres fois, il était atteint de la grosse vérole. Le corps tout couvert de roséole. Avec des ulcérations sur les amygdales et le palais. Des glandes gonflées à la base du cou. Sylvain le traitait au bismuth et à l'arsenic. Mais l'espoir de le sauver était mince. Il le voyait maigrir, s'anémier, perdre ses cheveux et ses sourcils, perdre la raison. Après quelques mois de décrépitude, on l'enterrait au cimetière, bientôt rejoint par son épouse. Le plaisir conduit à la mort plus souvent que la privation.

4

Monsieur Basset, le Préfet aux grains, le fit appeler. Sylvain le trouva affaissé dans un fauteuil, le visage jaunâtre sous une barbe de huit jours.

— Je ne me rase plus, expliqua-t-il. Vous avez, il y a quelques années, guéri ma fille Juliette d'une demiplégie faciale. Elle est maintenant mariée, mère de deux beaux enfants, et habite Biollet. C'est mon tour de vous appeler. J'ai un peu traîné à le faire, pensant que ça irait vers le mieux. Mais non, c'est le contraire.

— Traîné ? Combien de temps ?

— Deux mois, peut-être. J'ai cru à de simples coliques.

— Il n'a pas été raisonnable, confirma madame Basset. Jamais il n'écoute mes conseils. C'est une tête de mule.

— À cinquante-cinq ans, dit le grainetier, on peut se gouverner tout seul.

Il fallut entrer dans d'affreux détails. Il n'allait plus à la selle et vomissait le peu de nourriture qu'il s'efforçait de prendre. Lorsque le médecin lui palpa le ventre, il sentit une longue induration à la hauteur du jéjuno-iléon.

— On va essayer des lavements.

Il sortit de sa trousse la poire, remplaçante de l'antique clystère, que fabriquait à Blanzat, près de Clermont, l'usine Barbier-Daubrée en même temps que de nombreux autres articles de caoutchouc, balles pour enfants, blagues à tabac, gants, tuyaux, clapets, canules. Et même, à l'usage des garçons aux prises avec leur naissante puberté, ceintures de nuit empêchant l'onanisme. Madame Basset fournit le bassin, le savon, les serviettes, l'eau tiède. La poire fonctionna, mais sans résultat notable. Le jéjuno-iléon demeura obstinément bouché.

— Faut-il vous dire ce que je crains ? demanda Sahut. Ou faut-il vous le cacher ?

— Il faut me le dire.

— J'ai peur d'un cancer… Le mot veut dire « crabe ». C'est comme un crabe qui dévore le malade.

— On ne peut rien faire ?

— Si, opérer. Mais je ne suis pas sûr que cela serve à quelque chose. Le crabe a déjà étiré ses pinces autour de lui. Le chirurgien n'arrive pas à les arracher toutes.

— Et vous pourriez m'opérer ?

— Non. Il vous faudrait aller à Riom ou à Clermont.

— Sans promesse de réussite ?

— En médecine, on n'est jamais certain de quoi que ce soit.

— Laissez-moi un peu de réflexion. En attendant, donnez-moi quelque chose pour m'aider.

— Ne réfléchissez pas trop longtemps.

Sans illusion, il prescrivit un purgatif, disant qu'il viendrait constater ses effets sous trois jours. Purge, lavement : seule manquait la saignée à la médication de Diafoirus.

« La médecine n'est pas une science, lui avait enseigné le professeur Fleury, mais un art. Avec tout ce qu'elle peut comporter de flou, de variable, suivant le tempérament du médecin ; d'imprécis, de pragmatique. Un art irrationnel et instinctif comme la musique des violonneux qui font danser la jeunesse dans les granges le dimanche, sans avoir appris le solfège, ignorant si leurs doigts produisent un *do* ou un *mi*. Comme l'art du cuisinier qui essaye une nouvelle sauce sans prévoir ses effets. Que de fois, après avoir ausculté et palpé un malade, j'ai conseillé tel ou tel remède sans avoir identifié exactement la maladie ! Me fiant à mon flair, plus qu'à mes connaissances. Parfois, le remède était bienfaisant. D'autres fois, insuffisant. Rarement, pernicieux, il suffisait alors de l'interrompre assez tôt. »

En l'occurrence, devant le probable cancer du Préfet, le flair de Sahut ne lui suggérait aucune solution efficace. Il éprouvait seulement le chagrin de devoir baisser la tête.

Basset ne s'alimentait plus.

— J'ai de la réserve ! s'écriait-il gaillardement en se tapant sur le ventre. Et je n'ai pas dit mon dernier mot, je marche encore.

Il en fit la démonstration en se levant de son fauteuil, en parcourant la pièce de long en large. Puis il révéla que sa fille et son gendre venaient ce même jour le chercher dans leur calèche pour le transporter à Biollet, où exerçait un guérisseur renommé, Dieudonné Sembat, qui traitait les maladies par le magnétisme. Mais il refusait de se déplacer, ne voyait les consultants que dans sa maison, à laquelle il attribuait une partie de son pouvoir. De nombreux témoins affirmaient son efficacité.

— C'est donc moi qui fais le voyage. Pardonnez-moi, docteur, de changer de médecin. Merci encore d'avoir guéri ma Juliette. Vous ne pouvez faire un miracle tous les jours.

— Je vous souhaite bonne chance.

Avant la Révolution, un médecin allemand, Mesmer, avait inventé le magnétisme, prétendant que tous les êtres animés possèdent un fluide mystérieux. Quelques hommes, particulièrement pourvus, peuvent l'employer au moyen de passes et d'attouchements pour soigner de nombreuses maladies abandonnées par la médecine officielle. Mesmer installa dans Paris, en plein air, un baquet contenant de la limaille de fer et du verre pilé, riche en pouvoir magnétique ; des malades venaient se frotter contre cette bacholle, formant cercle autour d'elle en se tenant par les pouces. Le mesmérisme fut qualifié d'imposture par une commission royale. L'Allemand dut s'enfuir, emportant les bénéfices que ses jongleries lui avaient procurés. Il n'empêche que, vers 1860, certains guérisseurs se réclamaient encore de lui. À Biollet, Dieudonné Sembat était du nombre.

Juliette, la fille du Préfet, s'en fut le quérir dans le champ où il semait ses raves. Il revint en tenue de paysan.

— Attendez-moi dans mon cabinet, faut que je me change.

Car il disposait d'une salle de soins comme n'importe quel docteur. Le père et la fille prirent patience en observant les accessoires : un crucifix, un rosaire, des images pieuses, un portrait de Mesmer à côté de son fameux baquet. Dieudonné reparut transformé, en cravate et redingote.

— Allongez-vous, ordonna-t-il en désignant la table.

— Est-ce que je me déshabille un peu ?

— Pas la peine. Moi, j'interviens à travers les vêtements... Faut pas me dire où ce qu'est le mal, je le trouverai tout seul.

Il ouvrit le poing. On en vit descendre un pendule de cuivre au bout d'une chaînette d'or. Il le promena tout du long sur la personne de Basset qui, bouche bée, retenait son souffle.

— Vous pouvez respirer normalement.

De faibles balancements agitaient le pendule. Soudain, ils s'accentuèrent.

— Nous y sommes ! fit Dieudonné. Vous avez mal au ventre.

— C'est de juste, dit le Préfet, avec un sourire heureux.

Sembat remit le pendule dans sa poche. Il appliqua ses deux paumes sur la surface douloureuse, appuyant légèrement.

— Ouille !

— On va arranger ça.

Il éleva les mains vers le portrait de Mesmer comme pour faire à sa bacholle provision de fluide. Puis il les promena de nouveau sur le bedon de Basset, à une distance de deux pouces, sans toucher la chemise. Après une vingtaine de passes, il demanda :

— Vous sentez-t-y ma chaleur ?

— Non, je sens rien du tout.

— C'est que votre mal est entêté. Mais je le suis autant que lui.

Il multiplia les passes. Quand il fut près de la centaine, il sortit de nouveau son pendule, le promena encore :

— Regardez bien ! Il se balance moins que tout à l'heure. C'est signe qu'y a un progrès. Vous sentez-t-y ?

Et le Préfet, après y avoir réfléchi :

— Peut-être ben. Peut-être ben.

— Faudra revenir. Le traitement est pas terminé. Chaque jour, pendant deux ou trois semaines.

— Combien je vous dois ?

— Vous me payerez à la fin finale.

En fait, Dieudonné ne fut jamais payé de ses soins, car le malade mourut une quinzaine plus tard, à table, en cassant des noisettes. Il était en train d'en ouvrir une à la pointe de son couteau, lorsque soudain il fit « ha ! », renversa la tête en arrière sur le dossier. Sa fille et son gendre en reçurent un choc inexprimable.

Basset, cependant, n'était point parti sans prendre certaines dispositions écrites de sa main. « Je désire que mon cercueil soit transporté jusqu'au cimetière de Saint-Gervais où dorment mon père et ma mère. Il fera le voyage, non pas en voiture, mais sur les épaules de mes amis à qui j'ai acheté du grain et fourni des engrais. Ils pourront se relayer en buvant chopine à ma santé chaque fois qu'ils passeront devant une auberge, aux frais de mes héritiers… » Juliette découvrit dans un tiroir ces recommandations. Elle pleura beaucoup, puis se consola un peu, se disant que mourir en cassant des noisettes est la plus douce des morts.

Le menuisier de Biollet fit une belle caisse. La messe fut chantée dans l'église où toute la population avait tenu à venir dire adieu à l'ancien Préfet. Il y faisait d'ailleurs une fraîcheur agréable, qui reposait de la chaleur extérieure. C'était le temps où le soleil passe sous le signe du Cancer, circonstance on ne peut plus adéquate. Sur le parvis, des embrassades humides furent échangées.

Alors, six porteurs chargèrent le cercueil et se mirent en route, suivis par trois douzaines de relayeurs, car la distance dépassait quatre lieues. Heureusement, comme l'avait prévu le défunt, elle était jalonnée de nombreuses auberges et buvettes, on ne risquait pas de souffrir longtemps de la soif. Juliette n'était pas du cortège, parce qu'elle avait « passé commande » depuis trois mois ; mais Raymond, son époux, participait. Et il n'était pas le dernier à se désaltérer. La chose se déroulait ainsi : on déposait le défunt à l'ombre d'un arbre afin qu'il ne fût pas incommodé par la rage du soleil ; on le laissait sans garde d'honneur, sachant bien qu'il n'allait pas se sauver ; et l'on entrait dans le caboulot pour appliquer ses instructions. Un peu de solide – fromage, saucisse – favorisait la descente du liquide. Au sortir de l'établissement, les hommes devaient parfois s'écarter pour déverser derrière un mur l'excès de leur breuvage. Ils revenaient en boutonnant leur braguette.

Après les trois premières stations – comme dit le chemin de croix –, les porteurs commencèrent à moins sentir leur chagrin. Tandis que le Préfet attendait tranquillement sous un chêne, ils se mirent à parler joyeusement de lui ; à raconter les belles truanderies qu'il avait commises au cours de toutes ses années de profession. Chaque exploit était accueilli par une explosion de rires. Un accompagnateur osa même entonner une chanson d'ivrogne :

L'existence, amis, est sévère,
Elle nous cause bien des torts.
Levons donc ensemble nos verres,
Buvons la sève du bois tors...

Mais le gendre Raymond se leva pour prononcer une réprimande :

— Non, non, camarades. Nous sommes ici pour une raison funéraire. Mangez bien, buvez bien, mais ne chantez pas. Ce n'est pas convenable. Songez au pauvre décédé.

Ce sermon jeta un froid. On repartit en silence.

Même recueillement à la cinquième et à la sixième pause. Après la septième, se produisit un incident fort regrettable. Le cortège avait quitté l'auberge depuis un moment lorsque quelqu'un poussa un cri :

— Sacré Dié ! Il nous manque... il nous manque...

— Quoi donc ?

— Le cercueil ! On l'a oublié sous le marronnier !

Six porteurs durent rebrousser chemin. Le reste du trajet s'accomplit sans autre anicroche. La procession atteignit l'église de Saint-Gervais à la tombée de la nuit, après sept heures de marche et de pauses. On alla quérir le curé au presbytère. Le Préfet fut enterré dans les règles de l'art.

Toutes les fins de vie n'étaient pas aussi perpendiculaires.

Alfred Garlaud avait pratiqué le métier de facteur aux lettres pendant quarante ans. Au service de plusieurs rois, de la République, de l'empereur Napoléon III. Coiffé du chapeau ciré cylindrique jusque vers 1855, puis d'une casquette à la russe dont la coiffe plate et large lui conférait une sorte d'auréole. À présent, retiré de la poste, il attendait à Saint-Gervais de mourir, atteint d'une maladie étrange contre laquelle la médecine ne pouvait rien : elle réduisait progressivement tous ses muscles à l'état de chair à saucisse, sans mouvement ni sensation[1]. Son épouse dévouée le lavait, l'habillait, lui mettait dans la bouche des aliments fluides. Appelé à son chevet, Sahut avait reconnu son impuissance. Garlaud ne renonçait pas cependant à ses visites parce qu'il trouvait plaisir à converser avec lui.

— Faut que j'en profite, tant que je peux encore remuer la langue. Bientôt, je ne pourrai plus.

Il racontait inlassablement son enfance, élevé par deux tantes au décès de sa mère, tandis que son père travaillait à conquérir l'Europe dans les troupes napoléoniennes. La chance qu'il avait eue d'entrer dans l'administration postale. Rémunéré au chemin parcouru sur la base de quatre centimes par kilomètre.

— D'après mes calculs, j'ai marché deux fois le tour de la terre.

1. La myopathie.

Ne pouvant vivre de son seul salaire, il devait alors le compléter en exerçant une autre profession. (On citait le cas d'un directeur de bureau de poste qui avait transformé sa boutique en pharmacie.) Lui pratiquait la cordonnerie. Dans son échoppe, il fabriquait des souliers neufs, ressemelait les chaussures éculées.

— Les choses ont bien changé. J'ai connu par exemple l'époque où les timbres-poste n'existaient pas. C'est le destinataire qui payait le postage, variable suivant la distance parcourue par la lettre. S'il nous arrivait de devoir la délivrer à une personne habitant à l'étage, nous devions l'appeler d'en bas, nous n'avions pas le droit de monter jusqu'à sa porte.

Lorsque Garlaud se sentait las de parler, il demandait :

— Et vous ?

Sylvain racontait son enfance à Volvic, son emploi d'écureuil, ses études, son travail au Mont-Dore. De loin en loin, leur entretien devenait profond :

— Je crois en l'existence d'un Créateur souverain, affirmait Garlaud. L'univers n'a pu se créer tout seul. Mais je ne crois pas en la bonté d'un Créateur qui a inventé, ou du moins toléré, des maladies aussi abominables que la mienne. Le curé me dit : « C'est une conséquence du péché originel. » Le baptême que j'ai reçu ne m'a donc pas entièrement lavé ? Mon chien est mort d'un cancer. Est-ce qu'il avait commis aussi le péché originel ? Qu'ai-je fait à Dieu pour mériter l'horreur dans laquelle je me trouve ? Si encore il m'en avait ôté la conscience. Mais non, je dois à chaque instant me rendre compte de ce que je deviens : une loque. Se complaît-il à me faire souffrir pour que je le prie, pour que je le supplie ? Sûr de mon innocence, je ne lui donnerai pas ce plaisir. Si Dieu existe, je le hais. Je veux qu'on m'enterre sans passer par l'église.

Ces mots effrayaient Sylvain qui, ne se sentant point philosophe, continuait de croire ce que sa mère lui avait enseigné. Il avait la foi du charbonnier et du tailleur de pierre spécialisé dans les croix et les dalles tombales. Un enterrement sans église lui paraissait inachevé. Il croyait difficile de monter au paradis sans l'absoute, comme il est difficile de passer en pays étranger sans passeport. Et puis, la religion catholique est tellement jolie, avec ses cantiques, ses processions, ses pluies de roses. Quel dommage de s'en priver ! Mi-figue, mi-raisin, il lâcha cette réflexion :

— Notre curé sera bien triste s'il ne bénit pas votre cercueil !

— Notre curé ? Savez-vous qui il me rappelle ?... Mon grand-père maternel. Il élevait des ânes et allait les vendre dans les foires. Son plaisir quotidien était de les faire braire. Il se mettait à braire lui-même, hi-han ! hi-han ! Et les ânes répétaient, hi-han ! hi-han ! Dans son église le curé fait la même chose avec ses paroissiens, il dit des paroles, et les paroissiens les répètent, hi-han ! hi-han !

Venait le moment de se séparer. Garlaud demandait un petit service.

— Quand je faisais mes marches, une chose me soutenait : la prise. Voudriez-vous m'en donner une ?

— Où est votre tabatière ?

— Au bout de ma canne. C'est un moulin à tabac, que dans notre patois nous appelon *kinlaïre*... Là-bas, sur la console.

La canne d'alisier torsadé s'achevait au sommet par un cylindre creux dans lequel s'enfonçait un pilon hérissé de dentures métalliques. En le tournant fort, on réduisait en poudre la carotte de tabac. Garlaud n'était plus capable de ce mouvement. Sahut devait lui présenter la prise sur le dos de sa propre main. À voir le plaisir que le malade prenait à la humer, le médecin se disait que Dieu n'est pas toujours détestable ; que s'il tolère d'horribles maladies, il a aussi créé l'herbe à Nicot et mérite donc une petite action de grâce.

L'entretien se terminait invariablement par cette question du malade :

— Combien vous dois-je ?

— Rien du tout. Je ne vous apporte aucun secours.

— Vous m'en apportez un grand : vous m'aidez à mourir.

Christine Poumeyrol était une autre sorte d'invalide. Atteinte d'une paralysie qui l'avait prise vers l'âge de dix-huit ans en commençant par les pieds. Le mal[1] avait peu à peu gagné la jambe jusqu'au genou. Elle habitait, en compagnie de ses parents et de sa sœur Alfrédie, au moulin de Cube, dont la roue tournait près de la route de Châteauneuf. Petite ville qui trempe ses pieds dans la Sioule aux confins de l'Auvergne et du Bourbonnais. Elle doit sa fortune à des sources thermales dont les Gallo-Romains connaissaient déjà les vertus antirhumatismales ; de sorte que sa clientèle est faite d'éclopés et de boiteux ; ils ne guérissent pas tous, mais beaucoup sont améliorés. Ces eaux n'avaient cependant produit aucun effet sur les jambes de Christine. Sylvain pratiquait dans ses genoux des infiltrations de morphine ; la douleur s'effaçait provisoirement, puis revenait.

Alfrédie vivait au contraire très normalement. Et très vaillamment. Dévouée au moulin, aux oies qu'il nourrissait de grain perdu, à ses parents, à sa sœur. Chaque jour, poussant le fauteuil roulant que Christine

1. La sclérose en plaques.

appelait sa « brouette », elle l'emmenait en promenade, n'hésitant pas à lui faire descendre les cinq kilomètres qui la séparaient du pont qui enjambait la Sioule. D'autres fois, en sens inverse, elles montaient jusqu'à Saint-Gervais. Arrivées à la terrasse de l'église, Alfrédie entrait dans la maison de Dieu et allumait un cierge pour demander la guérison de l'infirme. La fumée de la chandelle n'avait pas obtenu plus de résultat que les eaux de Châteauneuf.

Cette situation durait depuis des années. Peu à peu, la paralysie avait conquis toute la cuisse. On pouvait prévoir qu'elle ne s'arrêterait pas à ce niveau, qu'elle atteindrait un jour le ventre, la poitrine, le cœur.

Entre les deux sœurs, s'élevait parfois une dispute désolée :

— Il ne faut plus t'occuper de moi, suppliait Christine. Tu n'as pas le droit de sacrifier ta vie à me soigner. Cherche-toi un brave garçon, épouse-le, fonde une famille, quitte ce moulin maudit. Nos parents sont encore vigoureux, ils peuvent aussi se passer de toi. Et s'ils ont besoin de quelqu'un, ils n'ont qu'à engager un commis.

À quoi Alfrédie répondait qu'elle n'avait aucune envie de quitter le moulin ; qu'elle avait déjà une famille et n'en avait pas besoin d'une seconde ; qu'elle était d'ailleurs trop laide pour intéresser un garçon honorable.

— Je t'aime trop pour t'abandonner, concluait-elle.

Elles versaient ensemble deux fleuves de larmes dont les eaux se confondaient.

Christine pouvait encore employer ses mains à des travaux d'aiguille, à des épluchages ; ou bien, elle égrenait son chapelet. De loin en loin, elles trouvaient un remède à leur peine. Il y avait dans la maison des flacons d'eau-de-vie de prunelle en réserve. Alfrédie avait mis la main sur l'un d'eux. Elle avait goûté à ce liquide de feu. Il lui avait d'abord embrasé la bouche ;

mais, après un moment, elle avait éprouvé dans sa tête un allègement de son chagrin. Quelques gouttes de plus lui procuraient l'impression de partir en montgolfière. Elle avait invité Christine à partager ce plaisir. Au terme de ces cures alcooliques, les parents Poumeyrol avaient la surprise de trouver leurs filles dans un surprenant état de jubilation. Malheureusement, après une heure ou deux, il s'effaçait pour laisser place à un retour de mélancolie.

Sylvain Sahut descendait souvent au moulin de Cube, essayant sur Christine des remèdes nouveaux, sans grand résultat. Un jour qu'il était penché sur la jeune malade, il s'aperçut que son haleine sentait l'eau-de-vie. Il en fut effrayé, ne croyant pas, malgré son nom, aux vertus de ce spiritueux, tout juste efficace en frictions contre les coups et les rhumatismes. Christine prévint ses questions, en éclatant de rire :

— Oui, monsieur le médecin. Vous avez compris que, de temps en temps, je me soûlarde. À la prunelle. Faut pas ?

Que répondre à cela ? Il savait que rien ne pouvait arrêter les progrès de la maladie.

— Je ne vous l'interdis pas, si vous trouvez qu'elle vous apporte un peu de soulagement. Mieux vaut se soûler de prunelle que de chagrin.

D'autres mois passèrent encore. Il proposa, pour combattre ses ennuis, de prêter des livres à la patiente. Mais aucune des deux sœurs ne savait lire. Nul remède ne pouvait leur faire oublier ce mal qui montait, qui montait, qui montait, comme la petite bête. Christine finit par éclater :

— J'en ai assez.

— Assez de quoi ?

— D'être un quart de femme. De pas pouvoir marcher sur mes jambes. Danser comme font les filles entières.

Me marier. Avoir des enfants. J'en ai assez d'encombrer votre existence. J'en ai assez de ma vie.

— Et alors ? Que peux-tu y faire ?

— Je veux me périr.

— Te périr ? Tu oses me dire une chose pareille, à moi, ta sœur ?

— Y a qu'à toi que je peux la dire. Parce que c'est toi que j'embarrasse le plus.

— Pas vrai ! Pas vrai !

— Pour ça, je te demande un service : de m'aider à me périr. Seule, j'y arriverai pas. Montre-moi ton amitié en me jetant dans la Sioule. Je serai vite noyée.

Alfrédie se boucha les oreilles. Une fois encore, suivit un double déluge de larmes. Il n'était pas question de révéler aux parents ce projet insensé ; mais, les jours et les semaines qui suivirent, les deux drôlettes s'en entretinrent quotidiennement. Chaque fois, le projet semblait perdre un peu de sa folie. L'aînée finit par accepter le principe du suicide, tout en cherchant à le retarder. Elle dut promettre qu'elle ne se jetterait pas aussi dans la rivière, n'ayant aucune raison d'infliger un double chagrin à la famille.

— Les gendarmes m'arrêteront. Ils m'accuseront de t'avoir assassinée. Ils me mettront en prison.

— Ils verront ta peine. Ils comprendront que j'ai voulu me périr, que tu m'y as seulement aidée.

Vint une période de pluies abondantes. Les deux sœurs jugèrent que le moment était favorable au plongeon, que la Sioule grossie emporterait la suicidée comme un chaton dont on veut se défaire. Christine dit adieu en pensée au moulin de Cube, à ses parents, à ses espérances impossibles. Afin de mieux se préparer à l'acte, elles avalèrent une triple dose de prunelle. Puis elles partirent, prétendant qu'elles allaient en promenade.

Une heure de marche au moins les séparait du pont de Lamontgie. Très vite, l'eau-de-vie produisit un effet libérateur. Elles dévalèrent la pente d'un train joyeux, saluant au passage les rochers qui dominaient la route, cueillant des fleurettes, riant comme des dingues. Elles se mirent même à chanter une chanson très indécente, ne se rappelant plus comment ses paroles leur étaient tombées dans l'esprit :

Sur la route de Châteauneuf
Nous allons en vendanges !
J'ai rencontré trois beaux garçons,
La digue du cul, la digue du con...

Les oiseaux, horrifiés, se glissèrent le bec sous l'aile pour ne pas entendre.

À cette allure, la descente dura seulement trois quarts d'heure. Elles atteignirent les maisons de Lamontgie, foncèrent résolument vers le pont qui enjambait la Sioule, toujours chantant et pleurant de rire. S'approchant du parapet, elles s'arrêtèrent un moment pour reprendre haleine. Christine jeta un long regard vers ce beau pays qu'elle allait quitter, vers les pentes vertigineuses qui dominaient la vallée, tapissées de verdure, vers les maisons, les chapelles, les croix, les eaux limpides de la Sioule. Enfin, elles se dirent adieu. Alfrédie embrassa Christine sur le front. Puis elle la saisit à pleins bras, il était convenu que le fauteuil roulant devait la suivre dans la rivière. C'est alors que Dubosclard intervint.

Ce jour-là, il n'était pas en uniforme, n'avait sur lui ni bicorne, ni blouse, ni sabre. Mais ce protecteur de la nature et de ses habitants se sentait garde champêtre de jour et de nuit, le dimanche et la semaine, nu ou habillé, de même qu'un prêtre se sent serviteur de Dieu avec ou sans soutane. Se promenant comme il faisait chaque matin sur ces rives sinueuses, il avait remarqué la brouette des sœurs Poumeyrol, leur conduite extravagante. Il les avait suivies des yeux et des oreilles sans être aperçu. Il avait compris enfin, voyant l'invalide dans les bras de l'autre, les intentions des deux désespérées. Il se précipita, arriva juste à temps pour empêcher le drame, malgré les cris de musaraignes qu'elles poussaient. Il réussit à les éloigner du parapet, vociférant lui-même :

— C'est interdit ! Vous n'avez pas le droit de jeter quoi que ce soit par-dessus ce pont ! Je suis le garde champêtre de Châteauneuf, j'applique la loi, point final ! Ni branchages, ni ordures, rien, rien, rien !

Les bras en croix, il les tenait loin du parapet. Attirés par les cris, des pêcheurs vinrent à sa rescousse, encore armés de leurs lignes. Tous confirmèrent le point de vue de Dubosclard :

— C'est de juste ! Si on jette des saletés dans la Sioule, ça porte tort aux poissons.

Christine fut remise dans sa brouette. Tout le monde connaissait les filles du moulin. On leur demanda ce qui leur avait donné la pensée de se périr de cette façon. Elles ne répondirent que par des sanglots. Elles furent cajolées, consolées, ramenées chez leurs parents. Dès lors, le meunier et la meunière ne quittèrent plus leurs filles des yeux. Christine renonça à se supprimer elle-même, laissant ce soin à la mort naturelle qui n'oublie personne dans ses statistiques.

Comme tout médecin, Sahut voyait disparaître nombre de malades qu'il avait soignés sans pouvoir les guérir. Chaque fois, il prenait la peine de se rendre à leur domicile pour leur apporter une fleur, en même temps qu'un dernier adieu. Dans la marche qui le conduisait chez le défunt, il regardait chaque fois autour de lui avec une amère surprise, dont il n'arrivait point à se défaire. La nature continuait de vivre, l'herbe de pousser, les merles de siffler, les pommiers de fleurir, les vivants de se rendre à leur labeur quotidien – alors que son malade avait disparu. S'était volatilisé dans l'air comme s'il n'avait jamais été qu'une pauvre fumée. Rien ne s'apercevait de son absence. Ce vide remplissait Sylvain d'incertitude sur l'existence de l'âme et sa supposée vie éternelle.

Lorsqu'il arrivait à la porte du disparu – gardée en ces circonstances ouverte à tout visiteur –, il entrait dans une maison pleine de gémissements. Il embrassait les femmes et les enfants, donnait aux hommes une accolade. Puis il avançait vers son client disposé sur le lit dans ses meilleurs vêtements. Les mains jointes par un chapelet. Soigneusement rasé, peigné, cravaté. Parfois, on lui avait mis ses lunettes sur le nez ; si bien qu'il semblait surpris en pleine lecture. Souvent, une énorme touffe de cheveux recouvrait sa poitrine : ceux de la veuve, qu'elle avait sacrifiés en promesse de fidélité éternelle. Sahut s'obligeait à assister aux funérailles, muet, tête basse, demandant pardon de son échec.

Après quoi, comme j'ai dit, l'herbe continuait de pousser et les troupeaux de la paître. Le temps passait. Les cheveux de la veuve repoussaient aussi. Un jour, elle osait les nouer en chignon comme autrefois. Il pouvait arriver qu'elle oubliât leur promesse.

5

Les années passaient. Sahut prenait de l'âge. De loin en loin, il descendait à Clermont pour participer aux congrès médicaux qui se tenaient à l'Hôtel-Dieu. Les professeurs, revenant de Paris, de Londres ou de Berlin, informaient les docteurs et officiers de santé des dernières découvertes de la science. Les méthodes opératoires de Dupuytren, de Récamier, de Lisfranc, de Nélaton. L'emploi systématique de l'anesthésie par le chloroforme ou l'éther. Le rôle, selon Pierre Flourens, du cervelet comme siège des forces qui règlent la station et l'équilibre d'un homme debout. La raie de Trousseau, produite sur l'épiderme par une pointe mousse, qui peut être le signe pathognomonique d'une méningite. La fonction glycogénique du foie, selon Claude Bernard. L'homéopathie, inventée par l'Allemand Hahnemann qui affirmait en avoir reçu la révélation des puissances célestes. En 1859, Sahut donna son adhésion à l'AGMF (Association générale des médecins de France), qui défendait leurs intérêts professionnels et scientifiques.

Naturellement, il profitait de ces voyages à Clermont pour revoir en passant Volvic, ses parents, ses anciens amis. Ses sœurs avaient convolé en justes noces. Son père Joseph, renonçant à la pierre, ne s'appliquait plus qu'à travailler ses vignes. Le commis Fernand se reposait sous terre.

Sa mère, Elisa, lui posa cette question :

— Quel âge as-tu ?

— Tu me le demandes ? N'étais-tu pas présente quand je suis né ?

— Tu es né en 22, l'année où il y eut si grande tempête de vent, presque tous les arbres furent couchés. Mais les manèges des carriers restèrent debout. Sauf erreur, tu as donc trente-sept ans.

— C'est aussi ce que je crois.

— Et tu vis toujours seul. Comme un curé. N'as-tu pas l'intention de prendre femme ?

— Quand je pourrai la loger. Je vis toujours pensionnaire et locataire chez madame Baron. Mais à présent, j'ai payé mes dettes et je fais des économies pour m'acheter une maison. Quand ce sera fait, je songerai à me marier. Prends un peu patience.

Elle secouait la tête, peu convaincue, disant qu'elle aimerait bien avoir de lui des *filhots*[1] avant de mourir. Il la rassurait, prévoyant qu'elle ne quitterait pas ce monde avant ses cinq fois vingt ans, ce qui la faisait bien rire. Il repartait de Volvic chargé de pommes, de noix, de châtaignes. Il essayait sur ses malades les nouvelles médications. La plus efficace : celle du baron Thenard, l'eau oxygénée, ou peroxyde d'hydrogène. Elle arrête le sang d'une blessure, la désinfecte, facilite la cicatrisation. Elle modère les vomissements de la grossesse. Quelques gouttes dans le biberon aident le nourrisson à mieux supporter le lait de vache.

Il occupait ses heures de liberté à chercher la maison rêvée. Après avoir battu le territoire de la commune et ses alentours pendant des années, il fit choix d'une

1. Petits-enfants.

bâtisse de bonne mine, à deux étages, avec jardin et écurie, à la lisière du bourg, sur la route de Gouttières. Il la fit restaurer pour la rendre digne d'un médecin de renom, aménagea une salle de bains avec baignoire et robinetterie en cuivre, acheta des meubles. Il engagea même une servante, Marinette, capable d'accueillir les clients, d'inscrire sur un cahier leurs nom et adresse s'ils désiraient une visite. L'inauguration se fit le 18 mars 1868, son jour anniversaire, à laquelle tous les notables de Saint-Gervais furent invités. Le curé vint la bénir. On but du champagne et l'on mangea du *picanchagne* aux poires préparé par Marinette. Lorsque tout le monde fut reparti, il s'aperçut qu'il avait quarante-six ans et se trouvait toujours célibataire. Chaque chose en son temps. Pourvu maintenant d'une jolie demeure, d'une clientèle fidèle, il ne manquerait pas de trouver un cœur disponible. Car il s'était mis dans la tête de faire un mariage d'amour. Chose difficile à concilier avec son aisance visible. « J'attendrai le temps qu'il faudra. »

Les événements de Paris n'obtenaient dans les Combrailles qu'un faible écho. Le train n'arrivait pas encore à Saint-Gervais. Sahut n'était abonné à aucune feuille d'information générale ; mais un de ses amis, l'agent voyer Bréchard, juge de paix à ses heures, recevait *La Presse*, un quotidien fondé par Émile de Girardin. Ce journal se vantait d'être « toujours en mouvement », de présenter une idée originale par jour ; il publiait un roman-feuilleton, une critique littéraire, et faisait le récit des grands et des petits événements de France et du monde. Chaque fois que le médecin rendait visite à l'agent voyer, il se plongeait dans cette lecture. Les Gervaisiens étaient également informés par le curé Goursonnet ; celui-ci leur demandait de prier pour l'Empereur et sa famille, pour le succès de ses entreprises, pour la victoire de ses armées. On sut ainsi que Napoléon III, surnommé par ses adversaires Badinguet pour des raisons obscures, après avoir trompetté en 1852 « L'Empire, c'est la paix », était parti en guerre, avec des succès inégaux, en Italie, en Crimée, en Chine, en Afrique, au Mexique. En 1867, un corps expéditionnaire français envoyé au secours du pape Pie IX avait remporté une modeste victoire à Monterotondo, contre un certain Garibaldi qui voulait s'emparer de Rome pour en faire la capitale de l'Italie. Étrange prétention !

— Louons Dieu, mes très chers frères, avait crié l'abbé Goursonnet, et remercions-le d'avoir préservé la Ville Sainte à Montre-ton-dos !

Éclat de rire de tous les Gervaisiens amis de l'Empereur.

Malgré ces bons résultats, la maladie de Badinguet, l'usure du pouvoir, l'opposition républicaine faisaient vaciller l'Empire sur ses bases. L'impératrice Eugénie, son entourage, ses généraux jugèrent qu'une guerre victorieuse lui injecterait une santé nouvelle. Encore fallait-il trouver un ennemi à sa mesure, pareillement décidé à en découdre. Il se présenta de lui-même en la personne du comte Otto de Bismarck, chancelier du roi de Prusse, lequel, grâce à d'habiles manigances, nous fournit un prétexte à lui déclarer la guerre. La France se croyait militairement prête à l'affrontement. Le maréchal Lebœuf, ministre des Armées, fut convoqué pour consultation devant le Corps législatif. C'était un sexagénaire d'encore belle prestance, dont les moustaches étaient si longues qu'elles tombaient presque jusqu'à terre et qu'il devait regarder ses pieds pour ne pas marcher dessus.

— Le pays, déclara-t-il fièrement, est parfaitement capable de supporter cette lutte, même si elle devait durer deux ans. Il ne manque pas un bouton de guêtres à nos soldats.

Le Corps législatif vota la guerre. Le Sénat fit de même. Eugène Rouher, le ministre d'État – originaire de l'Auvergne, il avait si bien l'oreille de l'Empereur que ses opposants disaient : « Nous n'avons pas un gouvernement, mais un rouhernement » –, présenta ainsi le vote sénatorial à Napoléon III :

— Votre Majesté a su attendre. Mais depuis quatre ans, elle a porté à sa plus haute perfection l'armement de nos soldats. Grâce à vos soins, la France est prête, Sire, et par son enthousiasme elle prouve que, comme vous, elle est résolue à ne tolérer aucune entreprise téméraire. Si l'heure des périls est venue, l'heure de la victoire est proche. Le génie de l'Empereur le lui garantit.

En fait, l'Empereur éprouvait chaque matin de grandes douleurs quand il voulait pisser. Ce qui le gênait énormément pour prendre la tête de ses armées. Nos généraux s'aperçurent très vite que les troupes ennemies étaient deux fois plus nombreuses que les nôtres, mieux armées, mieux entraînées, mieux commandées. Que si notre fusil Chassepot avait fait des merveilles contre Garibaldi, nos canons en bronze, en se chargeant par la gueule, ne pouvaient lutter contre les canons prussiens, en acier et se chargeant par la culasse. Sahut apprit tous ces détails en lisant *La Presse* chez l'agent voyer. À Frœschwiller, à Reichshoffen, nos cavaliers firent preuve d'un magnifique courage. Au plus fort de cette dernière bataille, on vit l'un de ces hommes, dont un boulet venait d'emporter la tête, rester sur son cheval, sabre au clair, balancé par la mort. (Sylvain se rappela un coq de sa mère, qu'elle venait de décapiter d'un coup de hache, échappant à ses mains, courant parmi les poules, sautant sur l'une d'elles et la fécondant avant de tomber par terre.) Ledit cavalier ne féconda personne. Mais le capitaine Anglade, qui commandait une compagnie de turcos, entouré par un bataillon bavarois, sommé de se rendre, répondit :

— Me rendre ? Je m'en vais te faire voir !

Il plongea son sabre dans la poitrine de celui qui venait de lui présenter la sommation, avant de tomber, frappé lui-même de cent coups de baïonnette.

Après un mois de lutte, l'envahisseur occupait toute l'Alsace. Le 11 août, le roi de Prusse adressa cette proclamation au peuple français : « Je fais la guerre aux soldats de la France et non pas aux habitants, dont les personnes et les biens seront en sûreté tant qu'ils ne m'enlèveront pas, par des agressions contre les troupes allemandes, le droit de les protéger. » Malgré ces bonnes intentions, les porteurs de casques à pointe pillaient les maisons des civils, emportaient les meubles et le linge à pleines voitures. Ainsi font tous les envahisseurs depuis que le monde est monde, depuis que la guerre est guerre.

Vinrent les grands désastres : l'invasion de la Lorraine, la capitulation de Sedan, Napoléon III prisonnier avec quatre-vingt mille hommes, la chute de l'Empire, la fuite en Angleterre de l'Impératrice et d'Eugène Rouher déguisé en valet de chambre, la proclamation d'une nouvelle République, la trahison de Bazaine, le siège de la capitale. Les Parisiens obligés de manger du rat, du chien, de l'éléphant. Les inutiles combats d'Orléans, de Bapaume, de Villersexel. Garibaldi, le vaincu de Monterotondo, accouru au secours de la France, arrêta quelques jours les Allemands à Châtillon et à Dijon. La fuite à Bordeaux du nouveau gouvernement.

L'Auvergne se tenait informée de ces tristes nouvelles. Elle participa même à la guerre en recrutant des bataillons de « mobiles », jeunes soldats volontaires mais inexpérimentés, ayant souvent pour tout uniforme un képi et une blouse bleue. Saint-Gervais fournit une compagnie qui s'en alla combattre avec l'armée de l'Est sous les ordres du général Bourbaki. Sylvain Sahut, âgé de quarante-huit ans, n'envisagea point de s'enrôler ; mais il proposa de recevoir et de soigner trois blessés dans sa maison. En fait, il ne reçut personne, les trois hommes qui devaient lui venir étant décédés en cours de route.

La guerre franco-prussienne restait pour les campagnes auvergnates une affaire lointaine qui n'éloignait personne de ses occupations habituelles. À la chute de Badinguet, Clermont-Ferrand se choisit un nouveau maire en la personne d'Agénor Bardoux qui avait exprimé, sous l'Empire, une opposition modérée. Abandonnant alors son cabinet d'avocat, qui lui rapportait beaucoup d'argent, il se consacra à l'administration de la ville, qui ne lui rapporta que des soucis. S'occupant des blessés, des veuves, des orphelins. Et même des ennemis. Un petit groupe d'officiers prussiens – parmi lesquels le propre fils de Bismarck – se trouvaient internés au lycée. Ils avaient obtenu sur parole leur liberté de promenade et fréquentaient, en uniforme, les cafés et les restaurants de la ville. Après nos défaites de septembre, une foule hostile se massa devant la salle où ils se gobergeaient, criant :

— À bas les barbus ! À mort le Bismarck ! Qu'on le pende !

Le restaurant allait être envahi lorsque Bardoux, alerté, harangua la foule et calma les excités. La garde nationale accourue ramena sous bonne escorte les Prussiens au lycée. Plus tard, ils écrivirent au maire une lettre pour le remercier de son intervention.

Cet incident prouva, mais trop tôt, que les Français et les Allemands peuvent vivre en paix et en amitié, de même qu'un chat peut dormir entre les pattes d'un chien. Tout n'est donc pas exécrable dans les guerres.

C'est ainsi que l'année 1871, qui vit les Parisiens s'entretuer, fut pour Sylvain Sahut l'occasion de deux rencontres bienheureuses : l'une celle du savant Louis Pasteur, l'autre celle d'Isabelle.

Clermont doit le séjour de Pasteur dans ses murs à son élève préféré, Émile Duclaux. Ce dernier, natif d'Aurillac, admis à l'École normale supérieure en 1859, y avait étudié sous la direction du chercheur jurassien. Celui-ci jouissait d'un tel prestige aux yeux des normaliens que madame Duclaux (l'Anglaise Mary Robinson) put écrire plus tard : « Ils croyaient en Pasteur comme les romantiques croyaient en Victor Hugo. » Le doctorat valut à Duclaux un poste de professeur suppléant de chimie à la faculté des sciences de Clermont. Le voici de retour en Auvergne, âgé de vingt-six ans.

En 1868, Pasteur avait été frappé d'une hémiplégie qui lui avait paralysé la moitié gauche. Duclaux accourt de Clermont. Il est de ceux qui se disputent l'honneur de veiller à son chevet. Sangsues, saignées, purgatifs, diète, régime lacté, iodure de potassium, arsenic… Le mal enfin s'affaiblit. Il ne reste qu'une légère claudication et une raideur dans le bras.

— Il pèse comme du plomb, s'écrie-t-il souvent. Je voudrais pouvoir le couper !

Duclaux retourne à ses cornues clermontoises.

Lorsque la guerre éclate, Pasteur a suffisamment récupéré ses fonctions pour songer à s'enrôler dans la garde nationale. On lui fait comprendre que ce corps d'élite n'a pas besoin de boiteux. L'invasion le remplit d'horreur. En janvier 1871, il retourne à l'université de Bonn le diplôme de docteur *honoris causa* qu'elle lui avait décerné deux ans plus tôt. Ce qui lui vaut une réponse du doyen : il l'assure de son plus profond mépris.

Dans les jours qui suivent, il se trouve, lui et sa famille, pratiquement sans domicile fixe, chassé de Paris par le siège, chassé d'Arbois par l'occupation prussienne. D'Italie lui arrivent plusieurs propositions, qu'il refuse. Il erre un moment entre Genève et Lyon, cherchant un refuge. Son cher Duclaux le lui offre : son appartement de Clermont, au n° 21 de la rue Montlosier. « Il n'est pas très grand, mais nous nous serrerons. » On trouve même une place pour les vers à soie dont tous deux étudient les maladies. Madame Pasteur, née à Clermont-Ferrand, fille du recteur de l'université, est aussi contente d'y retrouver ses souvenirs. Aux habitants du quartier devient familière la silhouette modeste du savant, son habit et son chapeau noirs, son pas traînant aidé d'une canne, son visage grave, sa barbe poivre et sel, sa manière de toujours serrer contre sa poitrine un dossier ou un flacon.

Cependant, Paris est en proie à la plus radicale révolution que ses pavés ont jamais connue. « Je cherche, écrit Pasteur à un ami, dans tout le travail dont je suis capable, une distraction aux cauchemars communards et prussiens. »

Une épidémie ravageait depuis des années les magnaneries méridionales : la pébrine, ainsi nommée parce que les bombyx atteints se montraient tavelés comme par des grains de poivre. Les éleveurs avaient essayé mille remèdes sans obtenir de résultat. Pasteur et Duclaux, au lieu d'attaquer le mal par la fin, conseillaient de le saisir au commencement, en éliminant les sujets atteints, en ne conservant que la graine exempte de « corpuscules ». Pour cela, il fallait l'examiner au microscope.

— Sommes-nous capables de nous servir de cette lunette ? demandaient les magnans.

— Faites-vous aider par les maîtres d'école.

— Le microscope coûte très cher.

— Associez-vous.

Pasteur était coutumier de poursuivre plusieurs lièvres à la fois. Avide de servir son pays et de combattre l'Allemagne sur le terrain scientifique, il s'intéressait en même temps au mal de la bière, afin que la française pût rivaliser en qualité et en conservation avec la munichoise. Entre Clermont et Chamalières, la brasserie d'un Alsacien, William Kuhn, produisait une boisson assez plate et facilement altérable[1]. La direction de l'entreprise accueillit le savant avec respect et elle fit bien les choses : elle mit à sa disposition une chaise, une table de bois blanc et une cuve. En juin, il écrivit à un autre disciple : « Vous apprendrez bientôt que j'ai fait ici une découverte importante qui sera, je pense, très fructueuse pour notre chère patrie… et portera la mort dans l'âme de nos bons voisins allemands. » Le procédé consistait à élever la bière à la température de cinquante-cinq degrés, puis à la refroidir brusquement. Les Allemands, sans rancune, inventèrent le verbe de cette opération : *pasteurisieren*, pasteuriser.

Au cours de ce même mois, Duclaux eut l'idée d'organiser, dans les locaux de la faculté des sciences[2], une rencontre qui permît à son maître de présenter ses idées et ses recherches à un auditoire de chimistes, de biologistes, de médecins. Sylvain Sahut fit le voyage de Saint-Gervais. Pasteur s'exprimait d'une voix douce, mais qui, dans ses moments de passion, prenait soudain une raucité proche du rugissement. Depuis des années, il ferraillait contre les partisans de la « génération spontanée » qui posait problème depuis deux mille ans. Aristote, Lucrèce, Virgile, Ovide, Pline y croyaient dur comme fer. Au XVIIe siècle, un Hollandais, Van Helmont,

1. Plus tard, marque « La Fauvette ».
2. Situés en haut du jardin Lecoq, occupés de nos jours par le rectorat.

se faisait fort de produire des souris en mettant dans un pot une chemise sale avec des grains de blé ou un morceau de fromage ; immanquablement, les souris naissaient dès le quatrième jour. En 1871, des célébrités défendaient encore cette foutaise : le mathématicien et philosophe Cournot, Claude Bernard, Michelet. Ce dernier soutenait que dans une goutte d'eau marine, on voit recommencer spontanément la création du monde, que la mer est la « grande femelle du globe ». Pasteur, lui, affirmait que les germes de toute vie sont dans l'air, même si certains peuvent par la suite tomber dans les eaux. Spécialement dans les liquides sucrés, dont ils provoquent l'altération et la fermentation.

— Ces « corpuscules » peuvent donc occasionner d'énormes dégâts. Pour les détruire, il suffit de chauffer les liquides à cinquante-cinq degrés, voyez mes travaux sur la bière Kuhn.

Il raconta aussi les expériences qu'il avait faites à Chamonix, sur les Alpes, là où l'atmosphère est à peu près exempte de germes :

— J'ai transporté sur la mer de Glace vingt ballons dc verre contenant des matières aisément altérables : jus de raisin, lait, sang, urine… Un même nombre de ballons contenant les mêmes produits sont restés à Chamonix, à titre de témoins. Résultats au bout de trois jours : quinze ballons témoins se sont avérés altérés par l'air impur de la vallée, un seul par l'air presque pur de la montagne.

— D'où proviennent ces germes ? lui demanda-t-on.

— De l'air que nous expirons, des fumées que nous produisons, des contacts que nous avons avec les animaux, et entre nous. C'est pourquoi je vous recommande, chers collègues, de ne point pratiquer à tout bout de champ cet usage venu d'Angleterre de la poignée de main : elle risque de nous apporter des contaminations. Si vous ne pouvez refuser la main qu'on vous tend, je vous suggère ensuite de rincer la vôtre à l'eau de Javel.

Au cours du débat qui suivit, maintes questions furent posées au maître :

— Quel conseil donneriez-vous à un jeune chercheur ?

— Celui de travailler.

— Est-ce tout ? Le même conseil peut être présenté à n'importe quel débutant.

— Je ne suis pas un philosophe. Seulement un aveugle qui marche dans les ténèbres, les mains en avant.

— Quelle est la valeur humaine que vous estimez le plus ?

— La France.

— Et celle que vous aimez le moins ?

— L'Allemagne.

Au terme de cette rencontre, sous un tonnerre d'applaudissements, Pasteur reprit sa canne et son chapeau, ne serra aucune main, donna le bras à Émile Duclaux et regagna le 21 de la rue Montlosier.

Sahut remonta à Saint-Gervais plus riche de savoir et de sagesse qu'il n'en était descendu.

6

Il reste à exposer comment, au mois d'octobre 1871, il fit la connaissance d'Isabelle, qui devait tenir tant de place dans sa vie. Elle se révéla être la plus fidèle, la plus discrète, la plus affectueuse des compagnes tant que dura leur ménage. Riche d'une patience inépuisable. Toujours prête à lui témoigner son amour, de jour comme de nuit, par temps chaud, par temps froid. Plus délicate dans la propreté, plus soigneuse qu'une nièce d'évêque. Leur liaison dura neuf ans, le Ciel ne permit pas davantage.

Voici comment ils se découvrirent. Ce matin d'octobre, tout de brume et de pluie, il entendit devant sa porte un faible couinement. Il tira le battant et trouva sur le seuil une pelote jaunâtre, tout humide. Il voulut poser la main dessus, mais elle bondit en arrière, pas assez vite néanmoins qu'il n'eût le temps de la saisir par la queue. Car il s'agissait d'un chaton en fugue qui demandait secours mais qui, au dernier moment, venait de changer d'avis. Les voici tous les deux tirant et tirant ensemble sur la même queue, au point qu'elle risquait de se rompre. Sylvain avança l'autre main et, au prix de quelques griffures, il réussit à prendre possession de la bestiole. Il lui parla doucement, la serra contre lui, contre son cœur, contre sa tiédeur. Elle comprit qu'il n'avait à son égard que de bonnes intentions.

Lorsqu'ils se furent quelque peu habitués l'un à l'autre, il la disposa sur le plancher de la cuisine, lui prépara une jatte de lait tiède dans laquelle elle voulut bien tremper un bout de langue rouge.

— Là, là… N'aie pas peur… Je suis ton ami… Faisons gentiment connaissance… Permets-moi de te caresser.

Une proposition contraire aux principes de Pasteur. L'ayant retournée sur le dos, il s'aperçut que c'était une demoiselle. Voilà comment elle entra dans sa vie et y tint chaque jour une place plus grande. Pourquoi l'appela-t-il Isabelle ? Sans doute à cause de sa couleur jaune d'œuf, rappelant qu'une certaine dame des Pays-Bas s'était promis de ne pas changer de chemise tant que son mari ne serait pas revenu de la croisade. D'où la couleur qu'elle avait prise au bout de plusieurs années et qu'on applique généralement aux chevaux :

Ta cavale isabelle
Hennit sous tes balcons…[1]

Pourquoi pas aux chattes ?

Durant six mois, il la retint sous cloche, prisonnière de la maison. La comblant de douces paroles, de caresses inouïes : avec le nez, avec le front, avec le menton. Elle grandit, devint une boule de poils dorés qu'il tenait au creux de ses mains réunies, d'où pendait la fameuse queue par où il l'avait capturée. Ils entrèrent dans une parfaite intimité. Elle couchait dans son lit, sur un oreiller près du sien. Sujette à des cauchemars, elle poussait des gémissements, qu'il apaisait avec un passage de deux doigts entre ses oreilles. Peu à peu, elle prit possession de la maison tout entière, jouant avec son ombre propre, se dissimulant dans les pantoufles de son maître,

1. Alfred de Musset.

dans les manches de ses vestes, dans son chapeau. Lorsqu'il écrivait des comptes à son bureau, elle prenait place à côté de lui, surveillant les mouvements de la plume, avançant une patte pour les corriger. Il ne faisait plus une seule addition qu'elle ne passât par son étamine. Et s'il arrivait à la demoiselle de commettre une sottise, elle levait vers Sahut le double miroir de ses yeux dans lequel il pouvait lire des demandes de pardon.

Elle grandit encore. Devint une chatte adulte de volume, de formes, de tempérament. Il fallut bien lui ouvrir les portes. Elle fit la connaissance des alentours, prés, chemins, jardins. Elle délimita son territoire en disposant des pipis protectionnistes. Un tiers du bourg devint sa propriété personnelle. Sur les routes de la région, en ce XIXe siècle finissant, il ne se faisait pas un grand trafic de voitures, de chars ni de chevaux. Un chat pouvait traverser les chaussées à tout moment sans mettre sa vie en danger. Isabelle était donc libre d'aller et de venir, à condition de rentrer au logis aux heures importantes : celles des repas, celle du coucher. Sans doute jouissait-elle dans sa petite personne d'une montre sans ressort qui l'en informait. Lorsque Sylvain rentrait de ses chevauchées, il la trouvait assise devant la porte, miaulant d'amour et d'impatience. Il descendait de cheval, allongeait une jambe bottée, elle sautait dessus, puis entamait son ascension jusqu'au moment où il la prenait dans ses bras. Elle enfonçait le museau dans son cou, toute ronronnante.

Elle faillit mourir de cet excès de liberté. Un soir qu'il rentrait plus tôt que d'habitude, il eut la surprise de ne pas la trouver assise en gardienne de sa porte. Il interrogea Marinette.

— Elle a fait la sieste. Puis elle est sortie comme d'habitude. Vous êtes revenu plus tôt, faut pas vous étonner de son absence.

D'abord, il ne s'inquiéta point. L'heure du souper venue, il fit le tour des aîtres, appelant : « Isabelle !

Isabelle ! » Sans résultat. Il s'éloigna, appelant toujours. Jusqu'au moment où, passant le long d'une haie, il perçut un miaulement impossible à confondre. Elle bordait le vaste jardin de Jérôme Savy, un maraîcher, grand producteur de fruits et légumes. Cet homme se plaignait souvent des dommages qu'occasionnaient sur son terrain les lapins de garenne, malgré les collets tendus çà et là. Sahut poussa la barrière, avança à la voix et se trouva devant Isabelle prise par un nœud coulant et en train de s'étrangler à tout effort qu'elle faisait pour se libérer. Il s'agenouilla, coupa les ficelles, emporta la bestiole tremblante de peur et de reconnaissance.

Quelques semaines plus tard, elle fut à l'origine d'un bouleversement complet dans sa vie.

Pour échapper aux menus pas très variés de Marinette, il lui arrivait de temps en temps de retourner à l'auberge du Levant, où se pratiquait toujours le système de la table d'hôtes. Mais le nouveau propriétaire, monsieur Cassière, avait modernisé la salle de son restaurant, changé les meubles, placé des miroirs qui faisaient semblant d'en doubler la surface. Ayant servi auparavant dans un hôtel de la Côte d'Azur, il préparait des plats si recherchés, si insolites, qu'on n'en croyait ni sa bouche ni ses oreilles : mortadelle et *minestra* italiennes, *bacalhau* portugais, *hot pot* anglais, bouil-labaisse provençale, brandade de morue. La maison était bonne et l'on repassait les plats. On buvait du vin de Limagne et de ce saint-pourçain bourbonnais qu'appréciaient tant les papes d'Avignon sous le nom de *samporciano*.

Le meilleur moment venait après le dessert quand, la faim rassasiée, s'engageait une sorte de veillée à la citronnelle. Madame Cassière enlevait les assiettes, apportait des tasses et versait une infusion de cette plante des jardins qui a réputation de favoriser la digestion et le sommeil. Les convives révélaient alors vraiment qui ils étaient : deux voyageurs de commerce, un commis de notaire, un écrivain public, un artiste peintre, un agent voyer, un militaire retraité… et, naturellement, un officier de santé. Rien que des hommes, veufs ou célibataires, formant ensemble, pour employer un vocable à la mode, une sorte de club. Chaque membre avait mille choses à révéler et deux mille à dissimuler. On évitait de parler politique parce qu'on ne savait pas exactement sous quel régime on vivait ; l'Empire était tombé sur le nez, mais la République n'était pas encore admise de tous. Paris avait connu les horreurs de la Commune, les Allemands occupaient toujours une partie du territoire national. L'avantage d'habiter Saint-Gervais était que chacun pouvait y cacher ses opinions. La veillée durait jusqu'à minuit ou davantage.

En certaines occasions, pour fêter un anniversaire ou un succès commercial, le souper devenait festin. Des dames étaient invitées. Cassière enlevait la table, ajustait les éléments de sa cornemuse et tout le monde se mettait à gambiller. On exécutait les vieilles bourrées du pays, les poings levés, tapant du talon, chantant les paroles patoises :

Che z'eyra droleta,
Djamay me maridarià.
Restarey soulèta,
Gardarey mo libertà…

Si j'étais fillette,
Jamais me marierais.
Je resterais seulette,
Gardant ma liberté…

Personne ne croyait à cette proclamation. Mais il fallait bien chanter les paroles comme elles avaient été agencées. Monsieur Cassière, restaurateur et cornemuseux, avait aussi rapporté de la Côte d'Azur des danses modernes qu'il enseignait à ses hôtes auvergnats. La plus distinguée était le quadrille, ainsi nommée parce qu'elle s'exécutait à quatre couples. Elle comprenait cinq figures annoncées par le musicien : pantalon, en-avant-deux, poule, pastourelle, boulangère. Dames et messieurs se faisaient face, se saluaient, se croisaient, se donnaient la main, s'éloignaient, se resaluaient. Tout cela dans un certain désordre car bien peu connaissaient exactement les figures, on aurait dit à la fin un troupeau de vaches à l'abreuvoir.

Autre danse moderne, plus facile à attraper, la valse. Elle se jouait comme la bourrée sur un rythme à trois temps. Le valseur entourait la taille de la valseuse avec le bras droit, en prenant bien garde, comme le recommandait madame Cassière, préposée aux bons usages, de laisser entre leurs deux corps l'épaisseur d'une soupière. En même temps, il tendait sa main gauche ouverte dans laquelle la dame insérait l'extrémité de quatre doigts. Avec la même retenue, elle plaçait la main gauche sur l'épaule droite du cavalier. Ainsi accrochés l'un à l'autre, ils tournaient sagement comme un chien tourne pour attraper sa queue, agrémentant ces virevoltes de paroles anodines :

« Vous êtes une très bonne valseuse… N'avez-vous pas trop chaud ?… Voulez-vous que nous nous arrêtions ?… Puis-je vous offrir à boire ? »

La valse se terminait par un petit salut de la tête. Chacun regagnait sa place en titubant quelque peu.

Quoiqu'il prît grand plaisir à ces réunions, Sahut s'éclipsait à onze heures du soir. Songeant à sa chatte qui l'attendait devant leur porte et dont les yeux le guettaient à travers l'épaisseur de la nuit. Ses miaulements pleins de reproches empêchaient Marinette de dormir. Il se dit qu'à quarante-neuf ans, il était temps de mettre fin à son existence solitaire. C'est ainsi que, pour l'amour d'Isabelle, il en vint à penser sérieusement au mariage.

Il se traça intérieurement le portrait de l'épouse idéale. Pas trop jeune pour qu'il n'y eût pas entre elle et lui un écart d'âge excessif, mais encore en mesure de procréer. Plutôt jolie, bien conformée si possible, même si sa mère répétait souvent : « La beauté ne se mange pas en salade. » Il accepterait sans rechigner une jeune veuve, avec ou sans enfant. Il répugnerait au contraire à prendre une divorcée parce qu'il considérait que le sacrement du mariage est indissoluble. Il la voulait intelligente, mais pas trop non plus, craignant qu'elle ne lui fût supérieure ; il n'établissait pas sur ce point des repères définis, sachant que toute femme jouit d'assez de finesse pour rendre des points au diable. Plutôt sensuelle, mais pas trop encore, car il n'était pas certain, la cinquantaine venue, de pouvoir satisfaire une de ces créatures de feu que le mari ne peut combler que s'il dispose d'une cuillère à très long manche. Bonne cuisinière, bonne ménagère de préférence, bien qu'il n'envisageât point de renvoyer Marinette. Docile ? Soumise ? Ou volontaire et têtue ? Il hésitait sur ces qualités. Instruite ou ignorante ? Plutôt instruite en diverses matières comme doit l'être une femme de médecin qui, après quelques années de ménage, en sait aussi long que son mari. Riche ou pauvre ? Ce choix le laissait complètement indifférent. Mais coquette, oui ; élégante, oui ; sans excès. Condition *sine qua non* : elle devrait aimer les chats, être agréée par Isabelle.

Il se rendait compte qu'il lui serait bien difficile de trouver toutes ces vertus chez la même personne. « S'il me faut en rabattre, conclut-il, je n'y manquerai pas. Il me suffira qu'elle soit honnête et présentable. »

Il connaissait toutes les familles de Saint-Gervais et des environs pour leur avoir, une fois ou l'autre, apporté ses soins. Il avait beau les considérer, il n'y trouvait aucune chaussure qui convînt à son pied. Or un jour, chez les Cassière, il fit la connaissance d'Hermine Bréchard, la nièce de l'agent voyer. L'occasion était bonne, il y avait festin en son honneur, il n'arrivait pas souvent qu'une authentique Parisienne vînt s'installer, provisoirement ou non, au pays des Combrailles. Son oncle la présenta à chaque membre du club. Une grande et belle femme ; ses cheveux noirs rassemblés formaient sur la tête une montagne pointue assez semblable au puy de Dôme. Des yeux magnifiques. Des dents larges et éclatantes. Une voix grave, presque masculine, genre contralto. Des doigts vigoureux, de quenouilleuse. On apprit qu'en fait elle avait exercé à Paris la profession d'artiste peintre, spécialisée dans les fleurs et les portraits. Elle avait eu pour maîtres Courbet, Manet, Corot, Degas, qui tous l'avaient engagée à être « non pas eux, mais elle-même ». Un jour, elle s'était fatiguée de la vie parisienne, avait décidé de venir faire en Auvergne, chez son oncle, une « cure de repos et de pureté ». Son âge ? Il appartenait à chacun de le deviner. On comprenait qu'elle avait rencontré beaucoup de monde, peintres, musiciens, littérateurs, hommes politiques, hommes d'action ; qu'elle avait longuement navigué sur les flots de la société parisienne, *Fluctuat nec mergitur*. Sylvain la regardait aller d'une personne à l'autre, fasciné par ce volcan de cheveux, par ces yeux d'une obliquité égyptienne. Lorsqu'elle lui fut présentée, il se courba pour une salutation très insolite à Saint-Gervais : il lui baisa la main.

Cassière gonfla sa cornemuse, vida un peu de vin dans la poche pour l'abreuver et les danses commencèrent. Bréchard ouvrit le bal en entraînant sa nièce dans une joyeuse polka. Un-deux, un-deux-trois, un-deux, un-deux-trois… Si animée que tout le club leur abandonna la place et qu'à la fin, ils furent applaudis. Les couples se formèrent et Sylvain reçut le choc de sa vie : Hermine lui tendit la main pour l'inviter à la valse qui suivit. À cette proposition, il perçut la petite voix de sa conscience – il la situait au creux de la poitrine, sous le sein gauche – qui l'avertissait :

— Si tu acceptes, tu es fichu.

Toute l'assemblée avait les yeux sur eux, surprise par cette invite contraire aux bons usages. Mais savait-on les usages de Paris ?

Hermine inséra quatre doigts dans la main gauche de Sylvain. Il enveloppa sa taille de l'autre bras, prenant bien soin de laisser entre eux l'espace d'une soupière. Le cornemuseux embrocha une valse connue de tous : « Plaisir d'amour ne dure qu'un moment… » De sorte que tous les couples la fredonnèrent en tourbillonnant. La Parisienne était parfumée à la lavande, comme si son linge sortait d'une armoire, les femmes de Volvic avaient coutume de glisser des sachets de cette plante entre leurs draps. Les regards du club entier convergeaient sur Hermine et Sylvain parce qu'ils formaient le plus beau couple du monde. Leurs pieds semblaient ne pas toucher le sol.

Quand ils eurent toupillé à leur suffisance, ils reprirent contact avec le parquet. Sahut osa poser cette étonnante question :

— Est-ce que vous aimez les chats ?

— J'en suis folle. Je ne pourrais pas vivre sans chat.

Ainsi fut scellé leur destin sous le marrainage d'Isabelle.

7

Par l'agent voyer Bréchard, il sut qu'Hermine avait trente-quatre ans. Lui en avait cinquante. Cela n'empêcha rien. Le mariage fut programmé pour le printemps de 1872.

En attendant, il présenta sa maison à Hermine. Les deux étages. L'écurie et son cheval, la remise et le cabriolet à cul de singe. Il insista sur le système d'approvisionnement en eau, grâce à une pompe qui l'aspirait dans un puits et la transportait dans la cuisine, sur l'évier, dans les toilettes, dans la salle de bains.

— Tout peut être changé, complété, modernisé, à la demande, souligna-t-il.

La chatte Isabelle considérait de loin cette étrangère, bien qu'elle fût pour beaucoup dans sa venue. Hermine voulut la caresser ; mais elle s'écarta, levant au ciel une queue en forme de point d'interrogation, qui exprimait sa perplexité et sa réserve.

— Elle a besoin d'un peu de temps, l'excusa le médecin. C'est une personne compliquée.

— Je le suis également.

Le mariage eut lieu à la saison promise. Selon les vieilles traditions des Combrailles. La veille, les deux fiancés se rendirent seuls à l'église pour se faire bénir et pour entendre les instructions que le curé ne prononcerait pas en public. Après les avoir engagés à s'aimer avec dévouement et fidélité, il insista sur un point capital :

— Vous vous rappelez les paroles du Souverain Créateur : « Croissez et multipliez… » Cela signifie que vous ne devez rien faire, l'Église s'y oppose absolument, pour empêcher ou retarder une naissance dans votre foyer. Jurez-moi que vous n'en ferez rien.

— Je le jure.

— Je le jure.

— Chaque enfant, d'ailleurs, apporte du bonheur dans une maison. Vous ne pouvez donc refuser ce cadeau du ciel.

Suivit une messe rapide appelant les défunts des deux familles à participer à la joie des vivants.

Le samedi, se déroula la grande cérémonie. Elle commença par le rassemblement des invités – une centaine – devant la maison Bréchard. Aux ordres de deux commandants, le garçon et la fille d'honneur. Ceux-ci disposèrent les personnes dans le défilé, les conduisirent à la « bravade », c'est-à-dire à la table immense chargée de pains, de gâteaux, de boudins, de saucisses. Chacun se cala les côtes. Puis le cortège se dirigea vers la mairie. En tête, le violoneux jouait et chantait la marche appropriée :

Je t'aime d'une amour sincère,
Tu es jolie comme un agneau.
Tu sembles être un ange sur terre,
Près de toi, je me sens oiseau…

Derrière venait Hermine, au bras de son oncle, vêtue d'une robe noire, égayée par un voile blanc qui lui couvrait la tête et les épaules. Le fiancé, au bras de sa mère, était également vêtu de sombre, sauf un gilet de couleur à boutons dorés. Le maire prononça le compliment :

— Je suis heureux et honoré qu'une célèbre artiste comme Hermine Bréchard, une élève de peintres illustres, soit venue de Paris s'installer dans notre modeste canton, et prendre pour époux monsieur Sylvain Sahut, à qui tant de familles gervaisiennes doivent de la reconnaissance. Je vais vous remettre le livret de famille traditionnel. Il est prévu pour recevoir les prénoms de douze enfants successifs. Quand il sera complet, je me ferai un plaisir de vous en délivrer un second.

Hilarité générale. Le maire embrassa la mariée.

À l'église, le sermon du curé Goursonnet n'apporta aucune surprise. Après le *Ite missa est*, distribution de petites brioches bénites, qu'il fallait consommer en faisant un signe de croix. La fille d'honneur enleva le voile de la mariée et le remplaça par un châle de cachemire. Tout le reste de sa vie, elle devrait porter ce châle dans les grandes occasions ; elle y envelopperait ses futurs enfants le jour du baptême. Pluie de dragées sur les gamins ; quelques-unes, par chance, tombaient dans leurs sabots ; mais ceux qui allaient pieds nus étaient plus lestes à les attraper.

La noce marcha enfin vers la grange parée de fleurs, de branchages, de draps blancs, où l'attendait une énorme mangerie qui devait durer jusqu'à l'aube suivante, associant trois repas dans une même continuité. Avec l'interruption répétée, sur un carré de planches, des danses anciennes et nouvelles. Chaque convive, voyant tourner ensemble Hermine et Sylvain, ne pouvait s'empêcher de dire :

— Quel beau couple ils forment ! Ils étaient vraiment destinés l'un à l'autre.

Vers minuit, le garçon d'honneur entreprit une reptation silencieuse, sous la table, entre les braies et les gonnelles. Il fourgonna un moment, tandis qu'Hermine s'efforçait de rire. Et le voilà qui ressort, brandissant son trophée : la jarretière de l'épousée. Il la partage en petits morceaux, porte-bonheur qu'il distribue, il n'y en a pas pour tout le monde. On crie :

— *Lo tchambalho ! Lo tchambalho !*

Le mot vient de *lo tchambo*, la jambe. On ne sait l'origine de cet usage qui autorise le roi d'Angleterre à en décorer vingt-cinq chevaliers montrant une devise en langue française : *Honi soit qui mal y pense !* Avec une faute d'orthographe et un superbe point d'exclamation.

Un fragment fut proposé au curé Goursonnet, qui le refusa, non sans sourire ni applaudir.

Un peu plus tard, les mariés s'éclipsèrent. On ignorait en principe où ils étaient allés se cacher. Le bal continua.

Leur refuge était la chambre que Sylvain avait occupée jadis. Madame Baron, malgré sans doute un pincement au cœur, avait consenti à la reprêter. Ils s'y rendirent à pied, à travers le village qu'aucun lampadaire n'éclairait, à la seule clarté de la lune et des étoiles. Se donnant la main comme deux enfants perdus dans les ténèbres. Osant à peine parler. Des chiens aboyaient à leur passage, des vaches meuglaient entre deux ruminations.

Ils arrivèrent. Madame Baron n'avait pas poussé l'hospitalité jusqu'à les attendre.

— J'ai la clé, dit-il.

Pour monter à l'étage, ils durent se cramponner à la rampe de corde. Il entra le premier, sortit son briquet, alluma la mèche d'une lampe suspendue.

— Voici la pièce que j'ai habitée pendant des années.

Il n'en précisa pas le nombre afin de ne pas insister sur son âge. Hermine regardait autour d'elle d'un air glacial. Horrifiée, semblait-il, par chaque objet. Par le lit étroit, haut sur pattes, avec ses deux oreillers, son édredon rouge. Par la table à toilette, sa cuvette et son broc. Par le miroir qui renvoyait une image embuée, à cause d'un tain mangé aux mites. Par les trois chaises de paille ébouriffée. Par l'armoire de noyer, ornée de sculptures auvergnates.

— Vous avez pu vivre longtemps ici ?

— Je n'y venais que pour dormir. Et nous n'y resterons que ce reste de nuit. Voulez-vous que j'éteigne ?

— S'il vous plaît.

Il ouvrit une main derrière le verre de la lampe et souffla. Ils avaient eu ensemble une longue discussion sur le « vous » et le « tu ».

Lui : J'ai toujours tutoyé tous les membres de ma famille, tous mes amis. Beaucoup de mes patients.

Elle : Tutoyez qui vous voudrez. Moi, je ne tutoie personne. Mes parents m'ont élevée ainsi. Le « tu » me semble vulgaire et méprisant.

Lui : Il peut aussi exprimer l'affection, l'amour. Comment se dit-on à Paris, dans les milieux artistiques ?

Elle : C'est selon les tempéraments. Courbet tutoyait tout le monde. Manet disait « vous » à son chien. Il y a des quartiers où l'on entend les filles de mauvaise vie interpeller leurs clients en ces termes : « Monte avec moi, chéri… » Si vous me disiez « tu », j'aurais l'impression que vous me prenez pour une putain.

Lui : Comme il vous plaira.

La fenêtre sans volets laissait entrer quelques rayons lunaires. Dans cette pénombre, ils pouvaient s'apercevoir, aussi embarrassés l'un que l'autre. Elle demanda :

— Et maintenant, que faisons-nous ?

Il fit un pas, ouvrit les bras, la serra contre lui, couvrit de baisers son visage et la cascade de ses cheveux. Puis il commença de la dévêtir.

— Laissez, dit-elle. J'aime mieux faire ça toute seule. J'ai peur que vous fassiez sauter mes boutons.

— J'en serais bien capable.

Ils rirent un peu.

— Tu es belle, dit-il. Pardon : vous êtes belle… Êtes-vous contente que nous soyons mari et femme ?

— Je l'ai affirmé deux fois, devant le maire et devant le curé.

— Voulez-vous l'affirmer une troisième devant moi tout seul ?

— Je suis heureuse d'être votre femme.

— Je suis heureux d'être votre mari.

— Pourquoi ?

— Parce que je vous aime.

— Je vous aime aussi, n'en doutez pas. Et surtout, je *nous* aime.

— Que voulez-vous dire ?

— J'aime le couple que nous allons former. Il me paraît durable.

Elle s'écarta un peu, pour ajouter :

— Puis-je vous demander un petit service ?… De me prêter votre briquet.

— Mon briquet ?… Attendez que je le retrouve. Le voici. Vous savez vous en servir ?

Elle fit tourner la molette, une courte flamme jaillit. L'approchant de son visage, elle en fut étrangement éclairée par-dessous.

— Mais… fit-il, vous fumez ? Vous fumez le cigare ?

— Non, le cigarillo. Un diminutif.

— Vous ne m'aviez pas dit que…

— Dois-je vous demander la permission ?

— Non point. J'aurais quand même aimé savoir que vous avez… ce…

— Ce vice ?

— Cette habitude.

— Je ne vous ai pas révélé toutes mes habitudes. Tous mes vices. Vous m'en découvrirez d'autres. Vous êtes choqué ?

— C'est une habitude malsaine.

— Ne me prenez pas pour une de vos patientes. N'avez-vous pas aussi quelques vices cachés ?

— Sans doute. Sans doute.

— Par exemple ?

Il chercha. Finit par trouver :

— Je ronfle quelquefois la nuit, quand je suis couché sur le dos. Il faut que je dorme sur le côté droit.

Elle éclata encore de rire :

— Nous pourrons faire chambre à part !

Puis elle redevint sérieuse :

— S'il vous plaît, donnez-moi un cendrier. Ou une soucoupe.

Il regardait avec stupeur le point rouge du cigarillo. Il fallut bien dix minutes pour qu'elle le consumât. Il prit patience dans l'ombre, comme un fantôme noir.

Plus tard, il s'aperçut sans surprise que les baisers de sa jeune épouse avaient saveur de nicotine. Il n'eut pas de peine non plus à s'apercevoir qu'elle n'était pas vierge. « Et toi ? se dit-il (car il se tutoyait). Elle t'apporte sa jeunesse, sa beauté, son prestige, son élégance, ses relations parisiennes, son talent d'artiste. Tu lui apportes tes cinquante automnes, tes cheveux gris, tes rhumatismes, une profession absorbante et sans gloire. Y a-t-il équilibre des plateaux ? »

Ils venaient à peine de s'assoupir lorsque le premier coq chanta. En patois des Combrailles : « *Cacalaca !* » Puis c'en fut un second. Puis un troisième. Soudain, une avalanche de cris et de chansons dévala la grand-rue. Une bande de jeunes énergumènes bien informés, conduits par le garçon et la fille d'honneur, vint cogner à la porte de madame Baron, sûre de trouver les mariés au nid. À grand vacarme, ils gravirent les marches jusqu'à l'étage.

— Les voilà ! dit Sylvain. Impossible d'échapper à la tradition.

Poussant la porte, la troupe entra en se bousculant. Elle présenta au couple une crème d'œufs en neige dans un pot de chambre. Vierge, lui, pour ne pas avoir encore servi. La farce était sans doute un peu lourde ; mais elle offrait une juste image de la vie : pour en goûter le sucre, il faut souvent fermer les yeux.

Le troisième jour, les noces prirent fin. Les invités prirent congé. Hermine avait visité la maison du médecin au temps de leurs accordailles, elle en connaissait déjà chaque pièce, chaque meuble, chaque rideau.

— Je ne demande aucun changement, avait-elle conclu. Excepté que je veux un endroit pour moi seule, où je ferai ma peinture. Personne n'y sera reçu, pas même vous, sans ma permission. Je ne montre jamais aucun de mes tableaux tant qu'il n'est pas terminé.

— Accordé.

Elle y installa ses chevalets, ses toiles, ses palettes, ses pinceaux. Elle dut accepter la fréquentation quotidienne d'Isabelle et de Marinette, s'accommoder de leurs caractères et de leurs humeurs. Pour la première, ce fut facile ; des caresses, des baisers entre les oreilles eurent raison de sa réserve. La seconde exigea plus de patience ; elle avait toujours réglé les menus, les provisions, les lessives ; elle voulait bien écouter les conseils, mais n'en faisait en définitive qu'à sa tête. « Les conseils, dit-on en Auvergne, c'est comme l'eau à table : il ne faut les donner que si on vous les demande. »

Après quelques semaines d'apprentissage, la maisonnée fonctionna honorablement.

La France aussi faisait de son mieux pour bien fonctionner malgré la mutilation territoriale que lui avait imposée le traité de Francfort. Au mois d'août 1872, Justin Bréchard, frère d'Hermine, officier de chasseurs, rendit visite à son oncle, à sa sœur, à son beau-frère avant de partir pour l'Algérie. Il avait combattu à Sedan sous les ordres de Mac-Mahon, avait été livré aux Prussiens.

— Ils nous ont fait marcher trois jours sans nourriture. Puis enfermés dans des camps à Ars-Laquenexy. Seuls les civils, apitoyés, nous ont apporté un peu de pain. Les barbus, eux, s'étaient construit des baraquements confortables. Leurs femmes les avaient rejoints. Comme nous n'avions pas non plus de foin pour nos chevaux, nous les avons abattus et mangés.

Après six mois de misère, quelques milliers d'entre eux – dont lui-même – avaient été libérés sous promesse de ne pas combattre la Prusse. Ils avaient été transportés au camp de Satory, près de Versailles. Revêtus d'uniformes neufs, ils avaient été envoyés contre les communards. Justin prit dans ses bagages un souvenir de cette intervention : un tract répandu par les fédérés :

LE PEUPLE DE PARIS

AUX SOLDATS VERSAILLAIS FRÈRES

L'heure du grand combat des peuples contre leurs agresseurs est arrivée ! N'abandonnez pas la cause des travailleurs ! Unissez-vous au peuple dont vous faites partie ! Quittez vos rangs ! Entrez dans nos demeures ! Venez à nous au milieu de nos familles. Vous serez accueillis fraternellement et avec joie…

— Leurs tracts n'ont eu sur nous aucun effet. La plupart de nos hommes, d'ailleurs, ne savaient pas lire.

— Et maintenant, demanda Hermine, qu'allez-vous faire ?

— Je vais en Algérie soutenir l'honneur et la grandeur de la France.

Et apprendre aux Algériens la bonne façon de pisser.

8

Sahut ne connaissait pas grand-chose à la peinture. Il demanda à sa femme de lui donner des leçons afin de l'empêcher de dire des bêtises s'il avait l'occasion de s'exprimer.

— Le sujet est si vaste !

— Parlez-moi seulement des meilleurs peintres. Lequel mettez-vous au sommet de tous ? (Et comme elle semblait hésiter, il avança :) N'est-ce pas Léonard de Vinci, l'auteur de *La Joconde* ?

— Je n'aime pas *La Joconde.* C'est le portrait d'une femme sans personnalité, sans sourcils, sans élégance, sans expression. Le regard est vague, légèrement oblique. Le sourire n'a rien de mystérieux, il est seulement esquissé. N'importe quelle femme, n'importe quel homme a eu mille fois l'occasion de produire le même. La gorge est plate. Le fond du tableau, un paysage désordonné, ne vaut rien. Seules les mains sont intéressantes, par leur superposition, par le fuselé des doigts. On dit que le peintre travailla quatre ans à cet ouvrage. Qu'il se faisait accompagner de chanteurs, de musiciens, de bouffons, pendant qu'il peignait, afin d'entretenir le fameux sourire. Tant de besogne, tant de soins pour un résultat si ordinaire !

— Si vous n'appréciez pas *La Joconde*, quel portrait placeriez-vous au-dessus du sien ?

— Suivez-moi.

Par faveur exceptionnelle, elle l'introduisit dans son atelier. Un chevalet était en place au milieu de la pièce. Elle releva un voile qui pendait par-derrière, et le recouvrit. Regardant autour de lui, il vit que les murs étaient tapissés de toiles non encadrées représentant des portraits et des fleurs.

— Vous avez peint tout ça ?… Quelles merveilles !

— Non. Ce sont des copies que j'ai faites dans les musées. La meilleure façon de recevoir l'enseignement d'un maître, c'est de le copier. En essayant d'être fidèle jusqu'à ses défauts. Ainsi, celui-là, le reconnaissez-vous ?

Il se pencha jusqu'à toucher la toile du nez.

— Ne cherchez pas, il n'y a pas de signature. Édouard Manet : *Le Bon Bock*. Prenez de la distance. Observez d'un peu loin.

Il s'éloigna, les yeux écarquillés, muet d'une docile admiration. Le buveur de bière sortait de la toile comme s'il eût été vivant. Avec sa bedaine contenue par un gilet à six boutons ; sa lavallière sous la barbe noire ; ses deux moustaches pendantes, séparées par un intervalle triangulaire ; ses joues et son nez couleur tomate ; son regard vide ; la pipe de terre d'où montait un nuage ; la main gauche fermée sur la chope demi-pleine, blanchie de mousse. Et sur tout cela un air de satisfaction complète, celui d'un homme sans problèmes de santé, d'argent, de nourriture ni de philosophie, qui trouve son entier bonheur dans la bière et le tabac.

— Est-ce que c'est beau ? demanda-t-elle.

— Je ne sais pas si c'est beau ; mais c'est vrai.

— Voyez-vous la différence avec *La Joconde* ? Ici, on est devant une personne authentique, pas devant une abstraction. Édouard Manet a pourtant été longtemps refusé dans les Salons. Les membres des jurys avaient de la cire dans les yeux. Aujourd'hui, on commence à l'admettre. Oublierez-vous jamais ce *Bon Bock* ?

— Je ne crois pas.

— *Manet alta mente repostum.*

— J'ai fait un peu de latin, jadis, à Volvic. Mais j'en ai oublié beaucoup.

— « Le souvenir est caché dans les profondeurs de l'esprit[1]. »

Sylvain ne savait pas qu'il avait épousé une latiniste. Encore un vice découvert. Puisqu'on était dans le domaine du portrait, Hermine lui présenta ensuite une collection de grandes feuilles où elle avait copié au fusain, au crayon, à la sanguine, d'autres œuvres de maîtres.

— Le plus grand du XVIe siècle : François Clouet. Il s'était mis au service de François Ier comme valet de chambre et factotum. On l'employait à peindre les portes, à décorer les carrosses, à fabriquer des bannières. À temps perdu, il mit sur papier les visages de toute la cour, hommes, femmes, enfants. Il n'y manque pas un sourcil, pas un cheveu, pas un poil de barbe.

Après Clouet, défilèrent Largillière, Coypel, Quentin de La Tour, Gros, Ingres, Courbet, Corot, Millet. Quelques peintres de fleurs : Cézanne, Berthe Morisot.

— Il y a cet avantage à peindre des fleurs qu'on n'est pas tenu à une parfaite ressemblance.

— Et vos propres peintures, quand me les montrerez-vous ?

— Plus tard.

Ainsi, chaque jour, Sylvain recevait des leçons d'art et d'esthétique, corrigeait ce qu'il croyait savoir, apprenait ce qu'il ignorait.

1. Virgile, *Enéide*.

Pendant qu'Hermine peignait, Marinette préparait les repas, Sylvain battait la campagne pour soigner ses patients. Parfois, il rapportait une brassée de coquelicots ou de centaurées, disant :

— Vous pourrez peindre ces fleurs si elles vous inspirent.

Elle les emportait dans son atelier, les ranimait dans un vase. Il n'en recevait plus de nouvelles.

Le soir, après souper, ils se mettaient à la saison chaude sur le balcon de l'étage et regardaient le soleil consumer ses derniers feux d'artifice. À la saison froide, ils restaient devant la cheminée, les pieds tendus vers les tisons. C'était le moment des confidences. Il racontait ses années d'écureuil à Volvic, son idiosyncrasie, ses études à l'Hôtel-Dieu. Il osa parler de sœur Apolline, dont il s'était écarté pour des raisons chrétiennes. Elle en rit aux éclats. Elle se montrait friande d'histoires scabreuses.

— Je me doute bien que vous n'êtes pas arrivé au mariage à l'état de puceau. Racontez-moi comment vous avez perdu votre niaiserie.

— Ma quoi ?

— Votre virginité.

Il se passa la main sur le front, comme pour épousseter des souvenirs très anciens.

— Vous y tenez vraiment ?

— Cela m'amusera.

— Je n'ai pas marqué ce jour-là d'une pierre blanche. Cela eut lieu, sauf erreur, à Clermont, dans le quartier appelé « fond de Jaude », fréquenté par les filles publiques dites « rouleuses ». On les reconnaissait à leurs hauts talons, à leur poitrine volumineuse soulevée par le corset, au rouge violent dont elles se peignaient les lèvres et les joues. La plupart de ces dames étaient soutenues par des sous-officiers qui arrondissaient leur solde avec les revenus qu'elles leur procuraient. Je me suis donc un jour laissé prendre aux sollicitations d'une de ces professionnelles. Elle m'a pris par la main, m'a recommandé de fermer les yeux pour ne pas voir où j'étais, m'a emmené dans sa chambre, un taudis innommable. « Reste les yeux fermés. Je parie que c'est la première fois ? – Oui, madame. – N'aie pas peur, mon mignon, tout se passera bien. Je m'occupe de tout. » En effet, la cérémonie s'est bien déroulée. À son terme, elle m'a demandé dix francs. Je n'ai pu lui en donner que six. « Ça ira comme ça. Ce n'est pas tous les jours que… Je te souhaite de trouver plus tard une femme que tu aimeras et qui te rendra heureux. »

Il conclut :

— Je l'ai trouvée.

De nouveau, Hermine éclata de rire. Avant de lui décocher sur les joues deux baisers sonores. Il demanda qu'à son tour elle lui accordât des confidences. Elle se fit prier :

— C'est comme au confessionnal ?

— Il faut bien que nous apprenions à nous connaître. Parlez-moi de tous ces hommes importants que vous avez rencontrés. Si vous voulez, de celui que vous admirez le plus, Édouard Manet.

— J'ai été son élève. Adolescent, il voulait être marin. Il traversa les océans jusqu'au Brésil. Mais à son retour, il se fit admettre dans l'atelier de Thomas Couture, l'auteur de *La Soif de l'or.* Vous connaissez ?

— Heu…

— C'est Couture qui lui donna le goût du portrait. Mais Édouard avait trop d'âme pour se plier complètement au goût d'un autre. Quand je l'ai connu, il avait déjà scandalisé la critique officielle par le choix de ses sujets, par l'emploi de couleurs très sobres, sans nuances, sans le fameux *sfumato* qu'avait imposé, quatre siècles plus tôt, Léonard de Vinci.

Elle aspira une goulée d'air, avant de lâcher ce complément :

— Oui, j'ai été son élève. Mais aussi son modèle.

— Qu'entendez-vous par modèle ?

— J'ai posé pour lui.

— Posé… toute nue ?

— Quelquefois.

Il baissa le front, pour mieux digérer cette révélation. Puis, ayant considéré que ce détail ne le concernait point, il releva la tête, tandis qu'elle ajoutait :

— Vous connaissez son *Déjeuner sur l'herbe* qu'il présenta au Salon des refusés, en 1863 ?

— J'en ai vu des reproductions.

— Il avait emprunté le titre à Watteau. On y voit deux jeunes hommes barbus – l'un d'eux est Manet lui-même – en conversation, sous les arbres, bien vêtus, bien cravatés. Tout à fait réels. Au premier plan, regardant ailleurs, une femme assise, un genou levé, le visage appuyé sur sa main. Détail scandaleux : cette femme est nue. Ce qui n'a pas l'air de troubler les deux bonshommes. Et c'est moi qui ai servi de modèle.

— Sur l'herbe ?… Vous êtes allée vous mettre nue sur l'herbe ?

— Pas du tout. L'ensemble est une composition entièrement peinte dans l'atelier. Ma nudité et l'indifférence des hommes cravatés ont d'ailleurs une signification philosophique. Une telle situation n'est pas vraie. La femme est le sujet de la conversation, mais elle représente ce que vous voulez : la légende, la vérité, l'inspiration, la paix, la lumière. Contrairement aux personnages masculins, ce n'est pas une femme de chair. La preuve : elle n'a pas les fesses plates.

— Les fesses plates ? Que voulez-vous dire ?

— Assise par terre, elle devrait avoir les fesses aplaties par son propre poids. Or les fesses sont rondes, comme si elle ne touchait pas le sol, comme si elle flottait dans l'air.

Il demanda si elle avait fait une copie de ce tableau. Et sur une réponse négative :

— Où peut-on le voir ?

— Chez lui. Mais un jour il sera au Louvre.

— Puis-je poser une dernière question, très indiscrète ?

— Je vous écoute.

— Avez-vous été la maîtresse d'Édouard Manet ?

Elle prit le temps d'allumer un cigarillo, d'envoyer sa fumée vers le plafond pendant plusieurs minutes. Elle daigna enfin répondre :

— Oui, naturellement, j'ai été la maîtresse d'Édouard Manet. Maître pour maîtresse. Et aussi de Corot, de Claude Monet, de Courbet, de Cézanne. Je crois bien l'avoir été, sauf erreur, également de Léonard de Vinci.

— Vous vous moquez de moi. Je ne crois pas un nom de toute cette liste.

— Croyez ce que vous voudrez.

Après un long silence épaissi de ténèbres, changeant de sujet, il demanda à Hermine de lui parler de ses père et mère, dont il ne savait rien, sauf qu'ils étaient l'un et l'autre décédés. Il apprit qu'ils appartenaient à la moyenne bourgeoisie, lui magistrat, elle fille de commerçants aisés ; qu'ils lui avaient fait donner une éducation irréprochable chez les Ursulines de Versailles. Si parfaite qu'elle s'en était dégoûtée pour se tourner vers la peinture. Les deux parents étaient partis la même année, peut-être de chagrin, sans doute de maladie, laissant un petit héritage à partager avec son frère Justin.

— À présent, conclut-elle, nous savons tout l'un de l'autre.

Six mois après leur mariage, Hermine consentit à montrer à son conjoint la toile qu'elle était en train de peindre. Il s'attendait, au lever du rideau, à voir un bouquet de fleurs, il découvrit un portrait. Et quel portrait ? Le sien. Tout d'abord, il ne reconnut pas ce visage rougeaud, ce chapeau-tromblon, ces moustaches dont il s'était affublé, jeune médecin, pour se vieillir, et dont il ne pouvait plus se débarrasser, elles faisaient partie de ses titres, comme le diplôme encadré ; ce faux col roidement empesé, qui obligeait à lever le menton, et que les petites gens appelaient « col à manger de la tarte » ; cette jaquette grise ; ce gilet prince-de-galles à sept boutons ; ces poches sous les yeux ; ces sourcils séparés par deux rides verticales et parallèles, à force d'être froncés dans l'examen des malades ; ce regard qui semblait chercher au loin quelque chose, un secours peut-être.

— Qui est-ce ? demanda-t-il, faisant l'âne pour avoir du foin.

— Comment ? Manque-t-il à ce point de ressemblance ?

— Je plaisantais, je me suis bien reconnu, se corrigea-t-il, craignant d'humilier l'artiste.

— Il est vrai que je n'y ai pas encore mis la dernière touche.

— Mais comment avez-vous pu, sans me demander jamais de poser ? C'est un exploit remarquable. Vous m'avez dit que Léonard travailla quatre ans à sa *Joconde*. Et vous, après seulement six mois… !

— Je n'ai pas eu besoin de vous faire poser. Je vous vois tous les jours, ou du moins tous les matins et la plupart des soirées. Cela s'appelle peindre de chic, c'est-à-dire de mémoire.

— Avez-vous fait d'autres portraits ?

— Des douzaines.

— Où sont-ils ?

— Je les ai vendus. Parfois donnés.

— À qui ?

— Généralement aux personnes que j'avais représentées. Ou à d'autres. Je ne suis pas un peintre connu. Mes toiles n'ont qu'une faible valeur marchande. Si vous voulez bien me reconnaître quelque talent, attribuez-moi celui-ci : j'ai le talent d'arriver un jour à la vieillesse sans avoir su gagner de l'argent.

Il faillit dire : « Vous n'en avez pas besoin, puisque je me suis engagé à pourvoir à toutes vos nécessités. » Il s'abstint, pour conclure qu'il lui manquait surtout l'art de se faire valoir.

— Si j'avais cherché à me faire valoir, je ne serais pas venue en Auvergne.

Elle acheva son cigarillo. Quand il n'en resta que le dernier bout, elle proposa d'authentifier la ressemblance du portrait par un témoignage irréfutable.

— Comment ?

— Écartez-vous. Cachez-vous derrière ce paravent. Vous pourrez tout voir sans être vu.

Elle disposa le tableau sur le plancher, vertical, appuyé à un pied de chaise. Puis elle alla chercher Isabelle, la rapporta serrée contre son cœur. Après quelques caresses, elle la mit aussi par terre, orientée vers la toile. Ennuyée de cette dépose, la chatte resta un moment dans l'incertitude, immobile, remuant à peine la queue. Elle finit quand même par remarquer le portrait. La queue se mit à osciller de plaisir. Isabelle avança précautionneusement, atteignit la figure de son maître, se frotta contre elle en ronronnant. La ressemblance était démontrée.

— Un jour, promit Hermine, je ferai un portrait de vous qui ne vous ressemblera pas.

Elle eut sa période florale. Il ne lui convenait pas de représenter les fleurs que son mari lui apportait ; elle voulait les choisir elle-même. Cela l'amenait à faire de longues promenades autour de Saint-Gervais. Elle en revenait avec des brassées de primevères, d'œillets, de marguerites, suivant la saison. Et même des branches de sapin, dont les cônes ressemblaient à des saucisses. Tout cela était transfiguré sur ses toiles. Elle consentit à en décorer les murs de la maison, qui, en fin de compte, eut l'air d'un jardin fleuri.

Si elle disait non, il disait non. Si elle disait oui, il disait oui. Telle était la politique de Sylvain pour qu'il n'y eût jamais entre eux de différend. Ou s'il s'en produisait un, il était minuscule et sans conséquence. Tel celui des mites.

De temps en temps, un minuscule papillon entrait par la fenêtre au moment d'un repas.

— Saleté de *parpalhou* ! s'écriait Marinette.

Sahut se levait, poursuivait l'insecte, l'aplatissait entre ses paumes. Voici qu'Hermine s'y opposa :

— Laissez, je m'en charge.

À son tour, elle le poursuivait, le capturait d'une seule main, le transportait à l'extérieur, le rendait à l'air et aux vents, avec cette explication :

— Il a bien le droit de vivre.

— Mais c'est une mite ! Les mites nous mangent la laine !

— C'est une petite vie que je sauvegarde. Votre rôle à vous, les médecins, est bien de secourir et de protéger la vie ?

— Pas celle des mites. Ni des mouches. Ni des rats. Ni d'aucun animal nuisible.

— Quel dommage peut commettre une seule mite ?

— Une seule, sans doute. Mais si vous lui rendez la liberté, elle informera ses compagnes que la maison Sahut est accueillante. Et beaucoup viendront nous rendre visite.

— Beaucoup d'hommes aussi sont nuisibles. Est-ce une raison pour tous les tuer ?

Il capitulait.

9

Le nouveau régime évoluait à petits pas. À l'Assemblée nationale, le parti républicain et le monarchiste s'équilibraient sensiblement. De sorte que la France ne savait pas si elle allait redevenir légitimiste, orléaniste, bonapartiste, ou se coiffer du bonnet républicain. Celui-ci lui fut imposé, par inadvertance, suite à l'amendement Wallon voté le 30 janvier 1875 par 359 voix contre 352 : « Le président de la République est élu par le Sénat et la Chambre des députés… »

Vint ensuite le gouvernement des Jules : Jules Dufaure, Jules Simon, Jules Ferry, Jules Cazot, Jules Grévy… L'Auvergnat Eugène Rouher, qui s'était réfugié chez les Anglais en compagnie de l'impératrice Eugénie, repassa la Manche avec l'espoir de défendre toujours la cause de l'Empire. Un député corse donna sa démission afin de lui laisser une place à la Chambre. Le gouvernement attendit cinq mois pour procéder à l'élection complémentaire. L'île se montrait fort agitée. Des navires furent envoyés devant Ajaccio, en prévision d'un mouvement séparatiste. Rouher enfin fut élu par les bonapartistes insulaires. Une caricature représenta la métamorphose du *signor Rouhero* en bandit d'honneur avec tromblon, poignard à la ceinture, tandis qu'un de ses frères auvergnats, Fratro Fouchtrato, commentait :

« Ah ! Fouchtri ! Mon bon mochieu Rouhet, c'est cha un ajuchtement réuchi ! Il n'y a pas une faute de commije ! »

Les Auvergnats d'Auvergne s'en soucièrent comme d'une noisette.

Sahut continuait de soigner les malades du canton. Son concurrent, le vieux Sauret, avait cassé sa pipe. Les médecins meurent généralement assez jeunes car ils sont en contact avec toutes les misères des autres. C'est pourquoi Sylvain, autant qu'il le pouvait, appliquait la grande pensée pasteurienne : ne pas serrer des mains inutiles, laver les siennes à l'eau de Javel après chaque auscultation. Ainsi combattait-il l'action des « corpuscules malfaisants » auxquels le chirurgien Sédillot venait de donner l'appellation de microbes.

Ses consultations le retenaient le matin dans son cabinet. Vers midi, si possible, il honorait la cuisine de Marinette. Toujours riche de lard, d'œufs, de pommes de terre, de lait caillé, comme ce *cantamerlou* dans lequel on entendait chanter un merle quand il grésillait dans la poêle. Entre deux plats, Sahut conversait avec Hermine, musique, peinture ou politique. (Elle s'était abonnée au *Moniteur du Puy-de-Dôme*, précédemment fidèle bonapartiste, devenu fidèle républicain, qui lui apportait des nouvelles locales, nationales, internationales.) Au terme du dîner, il s'autorisait un petit verre de cognac qui lui remplissait l'estomac d'effluves sylvestres, et entamait une courte sieste, pendant que madame retournait à ses pinceaux. Souvent la main de Marinette sur son épaule le réveillait :

— Monsieur, vous avez trois personnes qui viennent vous chercher.

Rien que des cas d'urgence. Une « rysipèle » de la grand-mère, qui n'arrêtait pas de se gratter :

— Ça la *goule* ! Ça la *goule* ! (Ça la dévore.) Elle en perd la tête.

Des vomissements de la dernière-née. Une toux persistante du papa :

— Il *rafète* tout le temps ! Tout le temps, il *rafète* ! (Il a des quintes incessantes.)

Il chaussait les bottes, coiffait le tromblon, partait en selle. Après l'examen de la grand-mère ou du papa, il rendait visite aux maisons voisines, cherchait des malades qui s'ignoraient. Il partageait la soupe qu'on lui offrait, hors paiement. Il rentrait à la nuit noire sur Marquise qui faisait ploc-ploc. Il refusait la soupe de Marinette :

— Merci, j'en ai déjà mangé une. Je meurs de fatigue. Je vais me coucher.

Il déposait un baiser tiède sur le front d'Hermine et montait à l'étage. La nuit n'était pas toujours une protection contre les urgences. L'histoire retiendra le cas de ce petit garçon qui, arrivé à minuit devant la maison de Sahut sans lumière visible, ne sut comment faire pour appeler le médecin. À force de tâtonner, il trouva la patte de lion du heurtoir, la manœuvra doucement, produisant des toc-toc imperceptibles. Une fenêtre s'ouvrit quand même, après dix minutes. Parut Sylvain en bonnet de nuit.

— Qu'est-ce qu'il y a ? Qui êtes-vous ?

— Je suis Toinou Martin, de Mayet.

— Depuis quand es-tu là ?

— Un bon moment, pour sûr, un bon moment.

— Pourquoi n'as-tu pas cogné plus fort ?

— J'avais peur de vous réveiller.

— Voilà qui est fait. Que me veux-tu ?

— C'est pour le vieux tonton. Quand je suis parti, il faisait hâââ-hâââ. Je crois bien qu'il est près de passer.

— Hé ! Il sera donc mort à présent. Plus besoin que je me dérange.

— Pas du tout, monsieur le médecin. La maman a promis qu'elle l'amuserait jusqu'à ce que je vous ramène.

Adieu rêves, adieu douceur des draps. Sylvain allait s'occuper du vieux tonton. Il revenait aux petites heures, puant la sueur et le cheval. Hermine se tenait à distance. Précaution inutile : il n'était pas homme à la solliciter dans ces circonstances.

Leurs humeurs s'accordaient rarement. Quoiqu'il fût, au milieu de la cinquantaine, capable de procréer, il n'imaginait pas maintenant la présence d'un enfant entre sa femme et lui. La fréquentation des maladies, la misère des paysans et des ouvriers, les guerres, les famines lui inspiraient une philosophie toute proche de celle que préconisait l'Anglais Malthus un demi-siècle plus tôt : il y a sur la terre trop de bouches affamées, pas assez de nourriture, pas assez de travail pour les satisfaire. Avec en plus cette pensée que les pères et les mères font des enfants pour être secourus d'eux au temps de la vieillesse, non pour le bonheur de ces innocents condamnés à la souffrance et à la mort dès leur premier jour. « Heureux qui ne fut jamais ! » disaient les ancêtres. Il ne s'inquiétait donc plus de voir leur mariage stérile et laissait les choses aller leur train. Aussi se tournait-il sur le côté droit et s'endormait-il près d'Hermine tranquillement.

Une fois par semaine, néanmoins, par politesse, il accomplissait le devoir conjugal. Sans oublier les recommandations que leur impartissait à l'École de médecine le professeur Lavort :

— L'acte conjugal constitue chez l'homme et chez la femme une fatigue pour les nerfs et les organes internes, et donne lieu à des phénomènes électriques. Voilà pourquoi son abus est grandement dangereux. Il a des répercussions sur les facultés intellectuelles, la durée de la vie, la guérison retardée des maladies chroniques. Cela peut produire des enfants tarés et des infections innombrables. Ainsi, un manque de retenue chez la femme transforme ledit acte en bestialité. La pudeur est le signe d'un niveau psychique élevé ; celle qui ne la possède pas appartient à une catégorie inférieure. Malheureusement, nous constatons souvent des relations purement animales, dépourvues de tout sentiment. Rien ne détruit plus vite l'harmonie d'un couple et le respect que les deux époux doivent se porter que l'abus des rapports sexuels.

En conséquence, lorsqu'il lui arrivait de remarquer chez sa femme, près de lui, une certaine agitation, une fois sur deux il lui tournait le dos. Il attribuait ces appels aux mauvaises habitudes qu'elle avait contractées dans sa vie parisienne.

La Constitution de 1875 amena à la tête de la République un étrange président : Mac-Mahon, le vaincu de Sedan, le vainqueur de la Commune, le successeur de Thiers, le défenseur attardé du bonapartisme. En 1877, après une tentative de coup d'État ratée, il dut se soumettre à un vote républicain auquel participa Agénor Bardoux. Dans le ministère qui suivit, ce député du Puy-de-Dôme obtint le portefeuille de l'Instruction publique, du Culte et des Beaux-Arts. De mauvaises langues racontaient qu'en tant que tel, il avait un jour reçu la visite de Gustave Flaubert, son ami :

— Mon cher Bardoux, je viens vous demander un service. Voici un jeune homme qui a beaucoup de talent et peu d'argent. Pourriez-vous lui trouver une petite place dans vos bureaux qui lui laissât suffisamment de loisir pour écrire ? Il porte un joli nom : Guy de Maupassant.

Le ministre fit le nécessaire. Comme c'était son rôle, il protégeait les Arts et les Lettres. Quand il n'avait à distribuer ni place ni soutien financier, il accordait les décorations à pleines mains. Une plaisanterie courait : « Quand vous passez dans la rue de monsieur Bardoux, il est prudent d'ouvrir votre parapluie si vous ne tenez pas à recevoir les Palmes académiques ou la Légion d'honneur sur la tête. »

Sylvain Sahut descendait rarement à Clermont et ne courait pas ce risque. Il occupait ses loisirs à promener sa femme en cabriolet, à lui faire visiter les curiosités naturelles de la région, Châteauneuf et ses sources, la vallée de la Sioule, les ruines de la chartreuse du Port-Sainte-Marie, le gour de Tazenat, un lac établi dans un cratère volcanique.

Jusqu'à ce jour de la mi-septembre où elle lui fit cette révélation :

— Je ne peux plus supporter les cahots de la voiture, j'attends un enfant. Inutile de répandre la chose dans tout Saint-Gervais. Âgée de quarante et un ans, est-ce que je conduirai cette grossesse à son terme ? Est-ce que notre fils ou notre fille sera viable et normal ? Mon état doit rester un secret entre nous aussi longtemps que possible.

La nouvelle combla Sylvain d'un salmis de sentiments, joie et crainte mélangées. En qualité de médecin, il proposa à sa femme de l'examiner pour confirmer ou non la grossesse.

— Je n'ai pas besoin de confirmation. Me prenez-vous pour une paysanne arriérée ? Je suis sûre de ce que j'avance. Vous m'ausculterez plus tard, dans quelques mois. Pour l'instant, je n'ai besoin que de tranquillité. Et même de chasteté, si vous voyez ce que je veux dire. Nous n'aurons plus de rapports jusqu'à la naissance. Vous n'en éprouverez pas, d'ailleurs, un fort sentiment de frustration.

Il sourit sans répondre. Isabelle, informée de l'événement, remua la queue. Marinette s'en montra ravie.

— Cela va donner un coup de jeunesse à monsieur Sahut.

— Je ne suis pas si vieux que vous pensez. N'a-t-on jamais vu un homme devenir père de famille à cinquante-six ans ? Cet enfant, avec l'aide du Ciel, j'espère vivre assez longtemps pour le conduire à sa majorité.

Avec Hermine, Marinette aborda un sujet qui lui tenait à cœur : elle se disait capable d'orienter le sexe du petit suivant la nourriture et les activités de la mère future. Ayant eu elle-même neuf marmots, elle jouissait d'une grande expérience dans ce domaine.

— Si vous souhaitez une fille, regardez-vous souvent dans la glace. Faites de la dentelle, du tricot, des raccommodages. Mangez des laitages et des fruits. À l'église, faites brûler un cierge en cire d'abeille. Si vous souhaitez un garçon, regardez souvent votre mari. Faites des promenades. Cassez du bois. Nourrissez-vous de viandes, buvez un peu de vin. Brûlez un cierge de suif.

À quoi madame Sahut répondait qu'elle n'avait pas de préférence ; qu'elle prendrait avec un égal bonheur ce que Dieu lui enverrait ; qu'elle ne brûlerait aucun cierge ; que tout le temps de sa grossesse, elle mènerait la même vie qu'auparavant. Et en effet, chaque après-dînée, elle partait battre la campagne de son côté ; elle en rapportait des fleurs et des branches.

À son exemple, Sylvain ne changeait rien à ses occupations. À pied, en calèche ou à cheval. Encouragé à bien profiter de cette période sans concurrence, puisque aucun médecin ne venait s'intéresser à prendre la place de monsieur Sauret.

— Vous ne devriez pas vous démener comme ça, soulignait Marinette.

— Un jour, je me reposerai. Il faut bien que je prépare l'avenir de mon fils ou de ma fille.

10

Josué Besserve s'était établi à la lisière des bois de la Villatelle, au-delà du château homonyme, afin d'y jouir d'une parfaite tranquillité. N'ayant souvent d'autre conversation qu'avec les merles et les loriots, dont il imitait les roulades à la perfection, si bien que ces oiseaux s'y laissaient prendre et lui répondaient du tac au tac. Il avait bâti lui-même sa demeure, une sorte d'isba faite de rondins superposés. Elle comprenait trois pièces, une cuisine-chambre, un atelier et ce qu'il appelait pompeusement le salon, où il se retirait pour se reposer, pour lire, les pieds sur le dossier d'une chaise, éventuellement pour recevoir un client ou un visiteur. Josué Besserve, homme des bois et des gazouillis, exerçait la subtile profession de facteur de vielles.

Cet instrument de musique, de préférence à la cornemuse et au violon, faisait danser la population des Combrailles et de la basse Auvergne, après avoir, sous Henri III, sous Louis XV, joui d'une grande vogue dans les milieux huppés. Après la Révolution, elle s'était perdue, excepté dans les campagnes parce qu'elle est d'un doigté facile et net ; les sons qu'elle produit n'ont pas ce tremblé de la cornemuse (ou cabrette) ni cette approximation du violon des violoneux. En fait, la vielle est un violon qu'on tient couché sur les genoux. Ses cordes sont aussi en boyau de chat, fixées au cordier de la partie droite, enroulées aux chevilles de la partie gauche. La caisse de résonance, hémisphérique, avoisine plutôt celle de la guitare. Au lieu de l'archet, les cordes sont frottées par une roue enduite de colophane, que la dextre du musicien met en mouvement par une petite manivelle ayant la forme d'un *S* majuscule. Au lieu de quatre, la vielle en a six : deux aiguës, les chanterelles ; une moyenne, la trompette ; une demi-grave, la mouche ; les deux dernières, petit bourdon et grand bourdon, produisent toujours la même note, qui correspond au *sol* dominant de la gamme de *do*, et accompagnent de leur bourdonnement n'importe quelle mélodie. Celle-ci est déterminée par un clavier d'ivoire et d'ébène comparable à celui du clavecin exploité par la main gauche. Un peu guitare, un peu violon, un peu clavecin, la vielle est aussi un peu masque, vu qu'au-delà des chevilles, le manche se termine par une tête humaine de caricature, sculptée par le facteur, qui s'y représente lui-même ou tout autre figure à son gré.

Quand on avait l'honneur d'entrer chez Josué Besserve, il expliquait, s'il le voulait bien, les quatorze sortes de bois employées à sa fabrication, tant d'Auvergne que des îles ; les différentes colles ; les matières nobles, bronze, nacre, argent. Au plafond de son atelier étaient suspendues des vielles en cours de séchage qu'au premier coup d'œil on prenait pour des jambons. Après sa dissertation, le facteur devenait vielleux. Il vissait ou dévissait les sillets pour régler les six cordes. Et tout à coup, c'était un déluge de notes où l'on pouvait reconnaître les airs traditionnels. Ou des cantiques. Ou des chansons récentes : *Le Temps des cerises, La Marseillaise, Le Pantalon de Timoléon.*

Quand il lui plaisait, Besserve grattait quelque chose dans son instrument, coupait le gni-gnan-gnan des deux bourdons ; et soudain la vielle devenait violon. *Romance en fa*, de Beethoven, *Poème d'avril*, de Massenet, *La Mort du cygne*, de Saint-Saëns. À de si pures sonorités, le visiteur en perdait le souffle, il n'en croyait plus ni ses yeux ni ses oreilles. Entre les doigts de ce magimusicien, la vielle se révélait ce qu'elle était : un instrument capable du plus ordinaire comme du plus sublime.

Le facteur n'était pas non plus un homme commun. Les cheveux blond-gris, les yeux bleus, les dents d'ivoire comme ses claviers. La voix creuse comme ses bourdons. Venu de la bourgeoisie riomoise, il avait échappé à l'avocature pour mener, à travers l'Europe, une vie de bohème. En Italie, il avait travaillé chez Omobono à Crémone, y apprenant le métier de luthier. Mais au bout de peu de temps, tenaillé par son peu de patience, affligé par ses gros doigts, il avait renoncé à faire du violon, s'était rabattu sur la vielle. Rentré en France, il avait été emprisonné par la police bonapartiste pour avoir chanté dans un cabaret :

Badingue, Badingue,
Assez de ce bastringue !
Fils de pute et de chien,
Retourne d'où tu viens...

Il était resté à l'ombre sept ans. En était ressorti purgé de toute opinion politique. Revenu dans le Puy-de-Dôme, établi dans le bois de la Villatelle, il approvisionnait maintenant en vielles tous les amateurs de l'Auvergne basse. Si on les lui commandait assez tôt, il fabriquait même, de temps en temps, des cornemuses avec porte-vent[1] ou des cabrettes avec soufflet. Derrière son isba, il lisait les *Confessions*, de saint Augustin, de Jean-Jacques Rousseau ou d'*Un Anglais mangeur d'opium*, par Thomas De Quincey.

Ce jour-là, se promenant du côté de la Villatelle, Hermine Sahut crut rêver. Ayant dépassé le château de quelques pas dans la nudité de la route et de la campagne, elle perçut la plus inattendue des musiques, le chant d'un violon. Elle resta interdite. Elle reconnut ce *Lied* de Schubert, *A la mer*, qu'elle avait entendu jadis dans les salons parisiens parce qu'il est à la portée de tout bon exécutant : « La mer brillait au loin dans un dernier rayon du jour… » Mais que faisait ce *Lied* tombé du ciel sur les sapins de la Villatelle ? Qui avait l'audace de présenter Schubert à ce désert d'hommes ?

Suivant le fil du son, elle parvint à l'isba de Josué Besserve. À cause de la chaleur du temps, il jouait la porte ouverte, assis sur une chaise, pour le seul plaisir des musaraignes et des merles. Entre l'instrument et ses genoux, il s'était précautionné d'un de ces petits tapis de prière dont se servent les musulmans. Quand l'ombre d'Hermine se profila devant lui, il arrêta le mouvement de la manivelle, le chant tomba en friche. Un long moment, tous deux se regardèrent.

— Pardon de vous déranger, finit-elle par dire. J'ai cru entendre le violon de Paganini. Et je tombe sur une vielle !

Sans répondre autrement, l'homme reprit son jeu, la main gauche au clavier, la droite à la manivelle. Et ce fut un nouvel enchantement.

— Me permettez-vous d'entrer ? demanda-t-elle.

1. Tuyau servant à gonfler la poche.

— Je vous en prie.

Levant les yeux, elle vit tous ces jambons suspendus. Josué fournit les explications nécessaires : les bois, les métaux, les cordes.

— Qui vous a appris ce métier ?

— Des Italiens de Crémone, les successeurs d'Omobono, qui lui-même avait continué Stradivarius.

— Est-ce que vous donnez des concerts ?

— Oui. Aux oiseaux, aux hérissons.

Ainsi, entre Hermine et Josué, commença une amitié qui devait s'approfondir de jour en jour. Tantôt il se faisait vielleux, et tantôt violoniste. Chacun racontait à l'autre ce qu'il avait vécu. Exposait ses goûts et ses dégoûts, ses richesses et ses déceptions. Évitant de poser des questions indiscrètes. Elle sut, tout de même, qu'il ne s'était jamais marié, qu'il vivait sans femme depuis trois ans, qu'il avait chassé la dernière parce qu'elle le volait. Il sut qu'elle avait connu Édouard Manet et bien d'autres peintres et que, lasse de la vie parisienne, elle s'était réfugiée en Auvergne où elle avait épousé un officier de santé.

— Il a pris dix kilos en six ans, parce qu'il est mieux nourri.

Ces entretiens se poursuivirent des semaines. Avec ou sans accompagnement de violon.

Lorsque Sylvain, comprenant que sa femme ne dormait point, osait avancer une main vers elle, Hermine avait un tressaillement comme s'il l'avait mordue.

— Avez-vous oublié que je suis grosse ?

Et lui de bafouiller :

— Justement, je... je désirais me rendre compte à quel point... C'est le médecin, non le mari, qui désirait vous toucher.

— Ce n'est pas nécessaire.

Il se tournait sur le côté droit, faisait effort pour s'endormir.

Maintes femmes enceintes venaient le consulter, soumettant leur ventre et l'enfant qu'elles portaient à son stéthoscope. Une seule s'y refusait : son épouse légitime. Sa taille prenait peu d'épaisseur. À quatre mois, il y paraissait à peine. Il est vrai qu'elle la dissimulait sous des robes flottantes, comme le printemps le permettait. Sahut compta sur ses doigts que l'enfant naîtrait à la mi-juin de 1879.

Au mois de mai, l'enflure fut visible. La future mère refusait toujours de se laisser examiner. Le futur père s'entretenait parfois de cette étrange situation avec monsieur Bréchard, l'oncle d'Hermine. Mais ce dernier souffrait d'une grave hépatite compliquée de jaunisse et d'amaigrissement. Le 20 mai, l'agent voyer rendit son âme à Dieu. Tout Saint-Gervais accompagna sa dépouille à l'église et au cimetière. Y compris madame Sahut et son bedon, qui acceptèrent, pour une fois, le soutien du médecin. Chacun put voir le visage d'Hermine inondé de larmes.

Puis les choses reprirent leur routine. Contrairement à l'usage, Hermine ne faisait aucune préparation pour accueillir l'enfant : pas de langes, pas de bonnets, pas de drapeaux.

À partir du 12 juin, Sylvain se mit à compter les jours. Rien le 13, rien le 14, rien le 15. Le marmot ne se décidait pas à mettre le nez à la fenêtre. Rien le 16. Rien le 17. Rien le 18. Le futur père osa poser une question :

— Ressentez-vous des douleurs ?

— De temps en temps.

— Avez-vous fait les eaux ?

— Pas encore.

Rien le 19.

Le 20, tout s'éclaira. Hermine prit son mari par le coude, le conduisit dans la chambre matrimoniale. Elle écarta les deux pans de son peignoir, découvrit un rouleau de serge qui lui enveloppait le ventre, le laissa tomber, apparut en jupon aussi plate de face que de profil.

— Je ne suis pas enceinte. Je ne l'ai jamais été.

Sylvain tomba sur le derrière. Une chaise le reçut. Il ouvrait la bouche comme un passe-boule.

— Pourquoi ?… Pourquoi ?

— Je vais vous le dire… Respirez d'abord.

Elle lui tendit un flacon de sels volatils, le tint sous son nez. L'âpreté du carbonate d'ammonium lui remplit les narines, se répandit dans sa gorge, dans ses poumons, atteignit le cœur. Il avait lui-même employé souvent ce mélange au service de malades évanouis. « Je ne dois pas m'évanouir ! » se conjura-t-il.

— Je vais vous le dire, répéta-t-elle. Respirez encore.

Il observa le visage d'Hermine comme il ne l'avait jamais vu, sec, pareil à un poing fermé, à quelques pouces du sien. Il aurait pu la gifler, l'envoyer dinguer sur le lit. Ce n'était pas sa manière. Il respira profondément, comme elle le lui recommandait.

— Parlez ! cria-t-il enfin.

— Tout est simple. Je veux divorcer.

— Divorcer ? Pour quelle raison ?

— Parce que je ne vous aime plus.

— On peut vivre côte à côte, sans grand amour. Cela arrive très souvent. Je le constate tous les jours. En amis. En bons compagnons. Chacun soutient l'autre.

— Oui. Mais moi, j'aime un autre homme.

— Qui ?

— Je ne vous le dirai pas. Ce n'est pas votre affaire.

Il sortit son mouchoir, essuya sa figure baignée de sueur. Avant de reprendre :

— Le divorce est interdit par la religion. Et par mes sentiments. Nous avons été unis pour le meilleur et pour le pire. Nous voici dans le pire. Nous y resterons.

— Non. Je partirai.

— Je vous attacherai.

— Je briserai ma chaîne.

— Si vous vous sauvez, je vous ferai rattraper par les gendarmes. Ils vous ramèneront les mains derrière le dos, liées par les cabriolets.

— Dans ce cas, je vous ferai vivre une vie de galère.

— J'y suis déjà, depuis longtemps. Cela fait partie du métier que j'ai choisi. Mes malades m'ont condamné aux galères perpétuelles.

— Vous vous en repentirez.

— Je ne me suis jamais repenti de rien. Sauf peut-être de vous avoir épousée. Mais sans doute n'étais-je pas le mari qu'il vous fallait… Je m'en rends compte trop tard.

Il répéta plusieurs fois ces deux derniers mots :

— Trop tard… Trop tard… Trop tard…

Il couvrit sa figure de ses mains. Hermine se tenait droite devant lui, le considérant avec une haine qui lui sortait des yeux. Ils demeurèrent ainsi longtemps silencieux, l'une debout, l'autre assis, comme pétrifiés.

C'est lui qui finit par émerger de ce silence. Il parla d'une voix que brisaient des sanglots :

— Puis-je vous demander d'avoir pitié de moi ?

— …

— Accordez-moi une transition… En attendant une solution qui satisfasse les deux parties, essayons de vivre encore quelques jours ensemble.

— Il n'y a qu'une solution possible.

— Laissez-moi le temps de m'y habituer. Ne sauriez-vous accepter une séparation de corps, sans divorce ? Chacun des deux époux dispose d'un domicile séparé. Notre maison est assez spacieuse pour que nous nous rencontrions rarement. Nous vivrons en voisins, en amis peut-être. Rien de plus. Je vous supplie de m'accorder cela.

Elle ne dit pas non. Elle se contenta de hausser les épaules.

11

Il n'y eut donc pas d'accouchement chez les Sahut. Lorsqu'un voisin, un patient, une connaissance, faisait allusion à la grossesse de Madame, Sylvain parlait de fausse couche. Ni les médecins, ni leurs dames ne sont à l'abri de tels accidents, quoique mieux placés que le commun des mortels pour les prévenir. Marinette seule aurait pu parler ; mais son maître lui fit jurer sur le crucifix de se taire ; elle tint parole, quoiqu'il lui en coûtât. L'accident supposé se répandit donc dans la commune et le canton :

— *Lo fenno do medechi s'y divardjado.* (La femme du médecin a avorté.)

Cet ennui peut frapper les épouses aussi bien que les chèvres et les vaches. Mais Sahut y perdit la moitié de ses patientes en état de grossesse. Elles se rabattirent sur les coucheuses.

Chez lui, une vie nouvelle et provisoire avait commencé. Fondée sur une convention orale :

— Je ne vous lierai pas au moyen d'une corde comme je vous avais promis. Au contraire, je vous laisse libre de vos mouvements. Vous pourrez sortir de cette maison comme il vous conviendra. Vous devez seulement me jurer que vous rentrerez chaque soir à l'heure du souper. Est-ce trop vous demander ?

Elle haussa de nouveau les épaules, sans desserrer les lèvres.

— Autre chose. Je ne vous adresserai plus la parole hors les nécessités extrêmes. Et je vous prie d'en faire autant.

— Parfait.

— Nous nous parlerons si possible par monosyllabes.

— Oui.

(Elle fit une liste écrite des mots qu'elle pourrait employer : *oui, non, tiens !, sauf, très, peu, trop, tout...* Un exercice de style qui l'amusa beaucoup.)

— Je pourrais payer quelqu'un pour qu'il vous suive lorsque vous sortirez ; qu'il découvre le domicile et l'identité de votre amant. Mais je n'en ferai rien. Ce serait indigne de vous et de moi. Je vous recommande seulement la discrétion dans vos tenues et vos déplacements. Si vous acceptez tout cela, nous arriverons à nous supporter l'un l'autre pendant quelque temps.

— Combien de temps ?

— Disons un mois... ou deux.

Elle parut se résigner à cette expérience. Avant de sortir, pour ne pas être reconnue, elle changeait souvent de toilette. Des âmes chrétiennes en informaient son mari :

— J'ai rencontré madame Sahut qui s'en allait en promenade du côté de la Villatelle.

— Oui, répondait-il, nous avons des amis au château.

Il s'obstinait à ignorer la direction de ces promenades. Il en vint à couper sèchement la parole à ses informateurs :

— Je sais, je sais, ne vous mettez point en souci de nos affaires.

À l'intérieur de la maison, Marinette servait de truchement entre le mari et la femme. Cela donnait lieu à des dialogues qui eussent été du plus parfait comique s'ils n'avaient été aussi tristes :

— Marinette, dites à Madame que je dois m'absenter la semaine prochaine pour un voyage à Clermont.

— Madame, Monsieur vous fait dire qu'il doit s'absenter la semaine prochaine pour aller à Clermont.

— Demandez-lui, Marinette, la durée exacte de son absence.

— Madame voudrait savoir de Monsieur combien de jours il sera absent.

— Dites-lui que j'en prévois une dizaine, jusqu'au 18 octobre.

— Monsieur vous fait savoir qu'il sera absent une dizaine de jours.

— Pendant mon absence, rappelez-lui qu'elle est tenue d'être ici tous les soirs et toutes les nuits.

— Monsieur rappelle à Madame qu'elle doit souper et dormir ici chaque soir.

Parfois, Hermine éclatait :

— Dites-lui merde !

— Oh ! Madame ! Je ne saurais pas !

La vie commune se déroulait ainsi, tant bien que mal. Lui ne manquait jamais de passer par Volvic afin de saluer ce qui restait de sa famille. Son père Joseph était parti pour l'autre monde après avoir construit de ses mains un tombeau de luxe. Il y avait reçu sa femme Elisa trois ans plus tard. Restaient ses deux sœurs, chacune pourvue d'un mari et de plusieurs enfants. Un des gendres continuait d'exploiter la carrière qui s'appelait maintenant Sahut-Compain. L'avenir de l'entreprise était assuré, grâce aux neveux qui viendraient par-derrière.

À l'Hôtel-Dieu de Clermont, la médecine ne jurait plus que par Louis Pasteur, qui venait de découvrir le microbe du choléra des poules et son remède : la vaccination au moyen du virus atténué. Sahut rêvait d'un avenir bienheureux qui verrait toutes les maladies éradiquées grâce à la vaccination. Peut-être même pourrait-on un jour vacciner les enfants contre l'égoïsme et la méchanceté qui sont les premières maladies de l'âme.

En rentrant chez lui, oubliant la règle des monosyllabes, il saluait sa femme courtoisement :

— Bonsoir, madame. Comment allez-vous ?

— Bien… Vous ?

— Je n'ai pas à me plaindre.

Il comprenait maintenant pourquoi elle avait imposé le « vous » dès le début de leur ménage, soulignant ainsi la distance qui les avait toujours séparés. Beaucoup plus épaisse qu'un soupière entre deux valseurs. Lui, fils d'un tailleur de pierre, ignorant de tout sauf d'un peu de médecine, gros, vieux, froid, laid. Elle, fille d'un magistrat, instruite et artiste jusqu'au bout des ongles, jeune, ardente, élégante et belle. Ils avaient contracté le mariage de la truite et du cochon. Du moins avait-elle renoncé à lui faire une vie de galère puisqu'il la laissait libre de ses mouvements diurnes. Elle acceptait même, de loin en loin, de l'accompagner en réception chez les notables de Saint-Gervais, jouant la farce du couple harmonieux. Et les notables pareillement jouaient la comédie en faisant mine d'y croire.

De temps en temps, elle interrogeait :

— Quand finit notre expérience ?

— Laissez-moi encore un mois, s'il vous plaît.

Elle se rendait bien compte qu'il cherchait à éterniser le provisoire. Leur faux divorce dura ainsi un an et demi, jusqu'à l'automne de 1880.

Ce n'est pas Hermine qui fit craquer le contrat taisible, mais Marinette, leur interprète quotidienne. Celle-ci annonça qu'ayant atteint sa soixante-quinzième année elle entendait cesser ses fonctions pour raison d'âge et de lassitude. De lassitude ? Qu'entendait-elle par là ? Elle était fatiguée de vivre en compagnie d'un mari et d'une femme qui ne se parlaient pas, faisaient semblant de vivre ensemble, mais que tout séparait. Elle ne pouvait plus supporter cette situation.

— J'ai trois filles qui m'aideront à vivre. Elles m'ont proposé de me prendre chez elles à tour de rôle.

— Ainsi, vous nous quittez ?

— J'en ai bien du regret, Monsieur.

Ils pleurèrent dans les bras l'un de l'autre, abondamment. Elle essuya d'un mouchoir les joues et la cravate de son maître. Il y a trois choses qui ne tachent pas : les larmes, la pluie et le champagne. Le lendemain, elle fit ses paquets et Sylvain la transporta chez sa fille aînée.

— Vous trouverez bien quelqu'un d'autre, lui lança-t-elle en guise d'adieu.

Il l'aida à décharger son bagage. Puis ils s'embrassèrent et pleurèrent de nouveau.

Sur le chemin du retour, son cabriolet dut ralentir derrière le troupeau qu'un paysan menait au pâturage. Tout le long du chemin, ce vieil homme un peu boiteux, un peu bossu, se tint accroché en remorque à la queue d'une vache. En même temps, il injuriait dans son patois chacune de ses bêtes :

— Clermonte, charogne !... Brunette, gourmandasse !... Barrade, *funiante* !... Gamine, saloperie !...

Sans la moindre colère. À chacun son langage. Certaines personnes expriment leur amitié par des douceurs. D'autres par des injures.

En attendant de dénicher une nouvelle servante, Hermine et Sylvain devaient vivre seuls dans cette grande maison. Faisant semblant de ne pas se voir, ou ne se parlant que par nécessité. Ainsi :

— Puisque nous sommes sans Marinette, est-ce que je dois aller prendre mes repas chez madame Baron comme autrefois ?

— Heu.

— Accepteriez-vous, pendant quelque temps, de nous nourrir tous les deux ?

— Pfou.

— C'est plutôt oui ou plutôt non ?

— Oui.

— Cela ne vous empêchera pas de sortir à votre gré.

— Bon.

Isabelle, passant des genoux de l'un aux genoux de l'autre, s'efforçait de les réconcilier. Sans y parvenir. Accablée sans doute elle aussi par ses échecs, elle en mourut de chagrin. Il fallut l'enterrer dans le jardin. Sylvain fut seul à la pleurer. Hermine se raidit dans une douleur vraie ou simulée. Même ce deuil souligna leur mésentente.

Selon son ancienne habitude, il recevait sa clientèle le matin. À midi, ils mangeaient l'un en face de l'autre, échangeant à peine quelques monosyllabes. On n'entendait que le cliquetis des fourchettes et le glouglou des liquides versés. Il buvait du bordeaux, elle s'abreuvait d'eau claire. Il faisait ensuite une courte sieste sur le canapé. Il partait enfin rendre visite à ses malades invalides, ne revenant qu'à la nuit tombée. Le soir, naturellement, ils faisaient chambre à part.

Le 14 novembre 1880, qui était un dimanche, qu'arriva-t-il ? Qu'Hermine eut l'audace de poser cette question inattendue :

— Savez-vous la date d'aujourd'hui ?

— Heu… le 13 novembre, je crois.

— Non : le 14. Et je suis née le 14 novembre 1838. Pour une fois, m'autorisez-vous à parler normalement ?

— Volontiers. Pardonnez-moi d'avoir oublié. Je vous souhaite, madame, un heureux anniversaire.

— Nous l'avons célébré, les années précédentes. Ne pourrions-nous faire de même ?

— Pourquoi pas ?

— Vous avez bien du champagne à la cave ?

— J'en ai.

Il descendit, remonta avec une bouteille de Ville-Dommange, dénoua le muselet de fil de fer, fit sauter le bouchon. Le vin remplit les coupes de ses bulles, de sa mousse, de sa transparence. Ils allèrent jusqu'à heurter leurs verres.

— Il rafraîchit les pensées, dit Sylvain, en faisant claquer sa langue.

Elle sortit du buffet une assiette remplie de biscotins salés qu'elle avait préparés elle-même. Il en prit un, dont la sécheresse l'amena à boire une seconde coupe. Hermine l'encourageait de ses biscotins. Il en but une troisième. Puis une quatrième, sous prétexte qu'une bouteille de champagne ouverte perd ses bulles, et que du champagne sans bulles n'est rien d'autre que du pipi de chat. Au mot chat, il eut une pensée pour Isabelle et versa une demi-larme.

— N'oubliez pas votre sieste, recommanda Hermine.

— Et mes invalides ?

— Vous avez bien le droit de vous reposer un dimanche.

Elle lui fit absorber une cinquième coupe, dans laquelle elle avait fait dissoudre une certaine poudre soporifique. Elle l'aida à s'allonger sur les coussins du canapé.

Pendant qu'il ronflait, elle lui prépara un bain, remplissant la baignoire aux trois quarts d'une eau à treize degrés.

Elle le laissa dormir une heure, la durée habituelle de ses siestes. Après quoi, elle se mit à le secouer :

— Réveillez-vous ! Je vous ai préparé un bon bain. Ça vous remettra d'aplomb.

Il entrouvrit les yeux, poussa un grognement :

— Je… je…

Elle lui ôta ses souliers, ses vêtements, le tournant de droite et de gauche pour dégager les manches.

Quand il fut tout nu, elle le prit par les aisselles, le traîna jusqu'à la baignoire. Il grognait toujours.

Il fallait absolument qu'il s'y enfonçât de dos, non point de face. Car à personne il ne vient l'idée de se baigner à plat ventre. « Dommage, se dit-elle, que je ne puisse le couper en deux moitiés, je peinerais moins. » Elle peina beaucoup à le soulever par les épaules, par le buste, par les jambes. Il tomba enfin dans le bouillon, produisant un énorme plouf !

Tout le corps était maintenant immergé, excepté la tête. Elle appuya dessus à deux mains. Il avala une gorgée, puis une autre. L'eau descendit dans son estomac où elle se mêla aux restes du champagne.

Mais ses membres se débattaient. Frénétiquement. Elle appuya un autre bon coup sur la tête.

Soudainement, tout lui échappa. Forçant des mains et des pieds contre le fond et les flancs de la baignoire, l'homme nu parvint à émerger de la tête et du buste. « J'ai eu tort, se dit-elle, de lui préparer un bain d'eau froide. L'eau chaude ne l'aurait pas ranimé. »

Il tourna vers Hermine sa face cyanosée, ses yeux exorbités, sa bouche béante. Elle crut pouvoir encore le noyer. Mais les deux poings de Sahut jaillirent de l'eau, atteignirent la femme en pleine figure. Elle tomba à la renverse. Inconsciente.

Lorsqu'elle revint à elle, elle se trouva couchée sous lui. Il était en train de lui souffler dans la bouche, de lui donner de l'air. Comme un jour il avait fait à un chevreau qui venait de naître. Il n'avait pas pris le temps de se rhabiller. « Cette fois, se dit-elle, il va m'accorder le vrai divorce. »

Ranimée, elle demanda :

— Que me faites-vous ?

Il lui liait les mains et les chevilles au moyen de rubans qu'il avait trouvés dans un tiroir. Quand ce fut fait, il descendit par l'escalier intérieur, remonta avec une corde d'un pouce, la ficela malgré sa résistance. Toujours nu comme un ver.

— Habillez-vous ! cria-t-elle. Vous me faites honte !

L'horloge de la salle à manger sonna trois heures. Il disparut. Elle l'entendit appeler :

— Marinette ! Marinette !

— Marinette n'est plus à notre service, dit-elle quand il revint.

Il sortit de nouveau, la laissant allongée, saucissonnée sur le carrelage inondé. Tour de clé dans la serrure. « Que va-t-il m'arriver ? Où est-il allé ? Pourquoi m'a-t-il soufflé dans la bouche au lieu de m'achever en m'étouffant ? »

Après un très long moment, des bruits de voix et de talons montèrent l'escalier. Tour inverse de la clé dans la serrure.

— Voici la personne qui a cherché à me noyer dans la baignoire, dit Sahut. Si j'ai pu lui échapper, c'est grâce à ma forte constitution.

Hermine parvint à tourner la tête. Elle reconnut le brigadier de gendarmerie revêtu de son uniforme, coiffé de son bicorne, chaussé de ses bottes.

12

Bientôt, l'entière population de Saint-Gervais sut que madame Sahut avait voulu détruire son mari. Qu'elle avait tout avoué aux gendarmes. Qu'on l'avait transportée à Riom. Qu'elle serait jugée aux assises et probablement condamnée à la guillotine. Les commentaires allaient bon train dans le bourg :

— Ce brave homme ne méritait pas une pareille histoire. Un médecin si dévoué ! Toujours prêt à soigner ses malades, jour et nuit, dimanche et semaine.

— Il a eu grand tort d'épouser une Parisienne aussi distinguée. Elle changeait de toilette chaque jour. Si parfumée qu'on pouvait à l'église la suivre à l'odeur !

— Paraît même qu'elle se lavait les dents avec une brosse !

— Pas possible !

— Après chaque repas, d'après ce que nous a raconté la Marinette !

— Incroyable !

— Ah ! elle pourrait en dire, la Marinette, si elle voulait parler !

Au bois de sa porte, Sahut cloua cet écriteau : *Fermé pour raison de santé*. Personne ne crut à cette raison. Est-ce que les médecins tombent malades ? Toujours est-il qu'il manquait beaucoup à ses patients.

Puis il vint un remplaçant provisoire. Il s'installa chez Cassière. À cause de sa jeunesse, on n'avait guère confiance en lui. Les rebouteux et guérisseurs retrouvèrent un peu de la clientèle que Sylvain leur avait enlevée. Malade, il l'était réellement, malgré les on-dit. Il ne sortait plus de sa maison. Madame Baron lui apportait ses repas. Il était, disait-elle, devenu maigre comme un coucou.

Il n'y eut rien de nouveau jusqu'au printemps de 1882, lorsque madame Hermine Sahut, encadrée de deux gendarmes, parut devant ses juges aux assises de Riom. Ce tribunal, construit sur l'emplacement de l'ancien château dont il ne restait qu'une chapelle, avait la réputation d'une extrême sévérité. Il faisait tomber une douzaine de têtes chaque année. Rien que des têtes masculines. Les Riomois se réjouissaient à la pensée que, cette fois, une tête de femme était en jeu. On prévoyait une foule énorme le jour de l'exécution. La salle d'audience avait refusé du monde. Sylvain ne s'était pas constitué partie civile. Il ne participa que comme témoin à la cérémonie.

L'accusée ne comparut dans aucune de ses anciennes toilettes, mais dans la robe grise des prisonnières, qui lui montait jusqu'au cou. Les cheveux noués en un pauvre chignon derrière la nuque. Le visage livide et desséché. Elle paraissait vingt ans de plus que son âge.

Le président, dont la Légion d'honneur fleurissait la poitrine comme une pivoine épanouie, s'adressa d'abord aux douze membres du jury, leur recommandant de n'avoir à l'égard de cette femme aucun sentiment d'aversion ni de pitié.

— Ne consultez que votre raison et votre conscience.

Suivirent l'interrogatoire d'identité et l'acte d'accusation :

— Vous êtes imputée d'avoir tenté, le 14 novembre 1880, d'assassiner votre mari par noyade dans une baignoire. Reconnaissez-vous les faits ?

— Je les reconnais.

— Pour quel motif aviez-vous consenti à épouser monsieur Sahut ?

— Parce qu'il m'avait l'air d'un brave homme, d'un praticien sérieux et compétent, capable de m'assurer une vie bourgeoise.

— Qu'appelez-vous « vie bourgeoise » ?

— Tranquille et confortable.

— Ne l'avez-vous pas obtenue ?

— Si. Un peu trop. Je m'ennuyais.

— L'ennui est-il suffisant pour qu'on veuille supprimer un mari ?

— Nous étions trop différents l'un de l'autre. Ce n'était pas un petit ennui. Comme on dit dans les campagnes, je m'ennuyais à cent sous de l'heure.

— Aviez-vous d'autres raisons ?

— Je voulais divorcer et lui s'y refusait.

— Que vous aurait apporté le divorce ?

— La liberté complète. J'aime un autre homme et j'entendais sortir de cette maison où monsieur Sahut me retenait prisonnière.

— Qui était l'autre homme ?

— Je ne le dirai pas.

— Les gendarmes ont fait une enquête, interrogé la population de Saint-Gervais, identifié cette personne. Il s'agit de monsieur Josué Besserve, facteur d'instruments de musique, demeurant au lieu-dit la Villatelle. Reconnaissez-vous que monsieur Josué Besserve était votre amant ?

— Je n'ai rien à dire sur ce point.

— Il sera interrogé comme témoin. Dans quelles circonstances avez-vous essayé d'homicider votre mari ?

— C'était le 14 novembre, mon jour anniversaire. Il a bu beaucoup de champagne. J'avais ajouté dans une coupe un peu de véronal à son insu. Ensuite, j'ai voulu le noyer dans la baignoire.

— Il y a donc eu préméditation et votre crime s'appelle tentative d'assassinat.

— Appelez-le comme vous voudrez.

Elle porta une main devant ses yeux, sembla sur le point de défaillir. Le président lui permit de s'asseoir. Lorsqu'elle eut recouvré ses esprits, l'homme vêtu de rouge reprit l'interrogatoire :

— Éprouvez-vous des remords de votre acte ? Votre conscience vous tourmente-t-elle ?

— Je ne sais pas si j'ai une conscience.

— L'absence de remords et de regrets est une circonstance aggravante.

— Vous demanderez, monsieur le Président, à monsieur Sahut s'il éprouve lui-même des regrets pour m'avoir refusé le divorce et contrainte à vouloir me libérer autrement.

— Mais vous-même, qu'éprouvez-vous ?

— Je n'ai plus envie de vivre.

— Vous ne répondez pas exactement à ma question.

— Ayez l'obligeance, monsieur le Président, de me la répéter.

— Je vous ai demandé si vous aviez des regrets, ou quelque chose d'approchant.

— Admettons que j'en aie.

— Vos paroles n'expriment pas la sincérité.

Après elle, comparut le brigadier de gendarmerie de Saint-Gervais. Il raconta comment il avait été appelé par monsieur Sahut vêtu d'une simple robe de chambre ; comment ils avaient trouvé madame Sahut dans la salle de bains, ligotée et toute trempée. Il l'avait détachée et tout de suite elle avait reconnu son crime. Étonnement du juge :

— Les assassins n'ont pas l'habitude d'accepter si vite les accusations dont on les charge. Ils les repoussent, et ce n'est qu'à force d'obstination qu'on réussit parfois à leur arracher des aveux. Pourquoi, madame, votre rapidité ?

— Parce que je n'avais plus envie de combattre.

Marinette aussi fut interrogée. Elle rapporta que, pendant des années, les relations entre les deux époux lui avaient semblé convenables, quoique un peu froides ; que Madame se plaignait seulement des absences de son mari ; que lors des derniers mois, cependant, ils ne s'adressaient plus la parole ; que tout lui paraissait « détramé ».

— Qu'entendez-vous par « détramé » ?

— *Echarvalhé, pétafiné.*

— Je vous comprends mal.

— Abîmé, traduisit le greffier, qui entendait le patois des Combrailles.

— Étiez-vous présente le jour du crime ?

— Non pas. J'avais quitté monsieur Sahut quelques semaines plus tôt.

— Pour quel motif ?

— Parce que je me sentais mal dans cette maison détramée.

Plusieurs patients du médecin vinrent exprimer l'estime qu'ils lui portaient, parlant de son dévouement, des guérisons qu'il avait obtenues. Mais le témoignage le plus attendu, naturellement, fut celui du mari.

Un grand silence se fit lorsqu'il traversa la salle du tribunal et marcha vers la barre. Il l'agrippa de ses deux mains comme pour s'empêcher de tomber. Ceux qui l'avaient connu auparavant jugèrent qu'il avait bien maigri depuis la tentative de noyade.

— Pourquoi aviez-vous choisi d'épouser cette personne, beaucoup plus jeune que vous ?

— Parce que je l'admirais.

— Qu'admiriez-vous ?

— Sa beauté, ses dons artistiques, sa culture, ses fréquentations parisiennes.

— Quand vous êtes-vous aperçu qu'elle vous trompait ?

— Quand elle m'en a informé.

— Pourquoi avez-vous refusé le divorce ?

— Parce que mes sentiments chrétiens ne l'acceptaient pas.

— Et pourquoi maintenant ne vous présentez-vous pas en partie civile, mais en simple témoin ?

— À cause de ces mêmes sentiments. Et aussi parce que je me sens un peu responsable de ce qui est advenu.

— Comment cela ?

— Je m'occupais trop de mes patients, pas assez de mon épouse.

Sur ces mots, l'avocat de l'accusée posa une question :

— D'après ce que j'entends, monsieur, si elle redevenait libre, consentiriez-vous à vivre encore avec elle ?

— Cela demande réflexion.

— Réfléchissez.

On lui en laissa le temps. Il pensa à cette femme pour qui, en général, la vie était si précieuse qu'elle préservait les mites. Pour qui, donc, lui valait moins qu'une mite. Il se rappela aussi la recommandation du *Pater noster* : « Pardonnez-nous nos offenses comme nous pardonnons à ceux qui nous ont offensés. » Y a-t-il plus grave offense envers quelqu'un que de vouloir lui ôter la vie sans confession ? Il se demanda s'il avait en lui une faculté de pardon suffisante et regarda, pour s'en convaincre, Hermine dans le box des accusés, maigre à faire peur, dans sa robe grise. L'avocat répéta sa question, à laquelle il répondit :

— Sans doute.

— « Sans doute » ne me satisfait pas. Dites oui ou non.

— Je dis oui. En prenant des précautions.

Petits rires dans la salle.

— Je vous remercie.

Il fallut attendre le lendemain pour que le tribunal et son public fissent la connaissance du témoin décisif : Josué Besserve. Il avait d'abord refusé de comparaître. On avait dû le menacer de graves poursuites et de le transporter *manu militari* de son domicile jusqu'à Riom. Lorsqu'il parut devant les juges, très droit dans sa cravate lavallière et son costume de bonne coupe, tête nue, il y eut, parmi les présents, des « oh ! » et des « ah ! ». Ces exclamations soulignaient la prestance du facteur de vielles, opposée à la figure médiocre du pauvre officier de santé. Après l'interrogatoire d'identité et la prestation de serment, le président posa les questions directes :

— Madame Hermine Sahut était-elle votre maîtresse ?

— Elle l'était.

— Depuis combien de temps ?

— Presque deux ans.

— Bien avant, donc, que le mari en fût informé ?

— C'est possible.

— Pouvez-vous nous préciser comment l'idée de l'assassinat a germé dans la tête de cette personne ? Y étiez-vous pour quelque chose ?

— Je n'y étais pour rien. Elle m'avait dit seulement qu'elle souhaitait divorcer, mais que son mari s'y opposait absolument pour des motifs religieux.

— Vous a-t-elle parlé de son projet de baignoire criminelle ?

— Pas une fois. Je le jure sur…

— Vous avez déjà juré. Si elle avait obtenu le divorce, l'auriez-vous épousée ?

— Je ne sais pas. Nous n'avons jamais évoqué une telle éventualité.

— Je vous remercie.

Les avocats ne lui posèrent aucune question. Josué ressortit du tribunal aussi raide qu'il y était entré, sans honorer Hermine d'un regard quoiqu'elle l'eût mangé des yeux pendant toute sa déposition.

Aucun témoin à décharge ne se présenta. Seule Isabelle aurait pu, sans doute… Mais elle était indisponible.

Le lendemain, le procureur général se leva. Un homme fort impressionnant dans sa robe écarlate bordée d'hermine blanche, décoré lui aussi de la pivoine d'honneur et de plusieurs autres médailles. Les mains réunies sur son ventre, il prononça un réquisitoire des plus brefs :

— Monsieur le Président, messieurs de la cour, messieurs les jurés, nous nous trouvons aujourd'hui devant un crime très limpide : celui d'une épouse sans foi, sans cœur, sans morale, qui, voulant se débarrasser pour des raisons personnelles d'un mari gênant, n'a trouvé d'autre moyen que de le noyer dans une baignoire après lui avoir fait avaler un somnifère. Elle a longuement préparé son coup. Il n'y a aucun doute là-dessus. Se voyant prise, horrifiée sans doute de son action et de son échec, elle a tout avoué au brigadier de gendarmerie. Quand il y a préméditation – article 227 du Code pénal – cela s'appelle un assassinat et mérite la peine capitale. Heureusement pour la criminelle, le mari s'est débattu, est sorti du bain, a réussi à immobiliser celle qui voulait le supprimer. Il n'y a donc que tentative d'assassinat. C'est pourquoi, monsieur le Président, messieurs de la cour, messieurs les jurés, je demande que soit infligée à cette épouse inqualifiable la peine de la prison perpétuelle.

Il y eut quelques applaudissements dans le public, que le président réprima sévèrement :

— Je vous prie de ne manifester ni pour, ni contre. Nous ne sommes pas ici au théâtre. La séance est levée. Reprise ce même jour à quatorze heures, pour la plaidoirie.

Le défenseur d'Hermine souligna lui aussi qu'elle avait spontanément avoué sa faute au brigadier de gendarmerie d'abord, au juge d'instruction ensuite, devant le tribunal des assises enfin. Cela méritait un raccourcissement de la peine, comme le veut le proverbe : faute avouée est à demi pardonnée. Il rappela que monsieur Sahut avait renoncé à se constituer partie civile et qu'il avait prononcé des paroles de pardon. Signe d'une âme généreuse et de sentiments vraiment chrétiens. Il fit appel aux sentiments chrétiens de la cour et du jury en demandant un verdict modéré :

— Si vous prononciez, mettons, une peine de trente ans, faites le calcul : madame Sahut, qui en a quarante-quatre, ne pourrait recouvrer la liberté qu'à l'extrême vieillesse. Je me suis entretenu avec elle pendant des heures et je vous demande de me croire : elle est de ces personnes qui, un jour, sont tombées dans un moment de folie, mais qui, pour peu qu'on les y aide, n'y retomberont jamais plus…

La délibération dura une heure et quart seulement. L'accusée, reconnue coupable d'une tentative d'assassinat, mais bénéficiant de circonstances atténuantes, fut condamnée à vingt-cinq ans de prison. Elle renonça à se pourvoir en cassation.

À peu près à cette époque, l'écrivain écossais Robert Louis Stevenson, en voyage à travers les Cévennes avec son ânesse Modestine – lui de religion protestante, elle on ne sait pas –, avait eu l'occasion de rencontrer les frères de Notre-Dame-des-Neiges. D'abord en la personne d'« un moine à l'aspect moyenâgeux aux prises avec une brouette pleine d'herbes » sur une route pas encore achevée qu'il traçait de sa propre pioche. Ils firent connaissance, puis se dirigèrent tous les quatre – les deux hommes, l'ânesse et la brouette – vers la maison du silence. Quand ils n'en furent plus qu'à quelques pas, le moine avertit :

— À partir de ce point, je ne dois plus vous parler. Demandez le frère portier pour qu'il vous reçoive et tout ira bien. Enchanté de vous avoir rencontré. Quand vous passerez par ici, essayez de me revoir.

Stevenson fut en effet accueilli dans la Trappe et y resta quelque temps en qualité de retraitant. Au cours de son séjour, il fut soumis à l'assaut de plusieurs frères qui essayaient de le convertir au catholicisme :

— Seuls les catholiques peuvent espérer le Ciel. Vous ne devez pas vous laisser mourir dans votre absurde protestantisme. Si vous le faites, vous irez en enfer et serez pendant l'éternité la proie des flammes et des démons.

— Merci beaucoup. Mais je n'ai pas l'intention d'opérer un tel changement intérieur.

— Ce n'est pas le hasard qui vous a conduit ici, mais la volonté de Dieu. N'allez-vous pas profiter de cette merveilleuse occasion ?

— Mon père et ma mère en seraient fort chagrinés.

— Vous les convertirez à leur tour quand vous rentrerez chez vous. Abandonnez votre secte imbécile !

Stevenson arrêtait les débats en prétendant qu'il avait froid aux pieds et qu'il devait aller se réchauffer en marchant.

Sylvain Sahut atteignit Notre-Dame-des-Neiges après un voyage de huit jours, assez mouvementé. Dans une auberge, il oublia son portefeuille et dut faire demi-tour pour le récupérer. À Monistrol, il trébucha sur une marche et poursuivit sa route en boitillant. Il finit à pied, portant sur l'épaule la caisse qui lui servait de valise.

Il y était attendu. Le père prieur, s'autorisant lui-même à parler malgré la règle du silence, lui présenta les différents lieux du monastère, bâtis ou non bâtis. L'hôtellerie des retraitants. L'église, sous son haut clocher pointu. La colonne, haute de vingt mètres, qui n'avait pas d'autre but que de servir de socle à une statue de la Vierge. La bibliothèque, riche de trois cents volumes en français, en latin, en grec, en hébreu. L'étable et ses vaches, le clapier et ses lapins, les ruches et leurs abeilles. L'atelier, où toutes sortes de travaux pouvaient être entrepris, suivant la recommandation de saint Benoît : *Ora et labora* (Prie et travaille). Le cimetière, où dormaient plusieurs frères, revêtus de leurs habits quotidiens, sans cercueil. Les tombes étaient marquées d'une croix et d'un rosier, mais ne comportaient aucune inscription.

Il en vint à sa cellule, petite, fort propre, avec des murs blanchis à la chaux, un crucifix, un portrait du défunt pape Pie IX, une petite table. Un volume pour combattre ses insomnies : *L'Imitation de Jésus-Christ.* Le règlement pour messieurs les retraitants précisait les offices auxquels ils devaient assister, l'heure où ils devaient dire leur chapelet, se lever, se mettre au lit. « Le temps libre sera employé à leur examen de conscience, à la confession, à prendre de bonnes résolutions pour éviter la récidive des péchés. » Sylvain se demanda quelle sorte de péchés il pourrait encore commettre après en avoir tant commis dans sa vie antérieure.

Les frères, eux, n'avaient point de temps libre. Leurs journées commençaient à deux heures du matin. Tirés du sommeil par le son d'une cloche, ils revêtaient leur coule, une sorte de robe blanche à capuchon, et se rendaient, titubant parfois, dans l'église où ils chantaient matines, les laudes et *Te Deum* :

Te Deum laudamus
Te Deum confitemur...
C'est toi, mon Dieu, que nous louons,
C'est toi que nous reconnaissons...

Dans le réfectoire, ils consommaient une soupe de pain, sans dire un mot à leurs voisins, empêchés d'ailleurs par la lecture que faisait l'un d'eux sur un sujet d'ordre général. Sylvain avait connu ces plaisirs au réfectoire de l'Hôtel-Dieu clermontois. Ils revêtaient ensuite le scapulaire noir qui leur couvrait la tête, les épaules et l'échine, retenu devant par une ceinture de même couleur. Ensuite, ils se livraient aux travaux qui convenaient à leurs spécialités. Il existait même un atelier de photographie, afin d'envoyer des clichés aux familles lointaines prouvant qu'ils étaient bien vivants. Sylvain y trouva celui d'un jeune homme grand et maigre en compagnie d'un âne. Le trappiste responsable lui révéla qu'il s'agissait d'un écrivain écossais qui n'avait pas encore écrit grand-chose et qui n'avait pas voulu se laisser convertir à la foi catholique, avec son ânesse. On n'avait plus de nouvelles ni de l'un, ni de l'autre.

À midi, dans les mêmes conditions, ils prenaient un repas un peu plus substantiel : une écuelle de potage, une assiette de légumes, un ou deux fruits. Le nouveau pape, Léon XIII, avait autorisé un assaisonnement de beurre ou d'huile et un verre de vin ; mais beaucoup le refusaient et s'abreuvaient d'eau claire. En été, ils pouvaient se permettre une heure de sieste avant de retourner à leurs besognes. Coucher à sept heures en hiver, à huit heures l'été, après complies et le *Salve Regina.*

Sylvain était arrivé pendant le grand jeûne qui allait du 14 septembre jusqu'à Pâques. Durant cette longue période, les trappistes ne faisaient qu'un repas par jour, à deux heures de l'après-midi. Cependant, leur aspect n'inspirait aucune pitié. Sahut put constater la fraîcheur de leur teint et leur gaieté naturelle. Malgré la règle du silence, ils s'entretenaient par gestes et par signes, comme font les sourds-muets. Ce qui leur permettait de se débiter des plaisanteries auxquelles lui n'entendait rien et qui les faisaient se tordre de rire.

Il s'accommoda de ce régime. Perdit ces dix kilos qui avaient nui aux sentiments de sa femme. À titre de « retraitant perpétuel », il chantait de tout cœur dans l'église parmi les coules blanches, respectait scrupuleusement les consignes et regagnait sa cellule après avoir jeté un regard au ciel et au fourmillement des étoiles.

Son travail à lui consistait à soigner les malades gravement atteints, car eux aussi négligeaient les petites et les grandes échauffures ; si bien que lorsqu'il intervenait, il était généralement trop tard. Le défunt reposait sur son lit de mort. On le transportait une dernière fois dans l'église au chant des litanies. Les cloches sonnaient joyeusement, à toute volée, comme pour un baptême, annonçant aux alentours, du haut de leur clocher couvert d'ardoise, qu'une âme était montée vers Dieu. Les trappistes étaient certains que leur vie austère leur donnait droit au paradis.

Sylvain s'occupait aussi des animaux. Il trayait les vaches, nourrissait la volaille et les lapins, récoltait le miel des abeilles. Deux ou trois chats se promenaient dans le monastère. Leur régime était également réglementé : ils devaient s'alimenter des souris et des rats éventuels. Certains moines s'intéressaient à eux ; ils

Car la règle bénédictine imposait aux moines de produire tout le nécessaire à leur vie matérielle : vêtements, chaussures, meubles, vaisselle.

De loin en loin, très rarement, il lui arrivait d'être visité par le souvenir d'Hermine. Il revoyait sa robe grise, son visage émacié durant le procès des assises. Elle s'était punie elle-même plus sévèrement que ne pouvaient le faire les juges de Riom. Il se reprochait de ne pas l'avoir assez secourue, de n'avoir pas assez témoigné à sa décharge, de ne s'être pas assez accusé pour l'avoir poussé au crime en refusant un divorce juridique, alors que leurs deux cœurs étaient déjà depuis longtemps divorcés. Maintenant, il allait s'agenouiller aux pieds de Notre-Dame et s'enfouissait dans ses remords et ses supplications.

En se relevant, il époussetait ses genoux, essuyait son front et ses yeux, et s'éloignait de l'abbaye pour aérer ses pensées. Il gagnait les hauteurs avoisinantes, couvertes de bruyère et de forêts, écoutait le chant des oiseaux qui, eux, n'avaient pas fait vœu de silence, observait les acrobaties des écureuils avec qui il avait une ancienne parenté. Il cueillait des fruits sauvages, des framboises rouges, des airelles violettes. Il ne regagnait l'abbaye que lorsque le soleil, au loin, se noyait dans une marmelade de cerises.

Ou encore, il allait au cimetière rendre visite aux défunts anonymes, leur disant :

— Bientôt, je serai parmi vous et nul ne viendra pleurer sur ma dépouille. Les larmes des vivants sont la seule souffrance qui puisse tourmenter les morts.

Il n'écrivait plus à ses sœurs, nièces, neveux, amis, connaissances. Il n'existait plus pour personne au monde, excepté pour son Créateur.

CEYRAT, 2002-2003.

Composé par Nord Compo
à Villeneuve-d'Ascq

Imprimé en août 2007 en Espagne par LIBERDÚPLEX
St. Llorenç d'Hortons (Barcelone)
Dépôt légal : septembre 2007

POCKET 12, avenue d'Italie - 75627 PARIS Cedex 13